Karen-Susan Fessel

Was in den Schatten ruht

KAREN-SUSAN FESSEL

WAS IN DEN SCHATTEN RUHT

KOSMOS

Umschlaglayout: Henry's Lodge, Zürich, unter Verwendung eines Fotos von © Shutterstock/Elovich

Originalausgabe

Unser gesamtes lieferbares Programm und viele weitere Informationen zu unseren Büchern, Spielen, Experimentierkästen, DVDs, Autoren und Aktivitäten findest du unter **kosmos.de**

MIX
Papier aus verantwortungsvollen Quellen
FSC® C014496

ISBN 978-3-440-14449-7
Redaktion: Dr. Iris Schubert
Produktion: Verena Schmynec
Innenlayout und Satz: DOPPELPUNKT, Stuttgart
Printed in Germany/Imprimé en Allemagne

Siehst du? Das kommt dabei raus.

Hast du doch vorher gewusst. Lauf weiter. Schnell!

Ja, genau, da lang. Pass auf, dass du nirgendwo drauftrittst. Weiter, beeil dich! Sie dürfen dich nicht kriegen!

Nicht so langsam, los, mach schon! Oder muss ich dich zwingen?

So ist es gut. Weiter, ums Haus rum, nach hinten, zum Carport.

Mach den Wagen auf. Du hast doch den Schlüssel, oder?

Warum? Das ist jetzt egal. Mach einfach den Wagen auf. Los jetzt!

Setz dich rein. Ja genau, auf den Fahrersitz. Halt die Klappe und setz dich einfach hin. Mach den Motor an.

Es ist mir scheißegal, wem der Wagen gehört. Und dir sollte es auch scheißegal sein. Mach ihn an und fahr rückwärts raus. Das kannst du. Ich weiß, dass du das kannst.

Nein, es ist scheißegal, dass sie näher kommen! Fahr los!

Okay, gut.

Da ist … Halt die Tür zu! Halt sie zu! Hör nicht auf ihn, schubs ihn weg! Los, mach dich FREI!

Gut so. Gib Gas! Ja, gib Gas, das ist egal! Er wird schon … er wird schon weggehen! Nein, fahr weiter, kümmer dich nicht um ihn und auch nicht um die anderen!

Los, und jetzt drehen! Dreh die Karre! Jawohl, so ist es gut!

Und jetzt gib wieder Gas!

Nein, nicht bremsen! Fahr weiter! FAHR!

Siehst du, weg ist er. SIEH NICHT IN DEN RÜCKSPIEGEL. Sieh nach vorn!

Du solltest sowieso nach vorn sehen. Jetzt geht es vorwärts. Endlich geht es vorwärts. Du kannst mir dankbar sein. Dein ganzes beschissenes Leben ging nichts und jetzt geht es endlich vorwärts. Gib Gas!

Schneller. Los, schneller, ja geradeaus, bis ich was anderes sage. Gib Gas, hab ich gesagt!

Um die Kurve, genau. Und jetzt gib noch mal Gas, aber so richtig.

Du brauchst keine Angst zu haben. Ich bin doch bei dir. Ich pass schon auf dich auf. Ich sag dir, was richtig ist.

Schneller, los, an dem da vorbei! Überhol ihn. LOS, DRÜCK AUF DIE TUBE!

Gut gemacht, war knapp. Jetzt nicht langsamer werden. Gib noch mehr Gas! Geht nicht? Natürlich geht das. Los, verdammt, schneller!

Das ist egal. Scheiß auf das Blinklicht. Das interessiert uns nicht. Das hat nichts mit uns zu tun. Fahr einfach weiter. Schneller. MUSS ICH DICH JETZT ZWINGEN ODER WAS?

Du hast Angst? Scheiß auf die Angst. Die brauchst du nicht mehr. Los, lass sie hinter dir. Fahr einfach schneller, fahr ihr einfach davon. Geradeaus. GERADEAUS! MACH, WAS ICH DIR SAGE! Der Baum? Egal. GERADEAUS! SCHNELLER! Mach einmal in deinem verschissenen Leben was richtig. SCHNELLER! LOS, SCHNELLER! SCHNELLER! Und jetzt ... DREH DAS LENKRAD NACH RECHTS! LOS, TU ES! TU E...

1

»Und los geht's!«, ruft eine Stimme.

Marla beugt sich nach vorn, stützt sich auf das Geländer. Das Umlaufseil klickt, und unter ihr springt der Fahrer ab, setzt lässig aufs Wasser, macht eine Drehung. Hinter ihm kommt schon der nächste, flitzt hart auf Kante vorbei, setzt an zum *air railey*, fliegt durch die Luft, dreht sich und landet ganz lässig. Ein Raunen geht durch die Reihen der wartenden Fahrer, ein paar Zuschauer auf der Galerie neben Marla klatschen begeistert.

»Ist der Kerl gut!«, ruft jemand bewundernd. Ein anderer lacht nur.

»Haben wir doch alles schon mal gesehen!«

»Fahr du erst mal *goofy*!«

»Küss du doch den Kicker!«

Marla muss grinsen. Alles beim Alten. Sie ist wieder zurück und nichts hat sich verändert. Jedenfalls sieht's fast so aus.

Der See glitzert in der Sonne, kaum eine Welle zu sehen, keine Schaumkrone, nichts, das auf heftige Winde hindeutet; perfektes Wetter zum Fahren. Die fünf Masten, die das Umlaufseil um die Bahn herumführen, sehen aus wie blank gescheuert, die Obstacles scheinen auf der Seeoberfläche zu schweben: die beiden großen Kicker gleich vorn an der Rampe, die Funbox dahinter, der Slider und der kleine Kicker drüben auf der anderen Seite.

Ungefähr zwanzig, vielleicht auch dreißig Fahrer stehen unten an der Startrampe an, in zwei Reihen: eine für die Sprung- und Sitzstarter, die andere für diejenigen, die in der Hocke oder im Stehen losfahren. Marla legt die Hand zum Schutz vor der Sonne über die Augen, um den Hebler da unten in seiner Kabine erkennen zu können. Dima ist es diesmal, der den wartenden Fahrern die Keule anreicht, neben ihm steht Herbert, der Trainer, mit finsterem Blick, die Arme vor der breiten Brust verschränkt.

Herbert sieht immer grimmig aus, aber das ist nur Show. Eigentlich ist er total freundlich. Jedenfalls zu allen, die er nicht trainiert. Und außerdem gehört ihm die Anlage.

Marla atmet tief ein. Es riecht gut, nach Seewasser und Sonnencreme, vermischt mit dem Geruch von Pommes und Bratwürstchen, nach Sommer und Ferien eben.

Schräg unter ihr hängt die Wasserskirampe schon halb unter Wasser, so viele Wartende drängeln sich davor in zwei langen Reihen. Vorn, auf dem Brett, machen sich die Cracks mit ihren Trickski und Wakeboards bereit zum Starten, in der hinteren Reihe warten geduldig und mit bangem Gesichtsausdruck die Wasserskifahrer nebeneinander aufgereiht, die Spitzen ihrer Ski zeigen zum See. Die meisten von ihnen sind Anfänger, in ihren Gesichtern kann Marla teils Ungeduld, teils bange Erwartung ablesen, und ein Prickeln läuft ihr den Rücken hinunter.

Genau so hat sie sich auch gefühlt, als sie damals zum ersten Mal gefahren ist: ängstlich und aufgeregt. Und auch jetzt fühlt sie sich ein wenig so, obwohl es eigentlich keinen Grund dafür gibt. Sie ist schließlich nicht zum ersten Mal hier; nein, sie ist schon so oft hier gewesen, dass sie es kaum noch zählen kann.

Ihre Eltern haben das Ferienhaus in der Anlage gekauft, als Marla acht oder neun war, und seitdem haben sie den Großteil jeder Sommerferien hier verbracht, von dem Jahr mal abgesehen, als Oma Hamburg gestorben war und sie zur Beerdigung und zum Hausauflösen dorthin gefahren waren. Aber sonst sind sie jeden Sommer hier gewesen und ein paarmal zu Ostern und Pfingsten dazu.

Der nächste Fahrer wartet bereits, das Gewicht leicht nach hinten verlagert, die Knie gebeugt, die Holzkeule, an der das Seil hängt, mit dem man aufs Wasser gezogen wird, in beiden Händen. Sein Blick geht nach oben, das Umlaufseil blinkt in der Sonne, der nächste Mitnehmer gleitet heran, greift nach der Leine. Einen Moment schwingt sie in der Luft, dann spannt sie sich an. Mit einem satten Klatschen setzt der Fahrer auf dem Wasser auf, stößt einen Jubelschrei aus, als das Seil ihn davonzieht.

Marla holt Luft, ein Schauer läuft ihr über den Rücken. Es ist, als ob sie sein Glück spürt.

Die Galerie im oberen Stockwerk hinter dem Kiosk ist – genau wie das Café nebenan mit seinen riesigen Panoramascheiben – voll besetzt mit neugierigen Feriengästen, die mit großen Augen die Kunststücke und Flugeinlagen der Wakeboarder und Wasserskifahrer betrachten und über die Missgeschicke der Anfänger lachen.

Marla mustert die Wartenden unten. Ihre bunten Helme und Boardshorts leuchten in der Julisonne, tiefschwarz und graublau glänzen die Neos. Nur ein paar Mädchen kann Marla ausmachen, darunter Anna-Lena aus dem nächsten Dorf, die erst dreizehn oder vierzehn ist und letztes Jahr mit dem Wakeboarden begonnen hat, aber schon gleich bei einem Contest dabei war und ziemlich gut abgeschnitten hat.

Hannes hat seinen alten Anzug und neue, giftgrüne Boardshorts an, die beiden Kaute-Brüder tragen mal wieder nagelneue Neoprenanzüge und Westen. Hinter ihnen wartet ungeduldig wippend ein Fahrer, dessen lange blonde Haare ihm unter dem knallgelben Helm bis auf die Schultern hängen. Den Helm kennt Marla, den Fahrer auch: Jap, den dicken Holländer, der so supergut fahren kann.

Allerdings ist er jetzt gar nicht mehr so dick. Über den Winter sind nicht nur seine Haare gewachsen, er hat auch an Gewicht verloren. Ende letzter Saison war er noch rund wie eine Kugel, jetzt ist er fast schlank.

Von Mattis ist nichts zu sehen.

»Marla! Worauf wartest du noch? Los, rauf aufs Wasser mit dir!« Teddy, der Co-Trainer und Kioskbesitzer, steht auf einmal hinter ihr, ein Küchenhandtuch in der Hand, die langen, grau melierten Haare zu einem Zopf zusammengebunden, ein warmes Leuchten in den Augen. Lächelnd streckt er die Hand aus.

»Hallo, Teddy.« Marla lächelt zurück und schlägt ein.

Teddys Hand ist erstaunlich weich, das ist ihr schon letztes Jahr aufgefallen. Man sollte meinen, dass so ein älterer Typ, der seit Jahren Getränkekisten und Pappkartons mit gefrorenen Würstchen hin und her wuchtet, raue Hände hätte. Aber Teddys sind richtig schön weich, fast so wie Marlas eigene. Er drückt ihre Hand noch einen Moment, dann lässt er sie los.

»Läuft gut, oder?« Sie nickt zum Kiosk hinüber, an dem sich eine lange Schlange eishungriger Kinder drängelt, und Teddy nickt.

»Bestens. Das Wetter ist ja auch prima. Und warum kommst

du erst so spät dieses Jahr?«, fragt er. »Der Sommer ist doch schon fast vorbei!«

Ein paar kleine Jungs drängeln sich neben Marla ans Geländer und sie schiebt sich ein wenig zur Seite. »Mein Vater hatte noch beruflich zu tun und meine Mutter und ich wollten nicht allein her.«

Stimmt zwar nicht ganz, aber egal. In Wirklichkeit hatte ihre Mutter Marla förmlich bekniet, mit ihr vorauszufahren, aber Marla hatte sich schlichtweg geweigert. Klar, die Ferienanlage ist ja ganz schön, mit der Wasserskiseilbahn und Holland ganz in der Nähe, aber irgendwie hätte Marla auch mal Lust auf was anderes gehabt. Sie weiß selbst nicht, warum, aber zum zigsten Mal hintereinander hätte sie das Ferienhaus und die Wasserrutsche und den überdachten Streichelzoo hier dann auch nicht unbedingt haben müssen.

»Aber jetzt bist du ja da!« Teddy lächelt breit. Seine hellblauen Augen leuchten, genau wie seine strahlend weißen Zähne. Er wirft sich das Küchenhandtuch über die Schulter und dreht sich zu dem jungen Mädchen hinterm Tresen um, das gerade bei zwei kleinen Jungs abkassiert. Sie muss neu sein, Marla hat sie jedenfalls noch nie gesehen. »Steffi, mach der Lady hier 'ne Cola, ja? Begrüßungsdrink«, flüstert er Marla zu und zwinkert verschwörerisch. »Und wie lange bleibst du?«

»Na, bis Ende Juli.«

Teddy nickt. »Cool«, sagt er. »Also noch zwei Wochen Sommer, Sonne, Superwetter.«

»Sex haste vergessen!« Ein blond gelockter Kopf schiebt sich neben Marla. Sommersprossen, breiter Mund, freches Gesicht. Hannes. »Hi du, haste schön geübt bei euch da in Hannover?«

»Ich brauche nicht zu üben«, sagt Marla und lacht. »Du weißt doch, ich bin ein Naturtalent!«

»Ja, klar, im Lügen!« Hannes grinst und schüttelt seine nasse Mähne, dass ein paar Tropfen herausfliegen. Steffi, die eben die Cola vor Marla hinstellt, kreischt auf und weicht zurück.

»Mensch, Hannes! Lass das doch, Mann!«, schimpft sie und zupft sich pikiert am Top. Marla kann an ihrer aufgeregten Stimme hören, dass sie Hannes gut findet. Wie die meisten Mädchen hier in der Anlage. Sunnyboy Hannes.

»Och, Mausi, das tuuut mir aber leid! Hab ich dich nass gemacht?« Hannes klimpert mit seinen langen Wimpern und streicht sich wie beiläufig über sein Sixpack unter der Weste. Dann lächelt er wieder Marla an. »Soll ich dich auch mal nass machen? Du siehst so erhitzt aus!«

»Idiot!« Marla wundert sich selbst, wie sehr sie sich freut, ihn zu sehen. Dabei hat er sie letzten Sommer ohne Ende genervt, mit seinen coolen Sprüchen, der ständigen Angeberei und dem Dauergrinsen.

»Lass sie in Ruhe und dreh lieber noch ein paar Runden«, befiehlt Teddy. »Dein *three-sixty* sah nicht gerade perfekt aus, da geht noch was, Junge. Denk an den Contest.«

»Jaja«, brummelt Hannes und hebt zwei Finger zum Siegeszeichen. »Klar, Chef. Keine Sorge, war ja nur zum Aufwärmen.« Er nimmt sein Board unter den Arm und lächelt Marla noch einmal breit an. »Fährst du gleich auch noch?«

»Vielleicht später«, sagt Marla. »Muss erst mal ankommen.«

»Tu das! Bis später!« Hannes hüpft hoch, stößt die Faust in die Luft und trabt davon, nicht, ohne Steffi noch einen Kussmund zugeworfen zu haben. Seine grünen Boardshorts hängen so tief, dass ein schmaler Streifen heller Haut über seinem knackigen Hintern zu sehen ist. Im Laufen zieht er sie ein Stückchen höher, dreht sich noch einmal um und wirft jetzt Marla einen Kussmund zu.

»Knallkopf«, sagt Teddy kopfschüttelnd und stößt sich vom Tresen ab. »Sonst alles klar bei dir, Marla? Schule gut? Und deine Eltern, alles wieder im grünen Bereich?« Seine Augen blicken für einen Moment besorgt, aber dann hellt sich seine Miene auf, als Marla nickt.

»Ja, alles wieder gut. Jedenfalls sind sie noch nicht geschieden.« Dass Teddy noch weiß, dass ihre Eltern letztes Jahr solchen Stress hatten! Aber genau deshalb mag sie ihn ja auch so gern: Teddy ist zwar ein alter Knacker, jedenfalls mindestens Ende dreißig oder so, vielleicht sogar älter, aber fast wie ein Kumpel. Nicht nur für sie, sondern für die meisten andern Kids auch, die hier im Sommer an der Anlage rumhängen.

»Wär auch schade drum«, sagt Teddy und streckt sich. Sein Blick geht über die Schar Badegäste, die mittlerweile am Tresen Schlange stehen, dann verengen sich seine Augen für einen Moment. »So, ich muss mal wieder. Bis später, Marla!« Er lächelt ihr zu. »Und nächstes Mal erzählst du mir mal richtig, was bei dir so los ist, ja? Ich muss ja auf dem Laufenden bleiben!« Er legt seine Hand für einen Moment auf Marlas Schulter, eine warme, kräftige Hand. Nicht unangenehm, die Berührung, aber trotzdem muss Marla sich anstrengen, Teddys Hand nicht abzuschütteln.

Doch so weit kommt es gar nicht, denn in diesem Moment hört sie ihren Namen und Teddy lächelt und nimmt seine Hand weg.

»Marla! He, Marla! Huhu!«, schreit Ivana und kommt hektisch winkend auf sie zu.

»Da bist du ja endlich!« Marla grinst und breitet die Arme aus.

»Musst du gerade sagen! Lässt mich hier den halben Sommer allein rumhängen! Und dann gehst du nicht mal ans Handy!« Ivana umarmt Marla und haucht ein paar spitze Küsse in die Luft neben ihren Wangen. Dann hält sie Marla wieder ein wenig auf Abstand. »He, süß siehst du aus! Stehen dir gut, die kürzeren Haare.«

»Und dir die längeren!«, sagt Marla und grinst.

Teddy räuspert sich. »Na, ich werde mich mal wieder um die Geschäfte kümmern. Bei diesen Damengesprächen bin ich ja sowieso überflüssig.«

»Genau!« Ivana lächelt ihn frech an und winkt lässig mit den Fingern. »Lass uns Mädels mal ruhig ein bisschen lästern!«

Teddy nickt. »Kannst du morgen mal wieder aushelfen?«

Ivana mustert ihn, dann nickt sie knapp. »Klar, kann ich machen. Aber erst ab zwei. Davor will ich fahren, ja?«

»Fein«, sagt Teddy. »Das ist gut. Also, morgen um zwei dann?«

»Klar um zwei«, sagt Ivana und dreht sich wieder zu Marla, während Teddy noch mal winkt und dann zum Kiosk hinübergeht. Lässig pustet sie sich eine Strähne aus der Stirn. »Und wie findest du das hier?« Sie zeigt auf ihr neues Nasenpiercing, einen blauen Brillanten, und Marla zuckt mit den Schultern.

»Gut. Seit wann?«

»Bevor wir hierher sind, vor zwei Wochen oder so. Meine Mutter ist im Dreieck gesprungen!« Sie lacht und zieht eine zerdrückte Packung Zigaretten aus ihrem Rucksack. »Willst du eine?«

»Wie, du rauchst jetzt?« Marla ist verblüfft, aber Ivana winkt ab. Sie beugt sich zu dem jungen Familienvater neben ihnen und bittet ihn mit einem gekonnten Augenaufschlag um Feuer. Marla muss grinsen, als sie die Verlegenheit des Mannes bemerkt und den kritischen Blick seiner Frau, der nicht nur Ivana trifft, sondern vor allem ihren Mann.

»Danke schön!«, haucht Ivana mit einem letzten tiefen Blick in seine Augen und wendet sich wieder Marla zu, ein verschwörerisches Grinsen auf ihren Lippen. »Gut, dass du endlich hier bist. Voll öde hier, wenn niemand zum Quatschen da ist! Und dann sind die Typen auch noch so bescheuert, grässlich, echt! Einer bescheuerter als der andere.«

Ivana sagt immer, sie finde die Jungs alle blöd, aber in Wirklichkeit ist sie fast immer heimlich in einen von ihnen verknallt. Jedenfalls war es letztes Jahr so und im Jahr davor auch. Und was davor war – daran kann Marla sich gar nicht mehr erinnern.

»Ey, aber zu Hause sind sie auch nicht besser«, sagt Ivana und stützt beide Unterarme auf das Geländer der Galerie. »Kannste mir glauben, in Bochum wohnen nur Bekloppte.« Tief zieht sie den Rauch ein und stößt ihn mit gespitzten Lippen wieder aus. »Schmeckt übel!«, sagt sie und lacht. Unten fährt gerade ein Anfänger los; unsicher rutscht er auf seinen Skiern vorwärts, hebt den Hintern zu früh und klatscht nahezu übergangslos ins Wasser. Ein paar Zuschauer lachen grölend auf und Ivana stöhnt. »Sind die alle dämlich hier!«

Marla lehnt sich neben Ivana und mustert sie von der Seite. Ivana sieht irgendwie anders aus als letztes Jahr, aber Marla kann nicht genau sagen, woran das liegt. Klar, geschminkt ist sie, mit Lidschatten, und sogar ein wenig Rouge hat sie aufgetragen, aber das allein ist es nicht.

»Und, hast du irgendwas Spannendes zu erzählen?«, fragt Ivana und nimmt noch einen Zug, bevor sie die Zigarette mit einem leicht angewiderten Gesichtsausdruck auf der Geländerstange zerdrückt und zwischen ihre Flipflops fallen lässt. »Irgendeinen süßen Typen kennengelernt in letzter Zeit?«

»Hunderte«, sagt Marla trocken.

»Und Enis? Hast du den jetzt endlich in die Wüste geschickt?«

Ivana weiß, dass mit Enis Schluss ist; ab und zu simsen sie sich ja. Aber so richtig Bescheid weiß sie trotzdem nicht. Weiß keiner. Marla eigentlich auch nicht.

»Yes. Aber der nervt.«

»Wie denn?«

Marla zuckt mit den Schultern. »Schickt tausend Nachrichten hintereinander. Nervig, echt.«

»Hast du deswegen dein Handy so oft aus, oder was?« Ivana lacht, aber ihr Blick gleitet schon wieder suchend übers Wasser.

Unten hat jetzt Herbert von Dima übernommen und in der Reihe der wartenden Fahrer ist erneut Jap aufgetaucht. Er wendet den Kopf und winkt Marla zu, als er sie erkennt, und sie winkt kurz zurück. Ihre Augen fliegen noch einmal über die Fahrer; die Kaute-Brüder haben sich jetzt auch wieder angestellt und albern herum. Hinter ihnen stehen drei ältere Männer, einer mit Kinnbart.

Die Luft ist von Lachen und Rufen erfüllt, vom Rattern des Zugseils und vom satten Klatschen des Wassers, wenn der nächste Fahrer abspringt und aufsetzt.

»Na, wen haben wir denn da?«, fragt Ivana und stößt Marla an. Unter ihnen ist jetzt Hannes in der vorderen Reihe aufgetaucht, mit einer lässigen Geste taucht er sein Board kurz ins Wasser und schlüpft in die Bindungen, ohne hinzusehen. Seinen Helm lässt er offen, *na klar, Angeber,* denkt Marla, aber dennoch muss sie lächeln. Irgendwie ist es wirklich schön, ihn zu sehen, und nicht nur ihn; auch die beiden anderen Fahrer, die jetzt hinter ihm aufgetaucht sind: Julian, natürlich mit dem neuesten Trickski unterm Arm und in grellgelben, hypermodernen Boardshorts – Marla hat beides im aktuellen Wakeboardkatalog gesehen –, und dahinter Dima in seinem zerschlissenen Kurzarmneo mit den uralten roten Shorts darüber, die er schon in den beiden letzten Sommern getragen hat. Seine Bindungen sind ausgeleiert, einer der Senkel ist abgerissen, das sieht Marla, als er hineinschlüpft und dann in die Knie geht und sie fester zieht.

Dima wirkt größer und breiter als letztes Jahr und Julian irgendwie auch; sie sehen beide nicht mehr aus wie Jungs, sondern eher wie junge Männer, findet Marla, und ein leichtes Ziehen geht durch ihren Bauch, als sie ihr leeres Colaglas vorsichtig auf der Balustrade absetzt. Klar, sie sind ja auch echt keine Kinder mehr, Julian nicht und Dima und Chris nicht, der ältere der beiden Kaute-Brüder, und Marla und Ivana auch nicht. Und auch Hannes nicht, der jetzt den Blick gehoben und sie und Ivana oben auf der Galerie entdeckt hat.

»He, ihr heißen Schnitten!«, ruft er fröhlich und winkt ihnen ausladend zu, und Marla kann nicht anders, sie muss grinsen, als er ein paar unanständige Bewegungen mit der Hüfte vollführt und dann auf die Knie geht. »Kommt, erlöst mich!«, ruft er.

»Erlös dich doch selber!«, ruft Ivana zurück und kichert, und jetzt sehen auch Julian und Dima zu ihnen auf.

»Hi, Marla, auch mal wieder im Lande?«, ruft Julian und winkt. Dann wirft er Ivana einen Kussmund zu, die sich zur Antwort an die Stirn tippt.

»Knallkopf«, sagt sie und zupft die Träger ihres Tops zurecht.

»Aber gut sieht er aus«, sagt Marla. »Irgendwie besser als letztes Jahr. Findest du nicht? Ist doch voll dein Typ, oder?«

Ivana prustet, scheinbar empört. »Spinnst du jetzt!«, sagt sie, aber an ihrer Stimme kann Marla hören, dass sie voll ins Schwarze getroffen hat.

Sie lächelt Dima an, der verstohlen zu ihr hinaufsieht, und er nickt knapp und senkt schnell wieder den Blick auf seine Bindungen.

Dima mag zwar erwachsener aussehen, aber extrem schüchtern ist er immer noch. Das hat sich also nicht geändert.

Marla sieht zu, wie die drei Jungs sich bereit zum Start machen. Über ihnen glänzt das metallene Umlaufseil der Wasserskianlage in der heißen Sonne, an fast jeder Schleppleine hängt ein Fahrer. Auch von Weitem kann man die Ungeübten von den Könnern unterscheiden, an den Klamotten sowieso – die Anfänger tragen nie Helme und Boardshorts, dafür immer diese neonfarbenen Schwimmwesten –, aber auch schon an der Körperhaltung. Amüsiert sieht Marla zu, wie einer der Jüngeren wackelig auf die erste Kurve zufährt, die Ski zu weit auseinander, den Oberkörper zu weit nach vorn gebeugt, Modell Klappmesser original. Einen Moment hängt die Schleppleine durch, dann fällt er klatschend ins Wasser.

Hinter ihm kommt Jap angerauscht, dann das große Mädchen aus Papenburg, das letztes Jahr bei den *Open Girls* gewonnen hat, und dahinter ein weiterer Fahrer. Für einen Moment zieht Marla die Luft ein, aber es ist doch nicht Mattis, der da in einem weiten Bogen heransaust; Marla kennt ihn nicht, er dürfte in ihrem Alter sein, vielleicht auch ein oder zwei Jahre älter, dunkle, halblange Locken unter dem roten Helm, breite Schultern, tief hängende Boardshorts über dem Neopren-Shorty. Fast unbeweglich steht er auf seinem Wakeboard, hält die Keule lässig mit rechts, seine blau-weiß gestreiften Shorts leuchten, als er den Kurvenschwung mitnimmt und einen astreinen *air railey* hinlegt. Ein Raunen geht durch die Zuschauermenge oben auf der Tribüne, und unter ihnen spuckt Julian auf den Boden.

»Haben wir alles schon mal gesehen, ey!«, ruft er laut, und die anderen Jungs lachen höhnisch.

Ivana wirft Marla einen nachdenklichen Blick zu. »Süßer Typ, oder? Kennst du den?«

Marla schüttelt den Kopf und weicht einem kleinen Jungen aus, der sein tropfendes Eis gefährlich dicht neben ihr balanciert. »Noch nie gesehen, den Typen.« Noch nie gesehen, nein. Und jetzt auch nur von Weitem. Aber komisch, dass es dann in ihrem Bauch gezuckt hat, als er beim Weiterfahren leicht in die Knie ging.

»Ich schon«, sagt Ivana bedeutungsschwanger. »Der ist seit ein paar Tagen hier, aber ich hab noch nichts über ihn rausgekriegt.«

»Über wen?« Eine bekannte Stimme lässt sie herumfahren. Teddy steht dicht hinter ihnen, in der Hand zwei *frozen yogurt*. »Für euch«, sagt er. »Kleines Begrüßungsgeschenk.«

»Danke! Aber ich hatte doch schon eine Cola!« Marla nimmt ihm ein Eis ab und Ivana das andere.

»Hab heute meine Spendierhosen an«, sagt Teddy und richtet seine hellblauen Augen auf Ivana. »Na, und über wen hast du noch nichts rausgekriegt?« Er lächelt und Ivana lächelt zurück.

»Ach, ist doch egal!«, wehrt sie ab.

»Aber du weißt doch, ich bin das wandelnde Lexikon! Teddy weiß doch immer alles!« Er starrt Ivana so lange an, bis sie mit den Schultern zuckt.

»Wir haben uns nur gefragt, wer der eine neue Fahrer ist.«

»Welcher?« Teddy lässt nicht locker. Sein Blick sucht den See ab, dann nickt er. »Der mit den Streifenshorts dahinten?«

Marla und Ivana drehen sich beide um und folgen seinem Blick.

»Ja, genau der«, sagt Marla.

Gemeinsam sehen sie zu, wie der Fahrer in den Streifenshorts sich leicht in die Seite legt und dann mit Schwung auf den Slider zufährt. Oben angekommen, dreht er mit Leichtigkeit eine Art Pirouette, wobei er die Hantel hoch über den Kopf hält, dann setzt er mit einem eleganten Hüpfer wieder auf dem Wasser auf und stemmt lässig eine Hand in die Hüfte.

»Kennst du den?«, fragt Ivana und der leicht hoffnungsvolle Unterton in ihrer Stimme ist nicht zu überhören.

»Den?« Teddys Gesicht verschließt sich, aber nur für einen Moment. Dann lächelt er wieder, sein strahlendes, offenes Teddylächeln. »Der ist das erste Mal hier. Und wird wohl auch das einzige Mal bleiben. Ist nämlich nicht so ganz das Niveau seiner Schnösel-Familie.«

Marla fragt sich gar nicht erst, woher Teddy das weiß. Es ist eben so, Teddy weiß meistens Sachen, die kein anderer weiß.

»Und wo kommt der her?«, fragt Ivana und bläst sich eine Strähne aus der Stirn.

Teddy mustert sie mit ausdruckslosem Gesicht, dann zuckt er mit den Schultern. »Das, junge Dame, weiß ich nun wieder nicht. Aber ich weiß, dass ich mich nun wieder an die Arbeit machen muss.« Er nickt zum Kiosk hinüber, an dem die Durstigen und Eishungrigen schon wieder Schlange stehen, dann zwinkert er ihnen beiden zu und geht hinüber.

»Du tropfst«, sagt Ivana und grinst, als Marla erschrocken ihr *frozen yogurt* von sich weghält. Dann sieht sie Teddy nachdenklich hinterher, während sie an ihrem Eis leckt.

Marla blickt wieder zum See, aber den Typen in den Streifenshorts kann sie nicht mehr entdecken. Dafür sieht sie Dima, der gerade eben um die Kurve kommt und auf den großen Kicker zusteuert. Marla kann den konzentrierten Ausdruck in seinem Gesicht deutlich erkennen, als er leicht in die Knie geht, Schwung holt und dann einen lupenreinen *three-sixty* präsentiert, gefolgt von einem lässigen *slide*.

Die Menge johlt und ein paar anerkennende Pfiffe ertönen. Aber da ist Dima längst schon vorbei.

»Der wird immer besser!«, sagt Marla bewundernd und blickt zu Ivana. »Oder?«

Aber Ivana antwortet nicht. Sie leckt mit gerunzelter Stirn an ihrem *frozen yogurt* und sieht immer noch zu Teddy hinüber, der jetzt wieder hinter dem Tresen steht und gemeinsam mit Steffi seine Kundschaft bedient. Marla kann Ivanas Blick nicht deuten, aber eines weiß sie auf einmal: Es liegt nicht an der Schminke und auch nicht am Rauchen, dass Ivana so verändert aussieht. Sie sieht verändert aus, weil sie sich verändert hat. Nur weiß Marla noch nicht, in welcher Hinsicht.

»Musst du los?« Japs Augen glitzern in der Abendsonne.

»Ja. Meine Eltern wollen grillen.« Marla winkt den anderen zu und dreht sich um, doch Jap fasst sie am Arm. Ganz sanft nur, aber seine Finger scheinen auf ihrer Haut zu brennen.

»Soll ich dich bringen?«

Marla sieht ihn an, seine dichten, blonden Wimpern, das strubbelige Blondhaar, die hellen Augen, die zu schmalen Schlitzen zusammengekniffen sind, dann lächelt sie. »Nein, danke, du bist ja noch nicht mal umgezogen.«

Jap trägt noch Neo und Boardshorts, aber er winkt ab. »Ich zieh mich sowieso zu Hause um.«

»Wie, du fährst im Neo rüber nach Holland?« Hannes lacht und haut Jap auf die Schulter. »Echt cooler Typ, wow!«

Jap schüttelt seine Hand ab, seine Augen liegen immer noch auf Marlas Gesicht, tasten es ab. Sie hat fast das Gefühl, als würde er sie damit streicheln. Und sie weiß nicht genau, ob ihr das gefällt.

»Nee, lass mal, nächstes Mal vielleicht«, sagt sie und schenkt ihm wenigstens ein breites Lächeln.

Seine Augen verdunkeln sich, dann zuckt er mit den Schultern und wendet sich ab.

»Tschüs, bis morgen!« Marla winkt Ivana und Julian zu, die weiter hinten an der mittlerweile geschlossenen Anlage herumstehen. Die Kaute-Brüder und noch ein paar andere sind dazugekommen, einheimische Jugendliche und einige Dauergäste wie Ivana und Marla; zusammen bilden sie eine fast eingeschworene Gemeinschaft. Jeder kennt jeden, wenn auch nicht besonders gut; Sommerfreundschaften sind es, die alle Jahre wieder erneuert werden.

Der Typ mit den gestreiften Shorts allerdings ist nicht dabei.

Den Weg durch die Anlage kann Marla fast mit geschlossenen Augen gehen, so vertraut ist er ihr: erst durch den kleinen Kiefernwald, der die Wasserskianlage und den Strand von der Straße trennt, dann die Allee ein Stück hinunter, links in den gepflasterten Weg einbiegen, einmal rechts und dann kommt schon das Ende des Weges in Sicht. Hier, in diesem Teil der Anlage, sind die Ferienhäuser paarweise einander gegenüber angeordnet, alle sehen gleich aus: rote Klinker, rotes Dach, Parkplatz daneben, Garten dahinter. Ihr Haus steht im halbkreisförmigen Ensemble am Ende der Straße, dicht umringt von ein paar Eichen und vielen hohen Silberpappeln, die beim leisesten Windhauch laut rascheln. Dahinter kommt freies Feld, dann ein Waldstück und danach die Landstraße, die zur Autobahn führt, weg von hier, in die Ferne, ans Meer, das nur eine gute Stunde Fahrt entfernt ist.

Das Meer. Marla wäre liebend gern jetzt dort und nicht hier.

Es ist nur eine Stunde weg, aber irgendwie hat sie es noch nie geschafft, ihre Eltern zu einem Ausflug dorthin zu überreden. 16 Jahre alt und noch nie das Meer gesehen. Peinlich.

Sie zieht ihr Handy heraus und schaltet den Klingelton wieder ein. Acht SMS, eine von Ivana, sieben von Enis.

Hört der denn nie damit auf?

Ein Knacken.

Marla bleibt stehen und sieht sich um. Die Straße liegt ruhig im Abendlicht da. Von irgendwoher kommt ein Kinderlachen, gedämpfte Fernseherstimmen wehen durch die Luft. Die Pappeln rauschen, wie Meeresrauschen klingt es, wenn man die Augen schließt. Das hat Marla schon als Kind gemocht.

Jetzt aber ist noch etwas zu hören außer dem Rauschen: ein weiteres Knacken, lautes Rascheln und dann ein unterdrücktes Fluchen.

Marla kneift die Augen zusammen und mustert die Bäume, die am Straßenrand aufragen.

Plötzlich erscheinen sie ihr sehr hoch. Und irgendwie düster, obwohl es noch gar nicht dunkel ist.

Wieder ein Knacken, dann ein unterdrückter Fluch. Sehr leise, eher ein Raunen.

Dahinten, rechts neben ihrem Ferienhaus, bewegt sich etwas in den Bäumen.

Marla sichert mit Blicken die Straße. Ihr Herz hat angefangen, heftig zu schlagen, und vorsichtig ballt sie die Hände zu Fäusten.

Der dritte Baum ist es, von der Straße aus gezählt. Eine knorrige Eiche. Noch während sie hinsieht, taucht etwas Helles aus dem Blattwerk auf.

Ein Fuß. Ein Fuß, der in einem weißen Turnschuh steckt.

Es raschelt erneut. Der Fuß rudert in der Luft herum, dann

teilt sich das Blattwerk, und Marla erkennt eine Gestalt, die auf zwei Meter Höhe im Baum hängt, aber jetzt, gerade, als Marla hinsieht, nach unten zu rutschen beginnt.

Marla sieht zwei strampelnde Beine in Jeans, Turnschuhe, die verzweifelt nach einem Ast hangeln, dann hört sie das Knirschen reißenden Stoffs und noch einen Fluch und dann einen dumpfen Aufprall.

»Scheiße!«, murmelt die Gestalt unterdrückt.

Marla holt Luft. »Hallo?« Vorsichtig tritt sie näher heran.

Auf dem Boden, zwischen den Baumwurzeln, sitzt ein Junge und hält sich leise fluchend den Arm. Er ist ungefähr in ihrem Alter, vielleicht ein bisschen jünger, mit zerrauften, dunklen Haaren, die ihm fast bis auf die Schultern hängen, und erstaunlich hellen Augen, die im Abendlicht blitzen, als er zu ihr hochsieht.

»Hast du dir wehgetan?«, fragt sie.

»Na klar«, knurrt er und wiegt sich vor und zurück. »Klar hab ich mir wehgetan. Stürz du mal aus zwei Metern zu Boden!«

Er sieht grimmig aus, aber trotzdem muss Marla lächeln. »Nee, mach ich lieber nicht«, sagt sie und geht neben ihm in die Hocke. »Du hast mich total erschreckt. Was ist denn, hast du dich verletzt?«

Er sieht sie an, blitzende Abwehr. »Gibt es da einen Unterschied, sich verletzen und sich wehtun?«

»Ja«, sagt sie nach einem Moment. »Oder nein, weiß nicht. Was denn nun? Ist was gebrochen?«

»Das war mal die richtige Frage!«, sagt er, lässt seinen Arm los und bewegt ihn vorsichtig hin und her. »Nein, ich hab mir nichts gebrochen. Aber weh tut es trotzdem!« Er rappelt sich auf.

Marla steht ebenfalls auf. »Also alles okay?«

Er betrachtet sie und kneift die Augen zusammen. Seine Wange ist schmutzig, ein dicker, dunkler Streifen zieht sich quer darüber, bis hinunter auf sein T-Shirt, und in seinen Haaren haben sich ein paar Blätter verfangen. »Ja«, sagt er langsam, »alles okay.«

Sehr helle Augen. Viele Jungs haben helle Augen. Aber nur in der Sonne.

»Bist du nicht zu alt dafür, auf Bäume zu klettern?«

»Nee. Oder doch, klar. Aber ich bin nicht alt. Ich bin uralt. Und gerade erst geboren.« Er grinst schief.

»Spinner!« Sie muss den Kopf schütteln und lächeln. Komischer Typ. Aber irgendwie witzig.

Er kneift seine hellen Augen zusammen. »Und wer bist du?«

»Marla.«

»Nee, das mein ich nicht. Ich meine, wer du *bist.*«

Sie überlegt einen Moment, dann zuckt sie mit den Schultern. Auf Fragen, die man nicht beantworten kann, stellt man am besten eine Gegenfrage. »Und wer bist du?«

»Wenn ich das man wüsste«, sagt er und lacht. Dann tippt er sich zum Abschied an die Stirn, streckt den Finger gerade in die Luft und setzt sich in Bewegung. »Tschüs!«

Marla sieht ihm nach, wie er die stille Straße hinunterhüpft, abwechselnd auf einem Bein. An der Ecke breitet er die Arme aus und rennt los, und Marla kann die Brummgeräusche, die er macht, noch einen Moment lang hören, bevor sie verstummen.

Und erst jetzt fällt ihr ein, dass sie ihn hätte fragen sollen, was er eigentlich auf dem Baum direkt neben ihrem Ferienhaus zu suchen hatte. Aber es ist ihr im Grunde egal. Es gibt unzählige Bäume in der Anlage. Er hat sich eben diesen Baum ausgesucht. Na und?

Auf der Terrasse glühen die Kohlen schon auf dem Grill, der Handwagen mit dem Grillgut steht bereits daneben. Über den Würstchen, die Marlas Vater in einer selbst gemachten Marinade gewälzt hat, summt eine dicke Schmeißfliege.

Die Terrassentür steht offen, Marla kann ihre Eltern in der Küche leise miteinander reden hören. Sie bleibt stehen und lauscht einen Moment; ihre Stimmen klingen ruhig, aber Marla kann den angespannten Unterton darin dennoch ausmachen.

Früher haben ihre Eltern viel miteinander gelacht, dann viel gestritten, aber in letzter Zeit, seit dem großen Krach zu Pfingsten, gehen sie sehr vorsichtig miteinander um. Manchmal weiß Marla nicht, wie sie das finden soll.

Manchmal wäre ihr lieber, sie würden sich lauthals streiten.

Oder sich trennen.

»Marla! Da bist du ja endlich!« Marlas Vater tritt auf die Terrasse hinaus, eine Schale mit Brot in den Händen, die in Grillhandschuhen stecken. Er trägt eine Schürze mit großem Aufdruck, »Grillmaster« steht darauf; Marla ist jedes Mal froh, wenn sie beim Grillen keine Gäste haben. »Na, wie war das Wiedersehen mit deinen Kollegen?«

»Gut«, sagt Marla und beäugt misstrauisch die Würstchen. »Sind da auch vegetarische dabei?«

»Selbstverständlich. Dein Wunsch ist mir ein Befehl.« Er deutet auf vier helle Bratrollen, neben denen zwei dünne Scheiben liegen, die nach Käse aussehen. »Halloumi habe ich auch besorgt.«

»Ist das dieser komische Käse?«

»Genau der. Und der wird dir schmecken«, erklärt ihr Vater. Er pustet kurz in den Grill, dann legt er ein paar Würstchen auf den Bratrost. Es zischt, und Funken stieben auf, als die Marinade in die Flammen tropft.

»Hm, das wird uns schmecken!«, wiederholt Marlas Vater, öffnet eine Bierflasche und schenkt sich ein. Dann setzt er sich an den Tisch, der bereits für drei Personen gedeckt ist. Auf der sauberen Plastiktischdecke stehen drei Teller mit sorgsam gefalteten Servietten darauf, blitzendes Besteck daneben, eine Schale mit Salat, die Schale mit Brot. Alles sieht ordentlich und akkurat aus.

»Habt ihr euch gestritten?«, fragt Marla und steckt die Hände in die Hosentaschen.

Ihr Vater sieht überrascht auf. Das Bier hat einen schmalen Schaumschnurrbart hinterlassen. »Warum?«

Marla zuckt mit den Schultern. »Ich guck mal nach Mama«, sagt sie und geht ins Haus.

»Marla?«, ruft ihr Vater ihr hinterher, aber sie antwortet nicht.

Marlas Mutter kommt ihr gerade mit zwei Wasserflaschen in den Händen entgegen. »Ach, da bist du ja!«, sagt sie erfreut. »Papa wollte gerade die Würstchen auf den Grill legen.«

»Hat er schon. Gib mal her.« Marla nimmt ihrer Mutter eine Flasche ab. »Und, alles in Ordnung bei euch?«

Ihre Mutter fährt sich mit dem Handrücken über die Stirn. »Ja, doch, alles in Ordnung. Ist schön, wieder hier zu sein. Oder?«

Ihr Tonfall klingt fast ein wenig flehentlich, findet Marla. Aber sie nickt. »Ja, ist schön. Ich hab Ivana getroffen. Und die anderen.«

»Lad sie doch mal ein«, sagt ihre Mutter, wobei sie offenlässt, wen sie damit eigentlich meint.

Und ob sie es wirklich so meint, ist auch nicht ganz klar. Marla bringt nur noch selten Freundinnen mit nach Hause. Und auch nicht ins Ferienhaus.

Ivana war ein paarmal hier. Aber die anderen nicht.

»Komm, lass uns was essen. Hunger?« Marlas Mutter legt ihr den Arm um die Schultern, und Marla drückt sich für einen Moment an sie, bevor sie auf die Terrasse gehen, wo Marlas Vater eben die ersten Würstchen vom Grill nimmt und mit einer schwungvollen Geste auf die Teller gleiten lässt.

»Guten Appetit! Die werden euch schmecken!«, ruft er eifrig und für einen Augenblick tut er Marla leid.

Das muss stressig sein, immer so gut gelaunt wirken zu wollen.

»Danke, Papa«, sagt sie und setzt sich schnell hin. Die Tofuwürstchen schmecken wie Gummi, aber Marla ringt sich ein Lächeln ab. »Oh, echt lecker!«

»Ja?« Ihr Vater lächelt und ihre Mutter nickt eifrig.

»Sehr lecker, Wolf«, sagt sie und lächelt ihm zu. »Köstlich. Wie schön, dass wir hier sind!«

Sie nimmt ihr Wasserglas hoch und prostet Marlas Vater und dann Marla zu, und beide prosten zurück, Marlas Vater mit seinem Bier, Marla mit ihrer Cola.

Manchmal vermisst sie Miriam so sehr, dass es ihr in der Kehle wehtut.

Eigentlich muss man es ihren Eltern hoch anrechnen, dass sie es geschafft haben, zusammenzubleiben. Die meisten Ehen, hat sie gelesen, zerbrechen, wenn ein Kind stirbt.

Bei ihren Eltern ist auch etwas zerbrochen.

Und in Marla selbst auch. Aber das kriegt sie hin. Kriegt sie hin, kriegt sie hin.

Es raschelt in den Silberpappeln, ein Windzug kommt auf. Plötzlich muss Marla an den Jungen mit den hellen Augen denken, der vorhin aus dem Baum gefallen ist.

Warum hat er sich ausgerechnet den Baum ausgesucht? Es

gibt zahllose Bäume in der Anlage, warum ausgerechnet der Baum neben ihrem Ferienhaus?

»Warum lächelst du?«, fragt ihr Vater freundlich.

Marla säbelt ihr Gummiwürstchen klein, dann steckt sie es sich rasch in den Mund, um nicht antworten zu müssen. »Einfach nur so«, sagt sie.

Sie haben sich garantiert gestritten, vorhin.

Aber auf einmal ist das überhaupt nicht so schlimm. Na und, dann haben sie eben gestritten. Was soll's.

Ein Signalton schwirrt durch die Luft. Ihre Eltern sehen sich an und Marla greift nach ihrem Handy. Enis, natürlich. Sie schaltet auf lautlos.

Morgen wird sie ihr Board mitnehmen und selbst fahren.

»Ja«, sagt sie. »Schön, dass wir hier sind.«

Ihre Eltern sehen sie erstaunt an, und Marla zuckt mit den Schultern, steckt sich den Rest Gummiwurst in den Mund und spült mit Cola nach. Dann tippt sie auf die Bierflasche ihres Vaters, von der schwitzendes Kondenswasser herunterperlt. »Krieg ich was ab?«

Ihr Vater sieht sie verdutzt an, dann lächelt er unsicher. »Na ja, warum eigentlich nicht«, sagt er.

Und vielleicht ist der Typ in den gestreiften Boardshorts ja auch wieder da.

Oder vielleicht ja auch Mattis.

2

Am nächsten Morgen sind noch zwei SMS von Enis auf Marlas Handy eingegangen. Komisch, jetzt, da sie weg ist, scheint er besonders hartnäckig. Als wenn's nicht so schon gereicht hat.

Marla bleibt noch im Bett liegen und liest, was er geschrieben hat. Eigentlich immer das Gleiche: *ruf mich an, ich muss mit dir reden. ich vermisse dich. lass uns noch mal reden, baby!*

Baby! Eigentlich hätte sie gleich wissen müssen, dass es mit ihnen nichts wird, als er sie das erste Mal so genannt hat. Am Maschsee, bei dem Open-Air-Festival, nach ihrem ersten Kuss.

Ihre Mutter ist erstaunlich gut gelaunt beim Frühstück; sie trägt ein Top mit schmalen Trägern und kurze Shorts, unter denen ihre bleichen Beine herausschauen, deren Haut ein bisschen verschrumpelt aussieht. Bei dem Anblick zieht sich Marlas Magen für einen Moment zusammen; ihre Mutter ist nicht mehr so richtig jung, klar, aber trotzdem. Soll sie doch rumlaufen, wie sie will, aber wenn Marla mal so alt ist, dann zieht sie lieber lange Hosen an.

»Und heute fährst du also?«, fragt ihre Mutter, als Marla ihr Handtuch in die Tasche stopft. »Freust du dich? Ich komme nachher vielleicht mal gucken.«

»Machst du doch sowieso nicht!« Marla nimmt ihre Tasche

hoch, dann, in einer plötzlichen Aufwallung von Zärtlichkeit, geht sie zu ihrer Mutter hinüber und umarmt sie. Ihre Mutter erstarrt für einen Moment, dann umarmt sie Marla ebenfalls.

»Viel Spaß«, sagt sie und lässt Marla schnell wieder los. »Bis nachher!« Sie lächelt, aber dahinter kann Marla die Traurigkeit erkennen, die in ihrer Mutter festsitzt wie ein unsichtbares Geschwür.

Als Marla die Tür hinter sich zuklappt, bereut sie fast, ihre Mutter umarmt zu haben.

Geht das nie weg? Diese Traurigkeit, bleibt die für immer?

Es ist noch recht frisch, aber die Sonne steht schon ganz weit oben am Himmel, hinten im Westen ziehen leichte Schleierwolken in Richtung Holland. Die Allee liegt jetzt hinter ihr, nur noch eine Baumgruppe muss Marla umrunden, dann kommt das Gebäude der Wasserskianlage in Sicht, und dahinter, glitzernd, der See. Marlas erster Blick gilt dem Schleppseil, hastig sucht sie es ab, läuft die Anlage schon?

Noch ist sie zu weit entfernt, aber dann sieht sie die Gestalt weiter hinten im Wasser, die Gischtspur, die sie hinter sich herzieht, dann endlich die Leine, die sich hinauf zum Mitnehmer spannt.

Ja, die Anlage läuft.

Für einen Moment lauscht sie, hört leises Stimmengewirr, ein Lachen, dann ein paar Rufe. Und das sanfte Zischen des Wassers, als ein Boarder sich nähert. Das Klacken des Mitnehmers, der die Leine einhakt. Das Surren des Umlaufseils.

»Hallo, Marla!« Chris, der ältere der beiden Kaute-Brüder, winkt ihr freudig von der Treppe aus zu, als sie um die Ecke biegt. »Ah, cool, endlich aufs Wasser, was?« Er ist schon umgezogen, genau wie die anderen, die um ihn herumstehen: sein jüngerer Bruder Daniel, Julian und Hannes. Ivana allerdings ist nicht dabei, sie hat bestimmt wieder verschlafen.

Marla winkt zurück, aber sie bleibt oben auf dem Absatz stehen und legt ihr Board ab. Sie muss sich erst mal sattsehen.

Obwohl es noch früh ist, haben sich neben den Stammfahrern schon einige Touristen eingefunden, die aufs Wasser wollen; kein Wunder, bei dem Wetter. Zu Hause in Hannover hat Marla sich in den letzten drei Wochen täglich mit bedecktem Himmel und gelegentlichem Nieselregen zufriedengeben müssen, aber jetzt, seit sie hier sind, knallt die Sonne nur so vom Himmel. Und das auch schon länger, der tiefen Bräune nach zu urteilen, die viele Feriengäste zur Schau stellen.

Fast alle Gesichter kennt Marla zumindest vom Sehen; klar, die meisten hier sind Dauergäste, die Jahr für Jahr wiederkommen.

Sie atmet tief ein und lässt ihre Tasche von der Schulter gleiten, stellt sie neben ihr Board. Ihr Herz klopft immer noch wie verrückt, als wäre sie ganz frisch verliebt. Der See vor ihr glitzert in der Morgensonne, die Sprungschanze gleich gegenüber ist hochgefahren und noch trocken. Herbert lässt sie nur für die besten Springer herunter und stellt auch dann erst die Sprenkler an; das schreckt übermütige Touristen ab.

Jetzt steht er unten im Häuschen und betrachtet grimmig die nächsten Fahrer, die sich für den Start bereit machen. Jap und Dima sind es und Herbert klatscht in die Hände.

»Los, los, nicht einschlafen, ihr beiden, rauf aufs Wasser, bevor hier wieder der Teufel los ist!« Er reicht Dima die Keule, der Mitnehmer schwingt heran, Dima springt ab und dreht sich in der Luft, während er aufsetzt. Daniel pfeift ihm lachend hinterher.

»Marla, huhu! Ich hab verschlafen!« Ivana kommt von hinten auf Marla zugelaufen, ihr Board unterm Arm, die große Tasche mit den Klamotten über der Schulter. »Komm! Wollen wir, bevor es wieder zu voll wird?«

Gemeinsam laufen sie die Treppe hinunter zur Umkleide, die jetzt, so früh am Tag, noch vollkommen leer und recht ausgekühlt ist.

»Arschkalt hier!«, schimpft Ivana und stampft mit den Füßen, während sie ihren Neoprenanzug aus der Tasche holt. Sie beeilen sich mit dem Umziehen, schlüpfen in ihre Badeanzüge, dann in den Neo. Ivana redet ohne Unterlass, sie erzählt Marla haarklein, wie sie am Abend zuvor noch mit Julian geflirtet hat und warum Dima mit seinem neuen Haarschnitt bescheuert aussieht, aber Marla kann nicht richtig zuhören. Ihr ist kalt, aber gleichzeitig ist ihr auch warm, und als sie ihren Neoprenanzug hochzieht und sich das feste, zugleich weiche und kühle Material um ihre Beine und dann den Körper schmiegt, könnte sie juchzen. Wie sie das vermisst hat!

Wie eine zweite Haut legt sich der Anzug um ihren Körper, mit einem Seufzen steckt sie die Arme durch die Öffnungen, zieht die Schultern zusammen und greift rücklings nach dem Rückholbändchen, das am Reißverschluss befestigt ist.

Ivana ist fast gleichzeitig fertig, mit Anziehen, nicht mit Erzählen. Ihre Augen blitzen, als sie ihre Boardshorts zubindet und sich die Weste überzieht. »Und du?«, fragt sie. »Was hast du noch so gemacht gestern?«

»Mich auf heute gefreut«, sagt Marla und zieht sich ihre Weste über. Sie hat einen kleinen Riss an der rechten Seite, und ein paar Nähte haben sich gelöst, eigentlich bräuchte sie bald eine neue.

»Und Enis? Hat der sich noch mal gemeldet?«

»Ach, hör mir doch auf mit dem!«

»Los jetzt, komm!« Ivana rammt ihr spaßeshalber den Ellbogen in die Seite, lacht sie an. »Ab aufs Wasser! Wir zeigen's den Jungs jetzt mal so richtig!«

»Aber hallo!«, sagt Marla. »Und wie! Die werden staunen!«

Lachend laufen sie nebeneinanderher zur Anlage hinunter und holen sich am Kassenhäuschen ihr Armband mit dem Barcode, der anzeigt, wie lange sie fahren dürfen. An der Schleuse hält Marla ihr Armband vor den Scanner, wartet, bis das Piepsen ertönt, tritt durch die Pfütze, damit ihre Füße nass werden, um dann leichter in die Bindungen zu rutschen, und schiebt ihr Board über die Kante. Im gleichen Moment legt ihr jemand eine kalte Hand auf die Wange, und sie zuckt zusammen.

Japs Augen leuchten, seine langen Haare sind nass, er nimmt seine Hand weg. »Noch kannst du es dir überlegen!«, lacht er sie an. »Saukalt, das Wasser!«

»Ist mir egal!« Marla tippt sich an die Stirn, grinst ihn an, dann windet sie sich zwischen zwei Fahrern hindurch, um ihr Board kurz ins Wasser zu tauchen, die Bindungen geschmeidig zu machen. Irgendwer hinter ihr pfeift, ein paar andere lachen, Marla lauscht einen Moment mit geschlossenen Augen. Das Zischen des Wassers, das Klatschen, die freudigen Stimmen. Wie gut, dass sie hergekommen ist, irgendwie hat sie all das hier doch ganz schön vermisst! Neben ihr hüpft Chris mit seinem Board vorn auf die Rampe, wiegt sich sanft in den Hüften. Marla legt ihr Brett hin, weitet den Einstieg, schlüpft in die Bindungen, erst mit dem rechten Fuß, dann mit dem linken, gleichzeitig mit Ivana, die hinter ihr wartet. Gemeinsam rutschen sie vorwärts, von Daniel und Hannes gefolgt, deren Anzüge triefen.

Marla greift nach ihrem Helm, zurrt ihn fest.

Herbert grinst Marla grimmig entgegen, reicht ihr die Keule.

»Marla?« Eine Stimme, hinter ihr.

Sie dreht sich kurz um, die Keule brennt in ihrer Hand, sein Blick brennt in ihrem Magen. Dunkle Locken, wildes Gesicht, glänzende Augen. Mattis lächelt ihr zu.

»Hau rein, Marla! Fahr wie der Teufel!«

Sein Blick fliegt nach oben, zur Ampel, Marla schwingt schnell herum, geht tief in die Hocke, spannt die Armmuskeln an, den Hintern, die Schenkel, jeden einzelnen Muskel. Der Mitnehmer saust peilschnell heran, fasst nach der Leine, flitzt um die Ecke, Marla holt Luft. Dann kommt der Ruck, und Marla fährt los, gleitet nach vorn, aufs Wasser, nimmt Fahrt auf, ein Gefühl wie ein seliges Schweben. Als würde sie fliegen.

Ein Juchzer kommt aus ihrer Kehle, dann muss sie lachen, stemmt sich zur Seite, kantet sanft an, nimmt eine Kurve. Ihr Brett unter den Füßen gehört jetzt zu ihrem Körper, das Board und sie sind wieder eins. Das Warten ist endlich vorbei.

Marla geht in die Knie, zieht die Ellbogen an, fängt an zu kanten. Schneller wird sie und schneller, Gischt brandet auf, Wasser spritzt hoch. Die Sonne blitzt auf. Marla lacht. Und dann fliegt sie.

Und fliegt. Weit übers Wasser.

Siehst du mich, Mattis?

Alles geht noch: *switchen*, drehen, *bunny hops*, *goofy* – also rückwärts – fahren. Sogar einen lupenreinen *grab* beim Sprung über den kleinen Kicker kriegt Marla hin. Nach vier Runden fährt sie raus und stellt sich gleich wieder an, gierig nach mehr.

Vor ihr steht einer der kleinen Jungs aus dem Dorf, bibbernd, mit blau angelaufenen Lippen, trotzigem Blick. Das kennt Marla genau: nicht aufhören zu wollen, auch wenn man noch so sehr friert. Der Sport hier macht süchtig. Und Spaß, Spaß, Spaß, Spaß.

»Mann, Marla, tut das nicht weh, so breit zu grinsen?« Mattis steht hinter ihr, lacht sie an. Sein Gesicht scheint im letzten Winter noch markanter geworden zu sein; sein Neo sieht neu aus: braun mit weiß an den Ärmeln und verschnörkelten Schriftzügen darauf. Das Weiß ist so strahlend hell wie das Weiß von Mattis' Augen, das Braun nur unwesentlich dunkler als seine Haut. Wie kann man nur so verdammt gut aussehen?

Marla spürt, wie ihr Grinsen sich noch mal verbreitert. Mattis hat recht, es tut schon fast weh. »Ist das nicht cool? Endlich wieder fahren!«, sagt sie und stellt ihr Board neben sich.

»Das einzig Wahre«, bestätigt Mattis lächelnd. Seine Zähne sind auch weiß, strahlend weiß und ebenmäßig. Er könnte Werbung damit machen. Wasser tropft aus seinen Haaren, sein Helm blitzt in der Sonne. »Wie lange bleibst du?«, fragt er.

»Zwei Wochen«, sagt Marla. »Und du? Du wohnst ja jetzt in Hamburg, oder?«

Mattis lacht. »Die Buschtrommel, was? Ja, ich studier da. BWL. Coole Stadt, echt. Aber im Moment bin ich hier.« Er sieht über sie hinweg in die Ferne und seine dunklen Augen glitzern. »Ich muss noch ein bisschen trainieren. Für den Contest.«

»Welchen denn?«

»Na, der Wettkampf nächstes Wochenende. Der Niedersachsen-Wakeboard-Contest. Weißt du nichts davon? Deshalb ist Herbert doch so besonders gestresst.« Er nickt zum Trainer hinüber, der gerade dem nächsten Fahrer die Keule anreicht.

Jap ist es, er steht ziemlich weit hinten, viel zu weit eigentlich. »Wie will denn der starten?«, fragt Mattis verwundert.

Das Umlaufseil bringt den Mitnehmer, Jap kippt kurz nach hinten, dann springt er nach vorn, mit einem gewaltigen Satz, dreht sich im Flug, setzt ganz sanft auf. Ein Raunen geht durch die wartenden Fahrer, Mattis pfeift durch die Zähne.

»Der hat heimlich geübt«, sagt er und lacht, lacht Marla an, mit blitzenden Zähnen, glänzenden Augen.

Marlas Magen macht auch einen Satz. Mattis. Dieser Abend mit ihm im letzten Sommer. Stunden am Strand, seine Hände auf ihrer Haut, seine Lippen auf ihren, seine Zunge in ihrem Mund. Danach hat sie ihn nicht mehr wiedergesehen; im Winter hatte die Anlage zu, Ostern waren sie nicht hier.

Aber gedacht hat sie an ihn.

»Mattis! Was eine Überraschung, du hier und nicht in Big Hamburg?« Ivana kommt auf sie zu, mit Chris an der Seite, dahinter sein Bruder Daniel mit seinem Wakeskate unterm Arm, dem Brett ohne Bindungen. »He, Marla, wollen wir Doppelleine fahren?« Sie nimmt ihren Helm ab, um sich das Wasser aus den Haaren zu schütteln.

»Lässt Herbert uns bestimmt nicht, dafür ist es zu voll.« Marla grinst Ivana an und Ivana grinst zurück.

Chris klatscht Mattis ab, Mattis' Schulter streift Marlas, Ivana ruft etwas, alle lachen darüber; ihr Lachen perlt durch die Sommerluft, die Sonne strahlt gleißend am Himmel, Jap schießt vorbei, Wasser spritzt auf, das Umlaufseil glänzt. Marla holt Luft, saugt sie tief in die Lungen, fasst ihr Board fester. Ihr Herz klopft wie verrückt.

Und dann, als sie sich umdreht, sieht sie den Jungen mit den Streifenshorts.

Ganz ruhig steht er da, hinter dem Kicker, am Wasser, und blickt auf den See, den Helm in der Hand. Dunkle, halblange Locken, sehr breite Schultern.

Er steht ganz still da, blickt aufs Wasser hinaus, dann dreht er sich um und geht fort.

Ganz ohne Eile.

Mittags, als Mattis und die anderen mit dem Training aufhören, weil es an der Anlage zu voll wird, geht auch Marla nach Hause.

Ihre Mutter hat Kartoffelsalat gemacht und dazu Fisch, aber Marla hat keinen Appetit. Vor Aufregung. Jedenfalls fühlt es sich so an.

Lustlos stochert sie in ihrem Essen herum, aber ihrer Mutter fällt das nicht auf.

»Fahren wir erst zur Fußgängerzone oder lieber gleich ins neue Einkaufszentrum?«, fragt sie. »Was meinst du, Marla?«

Marla zuckt mit den Schultern. »Erst ins Zentrum«, sagt sie. »Ivana sagt, da gibt es auch einen Schuhladen.«

»Will sie denn nicht mitkommen?«, fragt ihre Mutter aufgeräumt. »Ivana geht doch auch gern shoppen, oder?«

»Nee, die muss heute arbeiten.«

»Ist sie denn eigentlich schon mit der Schule fertig?«, fragt ihre Mutter und stellt ihr Glas auf ihren leeren Teller.

Marla schüttelt den Kopf. »Nächstes Jahr.«

»Und was will sie dann machen?«

»Mama! Frag sie doch selber!«

Ihre Mutter sieht gekränkt aus, als sie aufsteht und Marlas halb leeren Teller ohne Kommentar abräumt. Für einen Moment durchfährt Marla der Hauch eines schlechten Gewissens, aber sie schüttelt es ab. Ihre Mutter ist so oft gekränkt, da kommt Marla gar nicht mehr hinterher.

»Wo ist eigentlich Papa?«, fragt sie, um das Thema zu wechseln.

»Frag ihn doch selber«, sagt ihre Mutter, ohne sich zu ihr umzudrehen. Marla starrt verdutzt ihren sehr geraden Rücken an. Dann springt sie auf und geht um ihre Mutter herum, um ihr Gesicht zu sehen. Tatsächlich, sie schmunzelt!

»Mama!«, sagt sie vorwurfsvoll, aber jetzt muss sie selbst lachen.

Gerade noch mal gut gegangen. Aber das hätte auch andersherum ausgehen können.

Das Einkaufszentrum ist erst in diesem Frühling eröffnet worden und riecht noch richtig neu, nach Gummi und Plastik und dem selbst hergestellten Eis, das die beiden drahtigen Kellner in der italienischen Eisdiele in überdimensionalen Bechern und Schalen zu den Gästen an den vielen Tischen hinübertragen. Marla läuft das Wasser im Mund zusammen, als sie einen Teller mit Spaghettieis entdeckt, der gerade vor einem quengelnden Jungen mit gestriegeltem Blondhaar abgesetzt wird, aber ihre Mutter zieht sie weiter.

»Komm, nachher gönnen wir uns vielleicht auch noch eins, aber jetzt müssen wir erst mal zu den Schuhen!«

Marla folgt ihrer Mutter in den ersten von zwei Schuhläden, gleich hinter dem Eingang. Auf den ersten Blick sieht sie, dass hier nichts für ihre Mutter dabei ist, aber ihre Mutter lässt es sich nicht nehmen, durch den ganzen Laden zu schlendern und jedes Regal zu inspizieren. Schließlich kommt sie kopfschüttelnd zu Marla zurück, die am Eingang stehen geblieben ist.

»Lass uns zum anderen Laden gehen!«, ruft sie und schlenkert mit ihrer Handtasche.

Marla zuckt mit den Schultern und trabt hinter ihrer Mutter her.

Die Mall ist sehr voll, die Einkaufswütigen schieben sich in Trauben durch die breiten Gänge, aber Marla fällt auf, dass nicht allzu viele von ihnen prall gefüllte Taschen mit sich herumtragen. Die meisten sind offenbar nur zum Gucken gekommen, anders als in Hannover; da kaufen die Leute dann auch meistens wirklich ein. Aber hier, in diesem kleinen Kaff, ist das Einkaufszentrum eher so etwas wie eine Begegnungsstätte für Einheimische und Touristen. Marla sieht haufenweise Kids und Jugendliche in ihrem Alter, aber auch viele Familien und ältere Frauen. Älter heißt, etwa so alt wie ihre Mutter, also schon langsam jenseits von Gut und Böse. Sie muss grinsen, aber ihre Mutter, die sich in diesem Moment zu ihr umdreht, deutet ihren Gesichtsausdruck falsch.

»Schön hier, nicht? Guck mal, da finde ich bestimmt passende Sandalen!« Sie deutet nach vorn und steuert eifrig auf den zweiten Schuhladen zu, der mit einer edleren Aufmachung als der erste lockt. Glitzersternchen und Lametta sind an den großen Scheiben angebracht, darüber verkünden große, goldene Lettern: »Endlich Sommer!« Marla findet ja, dass der Glitzerschmuck so gar nichts Sommerliches an sich hat, aber was soll's. Ihre Mutter marschiert mit einem kleinen, freudigen Ausruf auf ein Regal dicht hinterm Eingang zu, auf dem Damensandalen in Rosa- und Brauntönen in einer langen Reihe nach vorn zeigen, und Marla bleibt seufzend stehen. Das kann dauern!

Sie dreht sich um und betrachtet die Vorbeiziehenden. Drei Jungs in ihrem Alter in tief hängenden Hosen und albern bedruckten T-Shirts verlangsamen ihren Schritt und versuchen unauffällig, sie anzustarren, aber Marla lässt ihren Blick cool über sie hinweggleiten, auch als der eine Blonde, dessen Oberlippenflaum ihm erst recht ein kindliches Aussehen verschafft, ihr ungeschickt zuzuzwinkern versucht. Hinter ihm bückt sich eine ältere Frau zu einem Kleinkind hinunter, dessen Eistüte auf dem Boden gelandet ist, und daneben kramt ein Typ mit glänzender Glatze in seinem Rucksack. Und hinter ihm wiederum nimmt gerade ein junger Typ mit dunklen, halblangen Locken die Rolltreppe nach oben.

Marla stutzt. Ist das nicht …? Sie kneift die Augen zusammen und reckt den Hals, aber zu spät – vom Lockenkopf sind nur noch die langen, in weiten Jeans steckenden Beine zu sehen, dann nur noch die Sneaker und dann ist er weg.

»Na, wollt'st 'n Eis?« Der Blonde mit dem Oberlippenflaum steht breitbeinig vor ihr, die Daumen in den Schlaufen seiner Jeans, und grinst unsicher. Hinter ihm drücken sich seine beiden Kumpel an der Glastür herum.

»Äh … nein, danke, nee«, sagt Marla.

»Echt nicht?« Jetzt guckt er fast wütend, und Marla spürt, wie schlagartig Ärger in ihr hochsteigt.

»Nein, danke, ich möchte nicht«, sagt sie und lächelt knapp.

»Is aber lecker hier.«

»Kann sein, aber ich möchte nicht«, wiederholt sie und wird langsam wirklich ärgerlich. Will er es schriftlich oder wie?

»Musst du aber mal probieren, he!«, sagt er hartnäckig und kratzt sich am Kinn.

»Weißt du was? Ich muss gar nichts!«, sagt Marla scharf und dreht sich um. Ihre Mutter ist verschwunden, aber sie macht dennoch ein paar Schritte in den Laden hinein.

»Musst du wohl! Essen, atmen, schlafen, scheißen!«, ruft Oberlippe hinter ihr her und kichert blöde, und seine Kumpel fallen mit ein. Die anderen Kunden im Schuhladen, hauptsächlich Frauen mittleren Alters, sehen Marla an, und sie spürt, wie sie rot wird. Mann, können Typen bescheuert sein, nicht zu fassen.

»Marla? Wie findest du die hier?« Ihre Mutter kommt auf sie zu, zwei Paar Sandalen in den Händen, eins in rot, eins in weiß. Als Marla an ihr hinuntersieht, entdeckt sie, dass ihre Mutter Holzclogs trägt, aus braunem, weich aussehendem Leder mit einer gesteppten Naht in der Mitte.

»Was ist denn mit den Clogs? Die sind schön!«

Ihre Mutter sieht verwundert an sich herunter. »Ach, die! Die hab ich nur mal so angezogen.«

»Aber die sehen gut aus, Mama. Ganz ehrlich«, sie tritt näher an ihre Mutter heran und flüstert ihr ins Ohr: »Sandalen sind was für Omas! Und Kinder. Und Muttis!«

Ihre Mutter sieht sie an und ihre braunen Augen verengen sich. Dann muss sie lächeln. »Ich bin doch eine Mutti.«

»Nee, bist du nicht. Du bist überhaupt keine Mutti. Du bist eine coole Alte.« Jetzt muss Marla selbst lächeln, denn ihre Mutter sieht plötzlich überhaupt gar nicht mehr alt aus, sondern sehr jung. Vor Freude.

»Na, wenn das so ist – dann nehme ich wirklich die Clogs. Die sind so superbequem. Ich dachte nur, die sind nicht so praktisch, wenn man mal im Wald spazieren geht …«

»Scheiß auf praktisch«, sagt Marla. »Für praktisch hast du doch deine komischen Outdoorschuhe. Und im Wald geht man sowieso nicht mit Sandalen.«

Während ihre Mutter zur Kasse geht, mit einem glücklichen Lächeln im Gesicht und den Clogs immer noch an den Füßen, dreht Marla sich zur Tür um. Die drei Knalltüten sind weg und die Rolltreppe ist leer.

Das war er bestimmt nicht.

»Wollen wir noch ein Eis essen?«, fragt ihre Mutter, die jetzt wieder neben ihr steht, eine Tüte mit ihren gebrauchten Schuhen in den Händen.

Marla wirft einen Blick zur Eisdiele hinüber, dann schüttelt sie den Kopf. »Nein, lieber noch ein bisschen gucken, Mama, ja?« Die drei Blödheimer sind zwar nicht zu sehen, aber Marla will nicht riskieren, ihnen noch mal über den Weg zu laufen. Irgendwie hat sie für so was heute keine Nerven.

In einem der Stores kauft Marla sich dann noch selbst eine kurze Jeans, und im Schmuckladen daneben entdeckt sie an einem schier überquellenden Ständer mit Bändern und Tüchern ein geflochtenes dünnes Lederarmband, genau so eins, wie sie es schon seit Längerem sucht. Gerade, als sie es sich probeweise umlegen will, gibt ihr Handy einen Signalton ab.

»Da will dich jemand sprechen«, sagt ihre Mutter und nimmt ihr das Armband ab, während Marla in ihrer Tasche nach dem Handy sucht. »Na, wer ist es?«

Marla zieht die Nase kraus und steckt ihr Handy wieder ein. »Enis.«

»Der arme Junge ist wohl immer noch verliebt in dich.«

»Nein. Ich glaub, er denkt, ich gehöre ihm«, sagt Marla und nimmt ihrer Mutter das Armband wieder ab. Das Gefühl hat sie wirklich: dass Enis sie einfach nur besitzen will. So, wie er sich in letzter Zeit verhalten hatte, bevor sie dann Schluss gemacht hat, muss sie ihm doch im Grunde egal sein. Eigentlich war er zuletzt immer nur doof zu ihr: coole Sprüche, Verabredungen nicht eingehalten, ihr die kalte Schulter gezeigt. Aber seit sie ihn nicht mehr will, dreht er fast durch.

»Männer sind manchmal komisch«, sagt ihre Mutter. »Die denken wirklich oft, die Frau muss nach ihrer Pfeife tanzen. Aber nicht alle. Du musst einfach auf den Richtigen warten.«

Marla muss lachen. Auf den Richtigen warten! Da kann sie ja gleich als Jungfrau ins Grab steigen. Vorsichtig legt sie sich das Armband um. Fühlt sich gut an und sieht auch gut aus. Sanft, in geschwungenen Wellen, umschmeichelt es ihren Arm, der schon ziemlich gebräunt ist, nur von einem Vormittag auf dem Wasser. »Schön, oder?«

»Ja«, sagt ihre Mutter und legt prüfend den Kopf schief. »Das ist schön. Und weißt du was? Das schenke ich dir!«

»Ach, Mama, echt?«

»Ja, echt«, sagt ihre Mutter. »Weil du mir zu diesen wunderschönen Clogs geraten hast. Und überhaupt!« Sie sieht stolz auf ihre Schuhe hinunter und holt dann ihr Portemonnaie heraus.

Marla lässt das Armband gleich um. Vorsichtig dreht sie die Schnüre zwischen den Fingern, während ihre Mutter zur Kasse geht und bezahlt. Dieses Armband, das weiß sie plötzlich, hat eine besondere Bedeutung. Es kommt ihr vor, als habe es auf sie gewartet, als sei es für sie bestimmt gewesen. Und jetzt gehört es ihr, und nur ihr. So, wie sie nur sich selbst gehört.

Wieder erklingt ein Signalton, doch diesmal lässt Marla das Handy in ihrer Tasche.

Enis kann sie mal.

Aber vielleicht denkt er genau das in Bezug auf sie – dass Marla für ihn bestimmt war? Und dass sie jetzt ihm gehört?

Bei dem Gedanken wird ihr mulmig zumute. Rasch schüttelt sie ihn ab und sieht sich nach ihrer Mutter um.

Die steht hinter ihr, den Kassenbon in einer Hand, die Tüte mit den Schuhen und ihre Tasche in der anderen. Ihr Lächeln ist zu einer angestrengten Grimasse erstarrt und ihre Augen fixieren etwas hinter Marlas Rücken.

Marla dreht sich um. Ein sich leise streitendes Ehepaar geht gerade vorbei, eine sehr große alte Frau schiebt ihren Rollator voran, ein paar kleine Jungs scharen sich um einen Kaugummiautomaten.

Und dahinter stehen zwei blonde zehn- oder elfjährige Mädchen; sie haben kichernd die Köpfe zusammengesteckt und beratschlagen eifrig hinter vorgehaltenen Händen, während sie ab und zu an ihren Eistüten lecken.

Marla dreht sich wieder zu ihrer Mutter um und legt ihr die

Hand auf die Schulter. »Komm, Mama«, sagt sie, und ihre Mutter sieht sie an, als käme sie aus weiter Ferne zurück.

Und vielleicht ist das ja auch so.

Miri wäre jetzt auch elf.

Auf der Rückfahrt wird es erst in unmittelbarer Nähe der Ferienanlage voll; der Parkplatz vor dem Haupteingang ist schon überfüllt und auf den Zufahrtswegen zum See drängeln sich Radfahrer und Fußgänger. Marlas Mutter fährt Schrittgeschwindigkeit und hält das Lenkrad so fest umklammert, dass ihre Knöchel weiß hervortreten.

»Meine Güte, das wird ja immer voller hier!«, seufzt sie und fährt einen vorsichtigen Bogen um eine Gruppe junger Mädchen mit Badetaschen und Handtüchern unter den Armen. Davor tänzelt ein dunkelhaariger Junge den Bordstein entlang, mit seitwärts abgestreckten Armen und gesenktem Kopf. Gerade als sie ihn langsam passieren, hebt er das Kinn und Marla erkennt ihn.

Für einen Moment überlegt sie, die Fensterscheibe herunterzulassen und ihn zu grüßen, aber dann sind sie auch schon an ihm vorbei.

Sie dreht sich noch einmal nach ihm um. Er balanciert immer noch auf dem Bordstein und scheint dabei mit sich selbst zu reden, oder vielleicht telefoniert er auch, keine Ahnung, vielleicht hat er Ohrhörer in den Ohren, die Kabel sind ja so dünn, dass man sie oft nur von Nahem sieht.

»Ich weiß nicht«, sagt Marlas Mutter und setzt den Blinker, »manchmal denke ich, ob wir das Haus hier nicht verkaufen sollten. Papa würde im Dreieck springen, aber manchmal …«

Überrascht sieht Marla sie an. »Wie, das würdest du machen? Ich dachte, du hängst so daran?«

Ihre Mutter zuckt mit den Schultern, lässt eine vierköpfige Familie passieren und biegt ab. »Manchmal weiß ich nicht«, sagt sie und Marla fragt nicht mehr nach.

Sie weiß genau, was ihre Mutter meint.

Aber überrascht ist sie trotzdem.

Es ist schon nach acht, als Marla wieder bei der Anlage ankommt. Noch herrscht einigermaßen reger Betrieb, aber die meisten Familien haben schon ihre Sachen gepackt und sind nach Hause gegangen oder aber in ihre gemieteten Ferienhäuser, die in zahlreichen Stichstraßen rund um den See angeordnet sind.

Ein paar der einheimischen Jungs und auch zwei der Mädchen nutzen den abflauenden Ansturm der Feriengäste, um für den anstehenden Contest zu trainieren, und Marla sieht ihnen von der Galerie aus eine Weile dabei zu, während Ivana gemeinsam mit Teddy den Kiosk für den Feierabend vorbereitet.

Mattis ist nicht dabei und der Typ mit den Streifenshorts auch nicht. Aber Julian schafft ohne den kleinsten Wackler einen perfekten *back roll*, und Dima legt nach einem missglückten Versuch schließlich in der Luft eine gekonnte 180°-Drehung hin, greift dabei mit der Hand ans Board, und die Zuschauer, allen voran seine Trainingskollegen, grölen begeistert.

»Cooler *grab*!«, schreit Hannes und schwenkt seinen Helm, und dann pfeift er wie wild, während Dima mit unbewegter Miene vorbeizieht.

Herbert, der Trainer, schüttelt den Kopf und sieht grimmig drein, wie immer. Marla hat ihn eigentlich noch nie zufrieden gesehen, aber vielleicht ist das ja so als Trainer. Vielleicht ist man dann nie zufrieden.

»Das nächste Mal wollen wir aber einen *melan grab* sehen!«, ruft Chris, und Hannes klatscht ihm die Hand an den Hinterkopf.

»Ja, klar! Mach du erst mal!«

»Chris, los jetzt, aufs Wasser! Über alle Kicker, und zwar ohne einen Spritzer«, befiehlt Herbert, und Chris bläst die Backen auf, greift nach der Keule und winkt theatralisch, während er sich mit einem Hopser aufs Wasser gleiten lässt.

Herbert sieht auf die Uhr. »Noch eine halbe Stunde!«, ruft er und setzt sich auf den Hocker. »Los, Jungs, beeilt euch!«

»Fertig für heute mit der Arbeit!« Ivana legt Marla von hinten den Arm um die Schulter und grinst sie breit an. »Puh, geschafft. Und, hast du was Schönes gekauft im Provinznest?«

Marla zeigt ihr das Armband und Ivana zieht die Brauen hoch.

»Na, hat sich ja gelohnt! Hast du gut ausgesucht. Deine Mutter ist ja echt großzügig.«

»Aber nur manchmal«, sagt Marla. »Und du, wie war der Nachmittag?«

»Stressig.« Ivana sieht zu Teddy hinüber, der gerade dabei ist, die Kasse zu schließen, und dann beugt sie sich dichter zu Marla. »Wie findest du Teddy eigentlich?«

»Wie ich Teddy finde?« Marla runzelt die Stirn. »Hä? Nett, was sonst?« Sie weiß überhaupt nicht, was die Frage soll, aber Ivana ist sowieso schon wieder abgelenkt.

»Guck mal, Julian hat's gerissen«, sagt sie und lacht. Marla folgt ihrem Blick; Julian paddelt gerade hinter dem Slider hervor und schwingt die Beine nach vorn, um sein Board abzuschnallen. Herbert unter ihr schüttelt missmutig den Kopf.

»Los, los, beeil dich, mach schon!«, ruft er grimmig und winkt Anna-Lena heran, eine der Jüngsten aus dem Verein.

»Jetzt du, Anna-Lena. Wenigstens einer von euch muss doch mal was hinkriegen! Sonst laufen uns beim Contest die anderen alle den Rang ab. Und hopp!«

Anna-Lena tippt sich an den Helm, während sie nach der Keule greift, und einen Moment später ist sie auch schon auf dem Wasser, mit einer astreinen Drehung. Herbert brummt zufrieden vor sich hin und fischt die nächste Keule aus dem Wasser.

»Yeah, Anna-Lena!«, ruft Ivana laut. »Die nächsten *girls open* gehören dir!« Sie dreht sich zu Marla. »Anna-Lena ist doch die Beste in der ganzen Truppe. Also von den Mädchen! Aber ihre Haare sind scheiße.«

»Warum fährst du eigentlich nicht mit?«, fragt Marla.

Ivana zeigt ihr einen Vogel, während sie ihre Zigaretten herauszieht. »Den Stress mach ich mir doch nicht! Ist doch nur Spaß, das Boarden. Stress hab ich sonst schon genug. Fahr du doch mit!«

Marla schüttelt den Kopf. Sie ist nicht gut genug, das weiß sie selbst, vielleicht gute Mittelklasse, aber es reicht nie und nimmer, um vorn mitzufahren. Und zu einem Contest melden sich ja auch immer jede Menge Fremdfahrerinnen von sonst woher an, die dann einen auf arrogant machen, wenn man selbst nicht so gut abschneidet; das kann Marla sich sparen.

Vielleicht hat sie auch einfach keinen besonderen Ehrgeiz, kann sein.

Eigentlich auch schade. Aber was soll's.

Mit den Augen fährt sie die Seilbahn ab, längst nicht mehr alle Schleppleinen sind besetzt. Genau gegenüber setzt Chris gerade über den großen Kicker, rutscht ab und landet platschend im Wasser. Sie muss sich ein Grinsen verkneifen. Herbert wird schön stinkig sein nachher.

Und das ist er auch. Eine Viertelstunde später hängt er krachend die Keulen ein und schaltet die Seilbahn ab, und plötzlich herrscht Stille über dem See. Aber nur kurz, denn gleich darauf ist Herberts mürrische Stimme zu hören.

»Los, macht hinne, raus aus dem Wasser. Geht mir bloß aus den Augen!«

Chris und die anderen scheinen wenig beeindruckt, während sie aus dem Wasser steigen, ihre Bretter verstauen und sich aus den Neos schälen. Nur Dimas Augen fliegen immer wieder vorsichtig zu seinem Chef hinüber, der mit finsterer Miene die Anlage abschließt und dann ohne ein Wort über den Kiesweg davonschlurft, den Autoschlüssel zwischen den Fingern.

»Der ist ja übel drauf!« Ivana grinst und bläst eine Rauchwolke schräg nach oben. Dann drückt sie die Kippe an der Geländerstange aus. »Kann ja heiter werden, der Contest. Aber ich hab es auch übel – ich muss morgen mit meiner Mutter und ihrem Ollen zu seiner Sippschaft hier drei Käffer weiter.« Sie verdreht genervt die Augen. »Komm, wir gehen zum Strand runter!«

»Komme gleich nach.« Marla bleibt noch eine Weile stehen und sieht Dima von oben aus dabei zu, wie er in der Heblerkabine und an der Kasse aufräumt und dann die Wasserski und Leihboards gerade hinstellt, um anschließend die nassen Neoprenanzüge der Größe nach geordnet auf die Ständer zu hängen.

Dima. Marla kann sich nicht erinnern, in all den Jahren mehr als zwei, drei Sätze mit ihm gewechselt zu haben. Warum eigentlich nicht?

Plötzlich sieht er auf und entdeckt sie. Schlagartig läuft er rot an, nickt und senkt schnell den Kopf, um die beiden tropfenden Westen, die er in den Händen hält, auf zwei Bügel zu hängen. Marla kann sehen, wie die Röte ihm bis in den Nacken hinunterläuft.

Eigentlich weiß sie von Dima nur, dass seine Eltern aus Russland kommen. Spätaussiedler.

Und dass er gleich ein Dorf weiter wohnt. Und richtig gut Wakeboard fährt.

»He, Marla, nun komm schon!« Ivana winkt ihr vom Uferstrand aus zu. Julian und Hannes stehen bei ihr, schon umgezogen, und schwenken zwei Flaschen in den Händen.

»Was ist denn da drin?«, ruft Marla.

Hannes setzt einen Jodler ab und lacht. »Komm runter und probier mal!«

Marla zögert. Im Grunde hat sie keine Lust auf Alk, sowieso trinkt sie nicht so gern. Das Zeug steigt ihr immer gleich in den Kopf, anders als bei Ivana, die Unmengen vertragen kann und einfach nur albern davon wird. Wie auch jetzt, obwohl sie in dieser kurzen Zeit doch eigentlich kaum etwas getrunken haben kann.

»Juhu, Marla-Baby!«, ruft sie und hängt ihren Arm um Julians Hals. »Komm und beehre uns mit deinem bezaubernden Wesen!«

Marla seufzt und wirft sich die Tasche über die Schulter. Na gut, warum nicht? Was anderes hat sie sowieso nicht vor. Und es ist allemal besser, mit Ivana und den anderen noch eine Weile am Strand rumzuhängen, abzuchillen und dummes Zeug zu reden, als mit ihren Eltern auf der Terrasse des Ferienhauses rumzusitzen und Karten zu spielen.

Obwohl das manchmal ja auch Spaß macht.

Ihr Handy gibt einen Signalton von sich, und ohne hinzusehen, greift sie in die Tasche und stellt es auf lautlos. »Ich komme!«, ruft sie und setzt sich in Bewegung. Dima, der unten immer noch die Westen aufhängt, sieht nicht zu ihr herauf, aber sie spürt, dass er sie dennoch beobachtet. Plötzlich gut gelaunt, hüpft sie zur Treppe hinunter.

Unten kreischt Ivana auf und rennt kichernd davon, und Julian setzt mit ausgestreckten Armen hinter ihr her. Hannes reicht gerade die Flasche an Steffi weiter, die Aushilfe vom Kiosk, die sehr dicht neben ihm steht und aussieht, als würde sie bei seinem Anblick fast in Ohnmacht fallen.

Marla nimmt die letzte Stufe und bleibt kurz stehen. Aus dem Augenwinkel nimmt sie eine Bewegung wahr, und als sie den Kopf dreht, sieht sie Teddy, der vor dem geschlossenen Tresen steht, mit verschränkten Armen.

Er steht da und sieht Ivana hinterher, die immer noch kreischend und gickernd vor Julian davonrennt. Teddy verzieht keine Miene, aber in seinen Augen liegt etwas, das Marla daran hindert, ihm einen Gruß zuzurufen. Und so springt sie einfach die letzte Stufe hinunter und läuft los, auf Ivana und Julian und die anderen zu.

3

Morgens nieselt es schon, als Marla die Gardinen zurückzieht. Der Himmel ist grau und trübe, die Eichen ums Haus triefen vor Nässe. Aber als Marla das Fenster öffnet, dringt milde Luft herein, die nach Laub und frischem Grün riecht.

Ihre Eltern schlagen einen Ausflug in die nahe gelegene Festung Bourtanger Moor vor, aber Marla plädiert energisch dagegen; dort waren sie schon zweimal, genauso wie im Schloss Clemenswerth, das ebenfalls eine halbe Stunde entfernt liegt.

»Vielleicht in den Emmener Zoo?«, fragt ihr Vater hoffnungsvoll und Marla muss lachen.

»Papa! Ich bin fast siebzehn. Was will ich denn im Zoo?«

»Na, da gibt es vielleicht auch neue Tiere!«, sagt er fast beleidigt, und für einen Moment ist Marla versucht, nachzugeben, aber dann stellt sie sich vor, wie sie und ihre Eltern durch den Zoo gehen, ihr Vater Fakten dozierend vorneweg, Marla genervt hinterher und ihre Mutter mit abwesendem Blick immer ein Stück hinter ihnen, und sie kann einfach nicht anders, als den Kopf zu schütteln.

»Ans Meer würde ich fahren«, sagt sie ohne große Hoffnung und ihr Vater lacht auf.

»Ans Meer! Das ist mir aber wirklich zu weit. Und hier in der

Anlage? Wir haben den Kletterpark noch nicht ausprobiert!«, sagt ihr Vater und Marla bläst die Backen auf.

»Ohne mich«, erklärt ihre Mutter.

Marla und ihr Vater sehen sich an. Marla kann die Kränkung in seinen Augen sehen und die Ungeduld; lieber hätte er einen Sohn oder auch ein paar Kumpane, mit denen er Fußball spielen oder anderen »Männerbeschäftigungen« nachgehen könnte, aber so ist er in einem Frauenhaushalt gefangen, ohne rechte Hoffnung auf Erlösung.

Wahrscheinlich, denkt Marla, mochte er Enis deshalb so gern; einmal haben die beiden zusammen Badminton gespielt, als Enis gerade kam, um Marla abzuholen. Das hat ihrem Vater extrem viel Spaß gemacht: sich mit einem 18-Jährigen zu messen. Sie hat ihn selten so begeistert und engagiert beim Spielen erlebt.

»Ach, vielleicht ein andermal, Papa«, sagt sie. »Aber nicht heute, okay? Heute will ich nur chillen.«

»Chillen!«, brummt ihr Vater. »Chillen. Was soll das denn heißen? Ist doch nur ein anderes Wort für faulenzen.«

»Genau!«, stimmt Marla ihm zu und steht auf, um den Tisch abzuräumen. Als sie die Teller an ihm vorbeiträgt, sieht sie den sauber ausrasierten Nacken ihres Vaters, sogar von hinten sieht er beleidigt aus. Spontan stellt sie die Teller ab und umarmt ihn, um ihm einen Kuss auf die rasierte Wange zu drücken. »Ach Papa«, sagt sie. »Sei doch nicht sauer! Chill doch auch einfach mal. Und ich versprech dir, ich gehe noch mit dir in den Kletterpark. Aber nicht heute!«

Ihr Vater muss lächeln; ein Küsschen von Marla besänftigt ihn immer.

Eigentlich schade, dass sie nur manchmal dazu in Stimmung ist.

Sie sieht zu ihrer Mutter, und dann umarmt sie sie gleich auch noch, da sie schon mal dabei ist. Ihre Mutter versteift sich, dann fasst sie nach Marlas Arm.

»Heute Abend könnten wir eigentlich noch mal grillen, oder, was meinst du?«

Eltern. Der Frühstückstisch ist noch nicht mal abgedeckt, da reden sie schon vom Abendbrot. Nicht zu fassen.

Doch es geht ja nicht ums Essen, das ist Marla schon klar. Es geht um einen Plan. Darum, etwas in Aussicht zu haben.

Und manchmal will Marla genau das eben nicht. Manchmal will sie die Zukunft wie Nebel: undurchschaubar. Aber dahinter wartet etwas, immer.

Gegen Mittag nieselt es immer noch, als ihre Eltern dann doch tatsächlich noch ohne Marla zu einer Fahrt nach Schloss Clemenswerth aufbrechen, und am frühen Nachmittag, nachdem Marla genug Musik gehört und gechillt hat, genauso. Die Sonne hat sich nicht eine Sekunde aus dem dunkelgrauen Wolkenhimmel hervorgewagt und trotz der milden Temperaturen fröstelt Marla inzwischen.

Während sie sich einen Cardigan aus dem Schrank nimmt und überzieht, ist draußen aus den Bäumen ein Knacken zu hören und gleich drauf ein weiteres Geräusch, das wie ein unterdrücktes Fluchen klingt. Marla muss grinsen – bestimmt ist wieder der Baumkletterer unterwegs; aber als sie sich aus dem offenen Fenster beugt, ist niemand zu sehen. Eine ganze Weile lang betrachtet sie die hohen Eichen, die das Grundstück des Ferienhauses begrenzen, doch jetzt bleibt alles ruhig.

Je länger sie dasteht und hinaussieht, desto ruhiger scheint es zu werden. Die Welt steht still, nur der Nieselregen rauscht unaufhörlich vom Himmel.

Dann knackt es erneut, aber zu spät; Marla kann nicht ausmachen, woher das Geräusch gekommen ist.

Ein Schauder läuft ihr den Rücken hinunter; plötzlich hat sie das Gefühl, beobachtet zu werden. Hastig fliegt ihr Blick von Baum zu Baum; die Stämme sind knorrig und dick, hinter jedem könnte sich jemand verbergen. Oder im Weizenfeld dahinter, vielleicht auch hinter dem Schuppen, dem Volvo des Nachbarn, der unbeweglich in der Einfahrt nebenan parkt.

In Marlas Nacken prickelt es, mit einer raschen Bewegung schließt sie das Fenster, bleibt einen Moment unschlüssig im Zimmer stehen und reibt ihr neues Armband zwischen den Fingern. Ihre Eltern sind seit gut zwei Stunden weg, es wird noch mindestens ebenso lange dauern, bis sie zurückkommen.

Sie zieht die Schultern hoch, dann nimmt sie ihr Handy.

Zwei neue Nachrichten sind eingegangen: Ivana jammert, dass sie sich bei den Verwandten ihres Stiefvaters zu Tode langweilt. Und Enis schreibt zwei Sätze: *so leicht kommst du mir nicht davon baby. nicht mit mir*

Marla starrt die Nachricht einen Moment lang an, dann tippt sie auf »löschen«.

Der Nieselregen hat den Sandstrand glatt gewaschen, kaum eine Fußspur ist mehr zu sehen. Noch am Vortag haben sich hier unzählige Familien getummelt, jetzt sitzt ein einziges älteres Pärchen in Badekleidung fröstelnd auf den Findlingen unten am Ufer, Handtuch und Kleidung liegen daneben, geschützt unter einem Regenschirm.

Marla springt mit großen Schritten über den Strand, ihre Sneaker sinken leicht ein, das leise Schmatzen, mit dem sich die Sohlen wieder aus dem Sand lösen, klingt wie Küsse, das ist Marla zuvor noch nie aufgefallen.

Die Anlage läuft, nur zwei Fahrer hängen an den Schleppleinen, und an der Heblerkabine stehen nur drei weitere an. Zwei von ihnen hat Marla noch nie gesehen, ältere Typen in schlaff herunterhängenden Boardshorts, auf Neos haben sie verzichtet. Bei dem Anblick fröstelt Marla erneut, aber es ist ein anderes Frösteln als gerade eben noch, allein im Ferienhaus.

»Hey!« Jap zischt an ihr vorbei, eine Hand zum Gruß erhoben, und Marla winkt zurück, bevor er zu einem *back roll* ansetzt, einem einfachen Salto, der auch halbwegs gut glückt.

Zwei Leinen hinter ihm kommt Anna-Lena, gerade aufgerichtet steht sie da und lässt sich einfach nur ziehen, mit einer Hand.

Marla blickt zur Startrampe hinüber, ein weiterer Fahrer geht gerade aufs Wasser; ihr Herz macht einen Satz, wenn auch nur einen kleinen.

Dunkle Locken. Gestreifte Boardshorts.

Er dreht sich im Aufsetzen, switcht vor und zurück, dann legt er sich in die Seite und schlägt einen langen Bogen. Die Gischt spritzt hinter ihm her, ein Halbkreis aus Wasser und Schaum. Dann ist er an Marla vorbei und nimmt Kurs auf die Kurve.

Marla holt ganz tief Luft, dann geht sie weiter auf die Anlage zu. An der Treppe zögert sie; sie kann Teddys Gestalt oben hinter dem Tresen des Kiosks ausmachen, ein paar Typen stehen davor und ordern Getränke. Dahinter, im Café, sicher durch die großen Panoramascheiben geschützt, sitzen zahlreiche Leute, vom Dauerregen gelangweilte Feriengäste, in der Hoffnung auf spannende Stunts der Könner oder ins Wasser klatschende Anfänger. Die Galerie daneben ist fast leer, aber Marla entscheidet sich dennoch dagegen, nimmt stattdessen die Treppe hinunter zur Rampe.

Dima hat gerade die Aufsicht von Herbert übernommen, der

sich mit mürrischem Gesichtsausdruck seine Jacke überzieht und grimmig davonstapft.

Dima nickt ihr zu, während er einem der beiden älteren Typen die Keule reicht. Marla lehnt sich an das Geländer direkt daneben und stützt die Ellbogen auf die eiserne Stange. Eigentlich ist der Aufenthalt hier, zwischen Kassenhäuschen und Startrampe, für Nichtfahrer verboten, aber Herbert ist ja nicht da. Und Dima würde sie nie im Leben wegscheuchen, da ist Marla sich sicher. Die anderen schon, aber sie nicht.

Sie sieht zu, wie der ältere Typ aufs Wasser geht; relativ lässig, aber die Anstrengung ist ihm dennoch anzumerken; vielleicht an der Art, wie er die Kiefer zusammenbeißt.

»Hi, Marla.« Julian lehnt sich neben sie und grinst sie an. Schnurgerade Zähne hat er, wie aus der Werbung. »Fährst du heute etwa nicht?«

»Nein, ich ... Morgen wieder.«

Julian klatscht mit beiden Händen aufs Geländer. »Mann, ich versteh euch nicht, das ist doch das allerbeste Fahrwetter überhaupt, so ein Nieselregen! Da ist das Wasser glatt wie ein Kinderpopo!«

Marla kann es nicht ausstehen, wenn man sie mit anderen Leuten in einen Topf wirft, egal, mit wem. Deshalb zuckt sie nur mit den Schultern, selbst wenn Julian tausendmal recht hat. Das weiß sie. Aber sie weiß auch, dass sie so schnell weg wollte von zu Hause, dass sie nicht mal an ihr Board gedacht hat.

Julian klatscht wieder aufs Geländer und pfeift durch die Zähne. Marla folgt seinem Blick; wieder macht ihr Herz einen Satz. Der Typ in den Streifenshorts fährt gerade vorbei, legt sich sanft in die Kurve, nimmt Maß. Im nächsten Moment beginnt er zu kanten, dann dreht er das Board nach hinten und leicht aus dem Wasser und dann fliegt es auch schon mit einem gewaltigen Satz hoch nach hinten. Sein ganzer Körper dehnt sich, für einen Moment hängt er in der Luft, die Füße einen halben Meter über dem Kopf, die Arme gestreckt, dann saust er wieder nach unten, kommt locker auf, fährt einfach weiter.

»Wow«, sagt Julian trocken und klatscht wieder aufs Geländer. »Okay, dann werd ich auch mal.« Er schiebt sich unter dem Geländer hindurch auf die Rampe und Marla legt das Gesicht kurz in beide Hände. Ihre Wangen glühen.

Er hat sie angesehen. Ganz kurz nur, aber er hat sie angesehen, genau in dem Moment, bevor er anfing zu kanten.

Der süße Typ fährt Runde um Runde, und bei jeder wird er besser. Marla weiß nicht, was er an sich hat, aber jedes Mal, wenn er vorbeifährt, spürt sie wieder das Glühen in ihren Wangen.

Zweimal kommt er raus, stellt sich an, um sofort wieder aufs Wasser zu gehen, und Marla kann ihn von Nahem sehen. Er steht direkt vor ihr, unglaublich breite Schultern und schmale Hüften hat er, sehr lange Beine dazu. Eine Adonisfigur, würde ihre Mutter sagen.

Marla muss lächeln, und in diesem Moment dreht er sich halb um und wirft einen Blick zu ihr nach hinten, und sie sieht seine Augen, sehr helle Augen, eigentlich selten bei so dunklen Haaren.

Er nickt ihr zu, aber Marla starrt ihn einfach bloß an. Als sie es schafft, zurückzunicken, hat er sich schon wieder umgedreht und die Keule ergriffen, die Dima ihm hinhält. Marla sieht Dimas Blick, einen raschen, abtastenden Blick, der erst zu ihr und dann zu ihm hinübergleitet. Dann widmet Dima sich wieder den Keulen, holt sie ein, drückt die Ampel, grün, der Mitnehmer klackt, das Umlaufseil klirrt, die Keule zieht an.

Der Typ vor ihr geht in die Hocke, springt, dann gleitet er auch schon davon.

»'ne Cola?«, fragt Dima und hängt die nächste Keule ein.

Meint er sie?

Marla dreht sich kurz um, aber hinter ihr steht niemand. Er hat tatsächlich sie gemeint.

Sie schüttelt den Kopf. »Nein, ich steh hier gerade so gut.«

Dima schüttelt ebenfalls den Kopf. »Nee«, sagt er und bückt sich. »Ich mein nicht, dass du eine holen sollst oder so. Ich hab hier noch eine.« Er greift unter das Tischchen vor sich und holt eine geöffnete Colaflasche hervor, die er ihr herüberreicht.

»Danke!«, sagt sie überrascht, nimmt die Flasche und trinkt, aber nur einen Schluck. Die Flasche ist warm, viel zu warm; wer weiß, wie lange sie da schon gestanden hat, aber egal. »Ist ja lieb«, sagt sie noch mal, aber Dima sieht sie nicht mehr an. Er ist rot angelaufen und hantiert emsig mit den Keulen herum, dann, als er damit fertig ist, drückt er verschiedene Knöpfe auf der Armatur, und Marla kann genau sehen, dass er das nur macht, um nicht untätig herumzustehen.

Sie sieht wieder auf den See hinaus, wo der Typ in den Streifenshorts gerade vorbeizieht, eingerahmt von den beiden älteren Männern, die im Vergleich zu ihm keine sonderlich gute Figur machen. Seine Haltung ist perfekt, sehr gerade, leicht nach hinten geneigt, die beiden anderen hingegen hängen schwer am Seil, die Knie verkrampft angewinkelt, die Schultern vornübergebeugt.

Plötzlich wird ihr bewusst, dass es ganz ruhig geworden ist an der Anlage, auch Julian und Jap, die auf der Rampe stehen, schweigen. Niemand sagt etwas, es ist nahezu still, selbst das

Wasser ist leise, nur ein sanftes Zischen ist zu hören, wenn einer der Fahrer dicht an der Rampe vorbeigleitet.

Dann flüstert Julian Jap etwas zu, der lacht auf, und mit einem Satz springt er nach vorn, beide Füße schon in den Bindungen. Sein Board klatscht dumpf auf die mit Kunstgras bespannten Planken, die ganze Rampe erzittert.

»Mann, jetzt aber mal Schluss mit der Andacht hier!«, brüllt er und wirft Marla einen Kussmund zu. »Guck her, Baby, ich mach jetzt einen dreifachen Rittberger, nur für dich!« Er nimmt von Dima die Keule, die Ampel schaltet auf Grün. »Weg da!«, schreit Jap übermütig, als der Typ mit den Streifenshorts gerade vorbeifährt. Dann stößt er ein Affengeheul aus, schaukelt vor und zurück, geht tief in die Knie und schnellt förmlich mit einem Riesensatz aufs Wasser.

Julian lacht laut auf, Dima grinst kurz, aber der Typ in den Streifenshorts reagiert nicht einmal, ungerührt lässt er sich vom Seil weiterziehen, am Kicker vorbei, am Slider, den Pontons kurz vor der Kurve.

Hinter ihm legt Jap einen lupenreinen doppelten *air railey* hin, aber Marla sieht kaum hin. Der Typ mit den Streifenshorts hat jetzt die Kurve erreicht, aber statt sie zu nehmen, kantet er an, lässt die Keule los und fährt glatt ans Ufer.

Enttäuscht beobachtet Marla, wie er sich rücklings ins Wasser fallen lässt, mit zwei, drei schnellen Gesten sein Brett abschnallt und zum Ufer stößt. Er zieht sich hoch, nimmt sein Board unter den Arm und geht durch den unaufhörlich fallenden Nieselregen davon, ohne sich noch einmal umzusehen.

»Hey, Dima!« Japs Stimme klingt leicht gedämpft, während er vorübersaust. Mit einer Hand hält er die Keule, mit der anderen gestikuliert er wild. »... wegkommt!«

»Was?«, brüllt Dima zurück, aber Jap ist schon vorbei. Jetzt kommt Julian angezischt, aber auch der ruft etwas zu Dima hinüber und deutet hektisch nach links, auf die andere Seite des Sees.

»Hä?«, brummt Dima und kneift die Augen zusammen.

Marla sieht es zuerst. »Da drüben, auf der Funbox!«, sagt sie.

Dima schirmt die Augen mit einer Hand ab. Dann brummt er unwillig etwas in sich hinein, als auch er die Gestalt entdeckt, die drüben auf der Funbox sitzt, genau in der Mitte, auf dem äußeren Rand. Wie auf einem Thron sitzt sie da, im Schneidersitz, das Kinn in die Hände gestützt.

»Ist der bescheuert?«, sagt einer der beiden neuen Fahrer, die sich gerade angestellt haben.

»Was hat der denn da zu suchen?«

Gemeinsam sehen sie zu, wie einer der beiden älteren Typen auf die Funbox zusteuert, in einem lang gezogenen Bogen.

»Hoffentlich sieht er den!«, sagt Marla besorgt. Dima hebt zwei Finger an den Mund und pfeift durchdringend, aber der Fahrer steuert immer noch auf die Funbox zu. Er nimmt jetzt richtig Anlauf, legt sich stark in die Kurve, doch dann, im letzten Moment, blickt er auf und entdeckt die Gestalt oben auf der Kante. Gerade noch rechtzeitig gelingt es ihm, an der Funbox vorbeizusteuern; die Keule mit einer Hand haltend, dreht er sich um und droht mit der Faust.

»Scheißkerl, dem werd ich was!«, brummt einer der Fahrer, und der andere formt die Hände zum Trichter.

»Ey, verpiss dich da, sonst mach ich dir Beine!«, brüllt er so laut, dass Marla zusammenzuckt.

Die Gestalt bleibt unbeweglich da oben sitzen; eine Statue im Nieselregen, ungemütlich muss das sein; warum macht man so was?

Marla kneift die Augen zusammen, während jetzt Jap wild

fuchtelnd und brüllend an der Funbox vorbeifährt, gefolgt von Julian, der es schafft, seinen Trickski so zu kanten, dass er einen hohen Wasserstrahl auf die Funbox hinaufschickt. Die Gestalt kriegt, so viel kann Marla sehen, einen tüchtigen Schwall ab, aber sie bleibt immer noch unbeweglich sitzen.

Dima sieht einen Moment starr zu ihm hinüber, dann greift er nach dem Megafon, das neben der großen Uhr hinter ihm hängt, und hält es sich an den Mund.

»Weg von der Funbox!«, ruft er. »Das ist gefährlich! Bitte runterkommen!«

Die Gestalt regt sich nicht.

Die Fahrer auf der Rampe brummen aufgebracht.

»Runter da!«, ruft Dima erneut, und seine Stimme schallt wie ein Trompetenstoß über den ruhigen See. Schräg hinter der Funbox, wo der Wanderweg verläuft, haben ein paar Spaziergänger in bunten Wetterjacken angehalten und schauen jetzt neugierig zu der immer noch still dasitzenden Gestalt auf der Funbox herüber.

»Mann!«, brummt Dima genervt und legt die Stirn in Falten. Nachdenklich sieht er sich um; klar, irgendwas muss er machen, fragt sich nur was – der Typ gefährdet die Fahrer und sich selbst.

Jap saust vorbei und schreit Dima etwas Unverständliches zu und Dima zuckt mit den Schultern.

»Ey, das geht doch nicht!«, sagt einer der anstehenden Fahrer, »der muss da ganz schnell weg, der Arsch!«

»Dima!«

Marla dreht sich um. Teddy kommt die Treppe heruntergespurtet, sein Gesicht grimmig vor Wut.

»Los, du musst rausfahren und den Mistkerl da runterholen! Ich übernehme.« Teddy stürmt an ihr vorbei, schlängelt sich unter dem Geländer hindurch und nimmt Dimas Platz ein. Dima streift sein T-Shirt über den Kopf und schlüpft aus seinen Latschen.

»Wie soll ich das denn machen?«, fragt er, und Teddy kneift verärgert die Lippen zusammen.

»Na, wie wohl? Fahr hin und hol ihn runter!«, sagt er wütend. »Los jetzt, zack, zack, beeil dich!«

Er schüttelt den Kopf und hält Dima zurück, der jetzt sein eigenes Board genommen und auf die Rampe gelegt hat, um in die Bindungen zu steigen. »Nein, nimm ein Leihboard, mit Schlaufen, geht schneller. Los, mach schon!«

Die anstehenden Fahrer treten bereitwillig zurück, als Dima mit rotem Kopf eines der Leihboards für Anfänger holt und auf die Startrampe legt. Marla kann ihm sein Unbehagen ansehen, klar, in seiner Haut möchte sie jetzt auch nicht stecken.

Plötzlich sind komische Geräusche zu hören, Gekreische und Lachen. Drüben auf der Funbox ist die Gestalt jetzt aufgestanden; es ist ein Typ, ein junger, dunkelhaariger Typ in Shorts und T-Shirt, so viel kann sie erkennen. Noch während sie hinsieht, fängt er an, auf der Funbox hin und her zu hüpfen, mit angewinkelten Beinen und pumpenden Fäusten. Er lacht laut auf und kreischt ohrenbetäubend, dann schwingt er die Arme wie ein Gorilla und macht Affengeräusche, und Jap, der jetzt wieder auf ihn zusteuert, ballt wütend die Faust.

Dann nimmt er Schwung, und zu Marlas Entsetzen fährt er nicht an der Funbox vorbei, sondern geradewegs darauf zu.

»Nein!«, ruft sie erschrocken und hält die Luft an, und auch Dima, Teddy und die anderen Fahrer stehen wie erstarrt da. Jap geht in die Knie und saust die steile Rampe hinauf, und dann flitzt er haarscharf an dem Jungen vorbei, um gleich darauf wieder nach unten zu springen. Der Junge schwankt für einen Moment, dann fängt er sich wieder und johlt erneut los, lauter denn zuvor.

»Mann, das war aber knapp!«, sagt einer der älteren Typen kopfschüttelnd.

Teddy greift nach dem Megafon, während er Dima mit der anderen Hand die Keule reicht. »Los jetzt«, sagt er grimmig. »Mach schon, hol ihn da runter!« Der Mitnehmer kommt, Dima setzt aufs Wasser und Teddy hebt das Megafon. Im nächsten Moment dröhnt seine Stimme über den See. »Runter da, oder wir machen dir Beine, Junge!«

Zur Antwort zeigt der Typ Teddy eine lange Nase, dann fährt er mit seinem Affentanz fort. Marla kommt es so vor, als würde sein Kreischen immer lauter und lauter werden, und atemlos sieht sie zu, wie er auf der schmalen Rampe herumspringt. Er ist zu weit weg, als dass sie ihn wirklich erkennen könnte, aber dennoch kommt er ihr bekannt vor.

Jap ist rot vor Wut im Gesicht, als er heransaust und mit geballter Faust an der Rampe vorbeifährt. »... endlich weg?«, hört Marla und muss fast lachen beim Anblick seiner Miene. Sooo schlimm ist das ja nun auch wieder nicht, oder? Gibt ja noch genügend andere Obstacles, über die er setzen könnte.

Inzwischen ist Dima drüben auf der anderen Seite des Sees angekommen und steuert nun auf die Funbox zu. Marla ist gespannt, wie er es anstellen will, den Jungen von da oben herunterzubekommen.

»Ab mit ihm ins Wasser!«, ruft einer der älteren Typen, und irgendjemand brüllt von der Galerie über ihnen: »Los, hau ihm eine rein!«

Dima nimmt Schwung, mit flatternden Boardshorts; einen Augenblick fürchtet Marla, dass er Japs gefährliches Manöver wiederholen und ebenfalls auf die Funbox hinauffahren will, aber dann lässt er kurz vor der Rampe die Keule los und kickt das Board von seinen Füßen. Einen kurzen Augenblick versinkt er im Wasser, dann schwimmt er mit erhobenem Kopf auf die Rampe zu und ruft dem Jungen darauf etwas zu, und der hält inne und blickt lauernd zu ihm herunter.

Dima ruft wieder etwas, dann hat er die Rampe erreicht und beginnt hinaufzuklettern, ein schwieriges Unterfangen, die Rampe ist glitschig und feucht, und man kann sich nirgends richtig festhalten. Und so rutscht Dima immer wieder ab und sinkt ins Wasser zurück und seine Shorts rutschen ihm mit jedem Mal ein Stückchen weiter den Hintern hinunter.

»Juhu, Striptease!«, ruft einer der Zuschauer von der Galerie. Eine Lachsalve folgt ihm, aber Dima kümmert sich nicht darum. Vielleicht, wahrscheinlich hört er es auch gar nicht, doch schließlich schafft er es endlich, sich ein Stück weit die Rampe hinaufzubugsieren, sodass er mit den Füßen Halt findet. Vorsichtig zieht er sich einen halben Meter hinauf, dann noch ein paar Zentimeter, und dann beginnt er, langsam Zentimeter für Zentimeter nach oben zu robben, während ihm der Junge auf der höchsten Stelle der Funbox aufmerksam dabei zusieht.

Schließlich hat Dima die Plattform erreicht und richtet sich langsam auf. Aber noch bevor er ganz steht, dreht der Junge über ihm sich einfach um, lacht laut und springt ins Wasser. Für ein paar lange Augenblicke ist er verschwunden, dann taucht sein Kopf ein paar Meter entfernt wieder auf. Mit ein paar Zügen ist er am Seeufer, klettert die Böschung hoch und verschwindet zwischen den Büschen.

Dima hebt die Arme und lässt sie wieder fallen. Dann dreht er sich kopfschüttelnd um und springt ebenfalls ins Wasser, aber in Richtung Anlage.

Der Junge war wirklich zu weit entfernt, um ihn zu erkennen.

Aber Marla ist sich dennoch fast sicher. Und irgendwie muss sie über ihn grinsen.

Spinner. Wirklich, ein Spinner!

Dima muss weit zurückschwimmen, und so dauert es eine Weile, bis er die Anlage erreicht, sich umziehen und seinen Platz in der Heblerkabine wieder einnehmen kann. So lange steht Teddy knurrend an den Keulen und brummt wütend vor sich hin, und als Dima tropfend über die Rampe zurückklettert, hält er ihm eine Standpauke.

»Hättest ihn auch kriegen können, Mensch! Lass dich doch nicht so verarschen! Der hätte Prügel verdient, ehrlich!«

Dima zuckt mit den Schultern. Er ist ein besonnener und friedfertiger Typ, jedenfalls schätzt Marla ihn so ein, und eigentlich, findet sie, hat er seine Sache gerade gut gemacht. Immerhin ist der Typ jetzt weg und die Funbox wieder frei, und die Fahrer haben sich längst beruhigt und sind alle wieder auf dem Wasser unterwegs.

Nur Jap steht noch angespannt da. »Ja echt, Dima, den hättest du mir mal bringen sollen«, sagt er aufgebracht. »Hast du ihn erkannt? Wer war das denn überhaupt? Ich hab die Fresse vorher noch nie gesehen.«

Dima zuckt mit den Schultern und reibt sich mit seinem Handtuch trocken, während sein Blick über den See gleitet. »Ich auch nicht«, sagt er, aber irgendwie, zumindest hat Marla den Eindruck, irgendwie flackert sein Blick leicht, so, als ob er sich da nicht ganz sicher sei.

Sie ist sich auch nicht ganz sicher.

Aber immerhin fast.

»Idiot«, sagt Jap und schüttelt den Kopf so wild, dass ein paar Tropfen Marla ins Gesicht fliegen. Dann schlägt er mit der Hand flach auf seinen Helm. »Vollidiot.«

»War aber keine so gute Aktion, dass du rauf auf die Box gefahren bist«, sagt Dima ruhig, »bisschen gefährlich.«

Jap starrt ihn an. Seine Augen funkeln. »Du«, sagt er, »du. Beim nächsten Mal hätte ich ihn runtergeschubst, dann wär Ruhe gewesen. Und dann hätte ich ihn mir gekrallt. Solchen Typen muss man eine Lektion erteilen. Nicht nur wie ein Walross hinterherrobben und blöd gucken, wenn er runterspringt und sich verzieht.«

Dima zuckt mit den Schultern und dreht sich weg, aber er ist erneut rot angelaufen.

»Oder, Marla?«, fragt Jap laut.

»Also, ich fand das okay, wie Dima das gemacht hat«, sagt Marla und muss sich räuspern.

Jap starrt sie wortlos an. Dann sieht er zu Dima, der sich jetzt angelegentlich an den Keulen zu schaffen macht und die Matte an der Startrampe gerade zieht. Und dann starrt er wieder Marla an. »So«, sagt er. »Findest du.«

Marla versucht ein Lächeln, aber Jap erwidert es nicht. Stattdessen starrt er sie weiterhin an, so lange, bis Marla schließlich den Blick abwenden muss. Der See liegt jetzt vollkommen glatt da, nur noch ein Fahrer ist unterwegs, einer der beiden älteren Typen; ganz hinten fährt er gerade in die Kurve ein.

Jap klatscht noch einmal mit der flachen Hand auf den Helm, dann dreht er sich um und geht in Richtung der Umkleidekabinen.

Marla kann seine Wut immer noch spüren, als er längst hinter der Tür verschwunden ist.

Auf dem Nachhauseweg ist Marla allein; weit und breit ist niemand zu sehen. Nur an der Einbiegung zur Straße, in der das Ferienhaus steht, rollt langsam ein Wagen mit dunkel verspiegelten Fenstern vorbei. Aber sonst scheinen sich all die Feriengäste, die sonst die Wege und Vorgärten bevölkern, vor dem Dauernieselregen in ihre Häuser verkrochen zu haben. Spielgeräte und Trampolins, auf denen normalerweise zu jeder Tageszeit quietschende Kinder herumhopsen, stehen unberührt da, aus den Bäumen tropft es unaufhörlich, und zu beiden Seiten der im letzten Jahr frisch asphaltierten Straße hat sich ein stetes Rinnsal gebildet, das leicht gluckernd in Richtung der Kanaldeckel an der Einmündung abfließt.

Marla zieht sich die Schuhe und Socken aus und läuft langsam durch den kleinen Regenbach an der rechten Seite der Fahrbahn. Das warme Wasser kitzelt an ihren Zehen, und sie muss an Miri denken. Miri hätte das gefallen, so zu laufen. Der Nieselregen hätte sie nicht gestört. Miri hat sich nie um Regen oder Sonne geschert; ihr war eigentlich immer egal, was für ein Wetter herrschte. Wenn irgend möglich, hielt sie sich draußen unter freiem Himmel auf.

Aber so oft war es eben nicht möglich.

Eigentlich, glaubt Marla, haben ihre Eltern wegen Miri das Ferienhaus gekauft. Damit sie möglichst oft draußen sein konnte.

Ein Vogelschrei lässt sie zusammenzucken. Als sie den Kopf hebt, sieht sie genau über sich einen Raubvogel, einen Bussard vielleicht, der scheinbar unbeweglich in der diesigen Luft zu schweben scheint. Marla bleibt stehen und beobachtet ihn. Der Vogel schlägt ein-, zweimal mit seinen Schwingen, zieht einen kleinen Kreis und schreit erneut auf. Diesmal klingt sein Schrei viel näher und lauter, obwohl er genauso hoch fliegt wie gerade eben noch, und Marlas Nackenhaare stellen sich auf.

Der Vogel schreit noch einmal auf, dann fliegt er davon, zwischen den Baumwipfeln der Silberpappeln auf der anderen

Straßenseite hindurch. Dann ist er verschwunden, und Marla atmet auf.

Langsam geht sie weiter, aber irgendwas ist auf einmal seltsam.

Und erst, als sie schon fast das Ferienhaus erreicht und erleichtert entdeckt, dass das Auto ihrer Eltern in der Einfahrt steht, erst da geht ihr auf, dass sie sich beobachtet fühlt.

An der Tür dreht sie sich um, die Hand schon auf der Klinke.

Aber da ist niemand. Die Siedlung liegt still da. Nur der Nieselregen fällt unaufhörlich vom Himmel.

4

»Ey, die Sippe vom Ollen meiner Ma ist zum Brechen, echt! Lauter Bauerntrampel. Der eine hatte eine Frisur, das glaubst du gar nicht!« Ivana deutet einen Pottschnitt an und Marla muss lachen.

»Mensch, Ivana, du und deine Frisuren! Wieso machst du eigentlich keine Ausbildung als Friseurin? Da könntest du doch mal aktiv was gegen all diese schrecklichen Haarschnitte unternehmen!«

»Ja, pöh, wenn, dann werd ich Visagistin«, sagt Ivana, doch ihre Augen flackern unternehmungslustig auf. »Aber keine schlechte Idee eigentlich. Hab ich auch schon dran gedacht.« Sie schnippt die Asche ihrer Kippe übers Geländer und sieht sich kurz nach Teddy um, der hinter ihnen am Kiosk steht und Getränkeflaschen in den Kühlschrank einsortiert. Dann beugt sie sich näher zu Marla. »Einer von den Jungs war doch ganz okay«, flüstert sie. »Dem hab ich einen geblasen!«

»Was?!?«

»Psst!« Ivana legt ihre Finger auf die Lippen und kann sich dabei ein Lachen nicht verkneifen. »Nee, Mensch, natürlich nicht. Aber ich bin mit ihm in den Stall gegangen und hab mir die Kühe zeigen lassen. Der hatte die ganze Zeit einen Ständer, die arme Sau.« Sie kichert und sieht wieder zu Teddy, der jetzt den Kopf gehoben hat und aufmerksam zu ihnen herübersieht.

Marla schüttelt den Kopf. »Mensch, Ivana, du Monster.«

»Wieso? Ich hab doch gar nichts gemacht. Nur hingeguckt. Aber das hat irgendwie nicht geholfen!« Ivana klimpert unschuldig mit den Augen, und jetzt muss Marla auch lachen. Ivana ist echt übel drauf, was Typen angeht. Gut, dass sie beide nicht unbedingt den gleichen Geschmack haben. Obwohl, da kann man sich bei Ivana nie so sicher sein.

»Kommst du, Ivana?« Teddy steht auf einmal hinter ihnen. Er lächelt Marla flüchtig zu, aber dann richtet er seinen Blick wieder auf Ivana, die eine Braue hochzieht, langsam ihre Kippe ausdrückt und in den Aschenbecher am Ende des Geländers schnippt.

»Jawohl, Chef!«, sagt sie und lässt ihren Blick an Teddy hinuntergleiten, bis zum Schritt seiner Hose, wo sie ihn einen Augenblick verharren lässt. Dann zwinkert sie Marla zu, lacht vergnügt auf und spaziert mit betont aufreizend schwingenden Hüften davon in Richtung Kiosk. Teddy verzieht die Mundwinkel zu einem Lächeln, aber so richtig überzeugend wirkt es nicht. Eher leicht genervt. Oder seltsam, auf eine Art, die Marla nicht recht benennen kann.

»Die spinnt manchmal, die Ivana«, sagt sie lächelnd, aber Teddy zuckt nur mit den Schultern.

»So seid ihr Mädchen eben. Einfach schräg drauf!« Er nickt ihr zu und folgt Ivana, und jetzt weiß Marla auch, was genau an seinem Lächeln seltsam war: Es hat nicht bis zu seinen Augen gereicht.

»Marla!« Ivana, die jetzt am Tresen angekommen ist, macht hektisch Zeichen, und Marla braucht einen Moment, um zu kapieren, wohin sie sehen soll. Dann macht ihr Herz einen kleinen Satz. Unten an der Treppe steht Mattis, den Rücken ihr zugekehrt. Er trägt ein überweites knallgelbes T-Shirt über seinem Kurzarmneo und sein Board unter dem Arm und ist in ein angeregtes Gespräch mit zwei Mädchen vertieft, die Marla noch nie hier gesehen hat. Eine ist blond, die andere dunkelhaarig, aber beide tragen sie superenge Shorts und Tops und sind auffallend stark geschminkt. Ältere Mädchen sind es, keine Schülerinnen mehr, vielleicht Studentinnen, so alt wie Mattis selbst, der ja letzten Monat zwanzig geworden ist. Marla hat seinen Geburtstag in ihr Handy eingespeichert, und der Signalton dazu war der Auslöser für einen der letzten heftigen Streits mit Enis.

Enis.

Sie kann das Handy mit seinen zahllosen Nachrichten förmlich in ihrer Tasche brennen spüren. Bettelnde, flehende, drohende Nachrichten. Am besten wäre es, sie alle zu löschen. Aber das kriegt sie irgendwie nicht hin.

Mattis lächelt die beiden Mädchen nacheinander an, dann weist er mit der Hand zur Galerie nach oben und springt die Treppe hinunter in Richtung Startrampe.

Marla zögert. Aber dann sieht sie die beiden Mädchen auf sich zukommen und räumt schnell das Feld. Eine unerklärliche Schüchternheit befällt sie beim Anblick der beiden; sie sehen so abgeklärt und cool aus.

Mit großen Sprüngen setzt sie die Treppe hinunter und zieht sich rasch um. Dann scannt sie sich ein und stellt sich an; besonders viel ist nicht los, nach dem Dauernieselregen der letzten beiden Tage hat der Himmel zwar aufgeklart, aber immer wieder ziehen Wolken durch und richtig heiß ist es auch nicht, läppische zwanzig Grad.

Jede Menge Holländer sind allerdings da, eine ganze Busladung voll, so kommt es Marla vor, und es dauert dann doch eine Weile, bis sie zur Rampe vorgerückt sind, weil die Anfänger der Reihe nach beim Start ins Wasser klatschen und ewig brauchen, bis sie sich und ihre Ski aus der Fahrbahn bugsiert haben.

Erstaunlicherweise ist es nicht Dima, der heute hebelt, sondern Jap.

»Marla! Hi.« Er spitzt die Lippen zu einem Luftküsschen und reicht ihr die Keule, wobei seine Fingerspitzen die ihren berühren. »Na, wie geht's?«

»Okay«, sagt Marla und umfasst die Keule fester. Der Moment kurz vorm Start ist immer aufregend; Vorfreude mischt sich mit Furcht. Marla ist schon tausendfach problemlos gestartet, aber das ist keine Garantie. Schiefgehen kann immer was.

»Hast du eigentlich noch deinen Freund?«, fragt Jap und schaltet sie frei. Marla starrt das grüne Licht oben am Mast an, ihre Finger werden auf einmal ganz taub.

Der Mitnehmer ruckelt, die nächste Leine kommt angerauscht, leer.

»Gute Fahrt!«, sagt Jap und lehnt sich zurück.

Zahllose Augen, das spürt sie, sind auf Marla gerichtet, die jetzt einatmet, die Keule noch fester umfasst. Die Leine kommt, Marla geht leicht in die Knie, ein Ruck, dann zieht es sie vorwärts.

Wasser spritzt auf, sie spürt das leichte Zucken in den Beinen beim Aufsetzen, dann ist sie schon unterwegs, geht in die Kurve, lässt sich davonziehen.

Woher weiß Jap überhaupt, dass sie einen Freund hatte?

Von Ivana bestimmt nicht, die beiden haben nichts miteinander am Hut. Und sonst weiß doch keiner von Enis.

Plötzlich wird ihr bewusst, dass an der Leine direkt vor ihr Mattis hängt. Das heißt, er hängt eigentlich nicht, sondern er fährt, in großen Schwüngen saust er von rechts nach links, zieht lange Bögen, legt sich kurz vor der Kurve ins Seil und legt einen perfekten *air railey* hin, der Marla fast aus der Spur reißt.

Sie hat Mühe, gerade über seinen Wellenkamm hinwegzusetzen, und fast ist sie froh, als er nach der Kurve wagemutig einen *five-fourty* über den großen Kicker versucht und dabei ins Wasser klatscht.

»Alles okay?«, ruft sie, als sie kurz darauf an ihm vorüberfährt, aber er schnallt sich nur mit grimmiger Miene den Helm ab und schüttelt sich das Wasser aus den Haaren, ohne sie anzusehen.

Seine ansonsten stets so heitere Miene ist verbissen, und geradezu widerwillig hebt er den Daumen, das universelle Zeichen dafür, dass er sich nicht verletzt hat.

Na ja, ehrgeizig war Mattis schon immer. Aber verbissen?

Marla konzentriert sich auf die Kurve; lässig setzt sie an den beiden weißen Bojen am Ausstieg vorbei und nimmt Kurs aufs Starterhäuschen, wo sich eben der nächste Fahrer bereitmacht.

Weißer Helm. Gestreifte Shorts.

Ehe sie sich versichern kann, ist sie auch schon vorbei. Fährt geradeaus weiter, zwischen den Kickern hindurch, am Slider vorbei; wann kann sie sich umdrehen, ohne dass es ihm auffällt?

Kurz vor der Kurve wagt sie es; eine leichte Drehung der Hüfte, ein Blick zurück.

Weißer Helm. Gestreifte Shorts. Sehr breite Schultern.

Dann kommt das Wasser auf sie zu, in einer rasanten Fahrt, spritzt ihr entgegen, ihre Hüfte verdreht sich, das Board verkantet, verkantet noch weiter. Die Keule fliegt durch die Luft, ein Reißen im Knie, dann taucht sie ein.

Als sie nach Luft schnappend hochkommt, lässt sich eine Gestalt dicht neben ihr ins Wasser fallen.

»Ducken!«

Sie dreht den Kopf weg, spürt die Keule aufprallen, ein lautes Geräusch und dennoch gedämpft. Und sieht sehr helle Augen, drei, vier Meter entfernt.

Er öffnet seinen Helm, lacht ihr entgegen. »Alles gut?«

Sie nickt, dann wird ihr klar, dass er das im Wasser schlecht sehen kann. »Ja, alles gut!«

Der nächste Fahrer rauscht heran und vorbei, ein Holländer, ohne Neo, dafür mit Strohhut. Wird nicht lange halten auf seinem Kopf.

Sie löst zeitgleich mit dem Dunkelhaarigen ihre Bindungen, schubst das Board Richtung Ufer. Dann ist er neben ihr, schwimmt an ihrer Seite, sein Board schaukelt neben ihrem vor ihnen her.

»Cool«, sagt er. »Ich dachte, ich weiß nicht, das sah so aus, als ob du ... dir wehgetan haben könntest. Hast du die Keule abgekriegt?«

»Nee, alles okay.« Sie schwimmt weiter, aufs Ufer zu, das mit einem sanften Sandstrand vor ihr auftaucht. Sie haben die denkbar ungünstigste Stelle für den Ausstieg erwischt; kein Ort ist weiter von der Startrampe entfernt. Um zurückzukommen, müssen sie jetzt den halben See umrunden, mindestens acht, neun Minuten Fußweg.

»Was ist denn passiert? Gleichgewicht verloren? Du fährst doch eigentlich total gut.« Er lächelt sie an, ein süßes, wassertropfennasses Lächeln, kräftige Zähne; der vorn links steht etwas schief.

»Weiß ich auch nicht«, sagt Marla und stößt ihr Board mit einem letzten kraftvollen Schubser ans Ufer. Dann klettert sie hinterher und hofft, dass sie dabei eine halbwegs gute Figur macht. Immerhin ist er direkt hinter ihr. »Ich bin einfach gefallen.«

Er hebt ihr Board auf und seins noch dazu. Seine Augen leuchten im Sonnenlicht, und als er den Helm abnimmt, läuft das Wasser in kleinen Sturzbächen aus seinen dunklen Locken. »Aber du hast dir nichts getan?«

Sie schüttelt den Kopf; dass er so dicht vor ihr steht, verschlägt ihr die Sprache. Sie kann ihr Herz pochen spüren. Und seines pochen sehen. Er trägt keinen Neo, nur seine Boardshorts.

»Ist dir nicht zu kalt?«, fragt sie und reibt sich die Arme. »Ich meine, du hast keinen Neo an heute.«

Er sieht sie an, verwundert, dann schmunzelnd, und plötzlich wird ihr klar, warum. Und dann sagt er es auch. »Nein, heute nicht, aber sonst schon, das hast du also gesehen?«

Marla spürt, wie sie errötet; so was Blödes, wie kann man sich nur derart ungeschickt verraten? »Nee«, sagt sie, »nein, ich hab ...« Und dann muss sie lachen und er lacht auch. Sie lachen sich an, und Marla merkt, wie etwas in ihr sich verhakt und dann wieder löst.

»Soll ich dir helfen?«, fragt er und deutet auf ihr Board, und schon wieder weiß sie nicht, was sie sagen soll.

»Ich ...«, beginnt sie, »ich kann ... ich kann das auch allein tragen, danke!«

Er nickt. Die Sonne glitzert in seinen nassen Locken, seinen Augen. Graublau. Graublau sind sie.

Lange Wimpern, dunkle, schön geformte Brauen. Breiter Mund. Vage erinnert er sie an jemanden. »Ja«, sagt er und wieder ist da ein Lächeln in seinen Mundwinkeln. »Ja, schon klar, kannst du bestimmt. Musst du aber nicht.« Er nimmt sein eigenes Board hoch, dann, als sie mit den Schultern zuckt, auch ihres.

Gemeinsam gehen sie die kleine Anhöhe hinauf und dann über die im letzten Jahr neu erbaute schmale Hängebrücke, die den Übergang vom großen zum kleinen See quert, zur Nordseite des Sees. Eine Möwe kreischt über ihnen auf und vom Strand weiter vorn sind Kinderlachen und Gejuchze zu hören.

»Danke«, sagt Marla, ein bisschen verspätet, und er nickt wieder.

»Gern geschehen. Wohnst du hier?«

»Im Feriendorf, ja. Aber sonst in Hannover.« Seine Füße sind schön, knochig, und die Zehen haben eine schöne Form.

»Hannover? Witzig. Ich komme aus Wolfsburg.«

Wolfsburg. Das liegt nur eine gute halbe Stunde von Hannover entfernt. »Da habt ihr auch eine Anlage, oder?« Marla sieht ihn von der Seite an, er ist ein ganzes Stück größer als sie; sie reicht ihm bis knapp über die Schulter. Das hätte sie nicht vermutet, von fern wirkte er gar nicht so groß.

»Ja. Aber ich war auch schon ein paarmal bei euch, in Garbsen.«

Jetzt ist es Marla, die nickt; sie wird ihm jetzt nicht verraten, dass sie zu Hause so gut wie nie fährt. Sie wohnt genau auf der anderen Seite von Hannover, von ihren Freundinnen fährt sowieso niemand Wakeboard, und allein ... Mit Enis war sie einmal dort, aber das war der totale Reinfall. Enis hatte vorher noch nie auf einem Board gestanden und war total sauer geworden, als er bei seinen ersten drei Versuchen jedes Mal ins Wasser fiel. Danach wollte er sofort gehen; nicht mal eine einzige Runde zugucken, wie Marla fährt, wollte er.

Eigentlich hatte sie da schon gewusst, dass sie mit Enis Schluss machen sollte.

Aber nicht, wie.

Enis.

Der Gedanke an ihn macht ihr einen Knoten im Magen.

Aber sie will jetzt keinen Knoten im Magen. Und sie will erst recht nicht an Enis denken.

»Na, alles okay?«, fragt er, und plötzlich merkt Marla, dass er sie mit einem sehr nachdenklichen Blick ansieht.

»Ja, ja … alles okay.« Sie lächelt ihn an. »Ich bin übrigens Marla.«

»Keno.«

Schöner Name. »Klingt japanisch.«

Er lacht. »Ist aber urdeutsch. Kommt aus Friesland.« Sie haben den Strand erreicht, der immer noch feucht vom Nieselregen der vergangenen beiden Tage ist. Dennoch haben sich ein paar sonnenhungrige Familien niedergelassen, ein kleiner Junge in Windeln läuft ihnen fast vor die Füße.

»Ups, pass auf, Kleiner!« Keno fängt den Kleinen vorsichtig mit einem Fuß ab und schiebt ihn sanft in Richtung seiner Mutter, die besorgt aufgesprungen ist. »Hier geht's lang!« Er sieht wieder zu Marla. »Du fährst gut«, sagt er.

»Du auch.« Marla muss sich räuspern. Plötzlich kommt sie sich dämlich vor, wie sie einfach so neben ihm herläuft und sich von ihm ihr Board tragen lässt. »Du kannst mir das Board ruhig …«

»Nee, lass mal, jetzt trage ich es auch bis vorn«, sagt er freundlich und blickt in Richtung Startrampe. »He, die Anlage steht!«

Tatsächlich, die Anlage ist zum Stillstand gekommen. Direkt neben Marla auf dem See versinkt gerade einer der holländischen Fahrer im Wasser, dahinter hängt Julian wassertretend. An der Rampe ist Aufregung aufgekommen, einige Fahrer gestikulieren wild in Richtung See und Jap hält sich gerade das Megafon an den Mund.

»Verpiss dich da, aber sofort!«, brüllt er. »Sonst hol ich dich!«

Die Fahrer und einige Zuschauer grölen zustimmend, und Marla und Keno sehen aufs Wasser.

»Oh nein!«, sagt Keno leise und bleibt stehen.

Die Kicker und die große Schanze liegen ruhig da, aber auf der Funbox springt eine Gestalt mit wild fuchtelnden Armen herum. Die Affenlaute, die sie von sich gibt, sind fast bis hierher auf die andere Seite des Sees zu hören.

Keno seufzt, dann reicht er Marla ihr Board. »Tut mir leid, ich muss dir das Board jetzt doch geben. Ein Notfall.«

»Was ... was ist denn los?«

»Ich zähle bis drei, Kollege, dann kannst du was erleben!«, brüllt Jap.

Die Affenlaute scheinen noch lauter zu werden.

»Dieser Idiot da drüben«, sagt Keno und deutet mit dem Kinn zur Funbox hinüber, »das ist leider mein dämlicher Bruder. Der macht gern so'n Mist.« Er drückt ihr das Board in die Hand. Sein Blick fällt auf ihr Armband. »He, schönes Teil!«, sagt er.

Marla nickt. Keno sieht ihr einen Moment lang in die Augen, dann blickt er wieder auf ihr Armband und streichelt mit zwei Fingern darüber. Marlas Haut darunter wird sofort warm.

»Tschüs, bis bald hoffentlich«, sagt er, und dann spurtet er los, wieder zurück in die Richtung, aus der sie beide gerade eben gekommen sind.

Marla sieht ihm einen Moment lang nach, dann blickt sie rüber zur Startrampe, wo Jap gerade in das kleine Motorboot springt und mit zwei hektischen Zügen den Motor anlässt. Er stößt sich von der Rampe ab und fährt los, in Richtung Funbox, und seine langen, blonden Haare wehen hinter ihm her, als das Boot rasch an Fahrt aufnimmt.

»Schnapp ihn dir!«, ruft jemand und ein paar andere klatschen anfeuernd in die Hände.

»Los Jap, mach Schluss mit dem Spuk!«

Die Strandgäste sind jetzt auch aufmerksam geworden, einige Männer sind aufgestanden und starren zur Funbox hinüber, auf der die Gestalt immer noch wild hin und her springt und dabei die Hände nach oben reißt.

Marla sucht das Ufer ab; dann entdeckt sie ihn: Keno hat schon die Brücke und die Stelle, an der sie beide ausgestiegen sind, hinter sich gelassen und rennt nun den kleinen Pfad entlang, der am Südufer des Sees entlangführt. Er ist schnell, sehr schnell sogar, mit lockeren, kraftvollen Bewegungen läuft er den Pfad entlang, das Board unter dem Arm, den Helm in der Hand.

Marla sieht von Keno zu Jap, der jetzt am ersten Kicker vorbei ist und Kurs auf die große Schanze nimmt, und wieder zurück. Wenn Keno Glück hat, ist er einen Tick eher da als Jap; und offenbar erkennt er selbst das auch, denn in diesem Moment beginnt er, etwas zu rufen.

Marla kann nicht verstehen, was er ruft, aber die Gestalt auf der Funbox versteht es. Abrupt bleibt sie stehen und blickt sich nach Keno um.

Keno ruft wieder etwas, ohne das Tempo zu verlangsamen, und die Gestalt sieht sich weiter um und entdeckt Jap, der jetzt nur noch gut zweihundert Meter von der Funbox entfernt ist. Einen Moment scheint sie zu zögern, dann ruft Keno erneut etwas und die Gestalt springt ins Wasser.

Jap beugt sich in seinem kleinen Motorboot nach vorn, als

wenn er vorhätte, abzuspringen, und die Zuschauer beginnen, rhythmisch zu klatschen.

»Schneller, schneller!«

»Los, mach hinne!«

»Schnapp ihn dir, Jap!«

Keno hat jetzt die Stelle gegenüber der Funbox erreicht und auch Jap ist nur noch ein paar Meter von ihr entfernt. Dahinter kann Marla einen Kopf aus dem Wasser auftauchen sehen, noch ein paar Züge, dann wird Kenos Bruder es geschafft haben. Aber noch kann Jap ihn einholen und genau das hat er auch vor. Mit einem rasanten Haken braust er an der Funbox vorbei und zieht scharf nach links. Und dann verliert er das Gleichgewicht. Einen Moment scheint er zu taumeln, das Boot kippelt, dann stürzt Jap vornüber ins Wasser.

Marla zieht erschrocken die Luft ein, und von den Zuschauern kommt ein kollektives Stöhnen, durchsetzt von Lachen und Johlen.

Atemlos sieht Marla zu, wie das führerlose Motorboot in Richtung Ufer knattert und mit einem dumpfen Knirschen, das über den ganzen See zu hören ist, aufsetzt, nicht weit von der Stelle, an der Kenos Bruder eben an Land klettert. Der Motor jault kurz auf und erstirbt dann röchelnd, und im selben Moment taucht Japs Kopf wieder auf. Wütend ballt er die Faust in der Luft und ruft Keno und seinem Bruder etwas hinterher, die bereits zwischen den Bäumen und Sträuchern am Uferrand verschwunden sind.

An der Anlage wird gelacht und gegrölt, und Marla reibt sich die Oberarme, während sie noch einmal über den See blickt. Drüben, auf der anderen Seite, kraxelt Jap gerade ans Ufer, seine ganze Körperhaltung drückt Wut aus, eine Wut, die Marla fast bis hierher spüren kann.

Marla sieht zur Anlage hinüber. Die Traube am Starterhäuschen hat sich aufgelöst, und ein eng umschlungenes Paar geht gerade die Treppe zum Kiosk hinauf. Der Typ trägt ein knallgelbes T-Shirt, seine Freundin superkurze Jeansshorts. Am Absatz bleiben sie stehen und beginnen sich zu küssen, und Marla nimmt ihr Board hoch, dreht sich um und geht los.

Zu Hause herrscht eine komische Stimmung. Marlas Vater sitzt auf der Veranda und blättert seine Zeitung so heftig um, als wollte er sie eigentlich lieber zerreißen, und ihre Mutter schneidet mit verbissener Miene in der Küche Tomaten klein.

»Was ist denn los?«, fragt Marla und nascht ein Tomatenstück, aber ihre Mutter schüttelt nur wortlos den Kopf. »Na los, Mama, was ist denn? Habt ihr euch gestritten?«, hakt Marla nach, obwohl das ja wohl sonnenklar ist.

Ihre Mutter presst die Lippen so fest zusammen, dass sie nicht mehr zu sehen sind. Ein weißer Strich teilt ihr Gesicht in zwei ungleiche Hälften, ihre Augen sehen müde aus.

»Mama.« Marla streicht ihr über die Schulter, und der weiße Strich fängt an zu zittern, verschwindet, als ihre Mutter die Unterlippe nach vorn schiebt. Für einen Moment sieht sie wie ein schmollendes kleines Kind aus – wie Miri –, dann beginnt sie zu weinen, mit kleinen Schluchzern und kleinen Schniefern.

»Ach Mensch, Mama!«, sagt Marla ratlos und nimmt ihre Mutter in den Arm. Plötzlich ist sie sich nicht mehr sicher, ob ihre Eltern wirklich gestritten haben, vielleicht ist es auch etwas ganz anderes, das ihre Mutter so traurig und ihren Vater so zornig macht.

Eine Weile stehen sie so da, Marla mit den Armen um ihre Mutter, ihre Mutter mit dem Kopf an Marlas Schulter, dann räuspert sich jemand hinter ihnen.

»Was wollen wir denn heute essen?«, fragt ihr Vater mit belegter Stimme, und sein kläglicher Versuch, Normalität zu schaffen, tut Marla richtig weh.

Behutsam lässt sie ihre Mutter los, die sich mit den Fäusten die Tränen aus den Augen reibt und dabei leicht wegdreht.

Marla sieht ihren Vater an, der mit den Schultern zuckt. Aber dann macht er ein paar Schritte auf ihre Mutter zu und dreht sie zu sich herum, und Marla macht, dass sie rauskommt.

Manchmal ist ihr das einfach alles zu viel.

In ihrem Zimmer liegt sie eine Weile auf dem Bett und starrt an die Decke.

Keno.

Sie weiß jetzt, an wen er sie erinnert hat.

Die beiden Brüder haben tatsächlich Ähnlichkeit. Und nicht nur wegen der Locken.

Marla wälzt sich auf die Seite und sieht durchs offene Fenster hinaus auf die Eiche, aus der Kenos Bruder vor vier Tagen heruntergefallen ist.

Genau in diesem Moment fährt ein Windzug durch das Blätterwerk und ein Rauschen kommt auf. Marla stutzt; ist da nicht …

Aber da ist nichts. Nur Blattwerk und Geäst.

Er hat eindeutig einen Knall. Auf Bäume klettern und auf der Funbox den Affen machen. Spinner.

Sie muss lächeln und dreht sich wieder auf den Rücken. Die Decke über ihr ist glatt und weiß.

Früher hatten Miri und sie das Spitzdachzimmer oben, neben dem Bad, aber als Miri gestorben war, haben Marla und ihre Eltern die Zimmer getauscht und sie ist nach unten gezogen.

Marla mochte das alte Zimmer lieber, aber so ist es ihr auch recht. Hier unten kann sie nachts weg, ohne dass ihre Eltern es mitbekommen. Obwohl – jetzt ist sie ohnehin alt genug, ihre Eltern würden es ihr wahrscheinlich sowieso erlauben. Irgendwann im letzten Jahr hat sie eine unsichtbare Schwelle überschritten. Jetzt darf sie eigentlich alles. Auch wenn ihre Eltern vorgeben, dass es anders sei.

Sie haben genug miteinander zu tun. Oder mit Miri, auch wenn die nicht mehr da ist.

Nicht mehr da.

Der Tod ist merkwürdig. Nicht zu fassen.

Aber die Liebe auch nicht. Komische Sache. Enis behauptete immerzu, sie zu lieben, aber das stimmte nicht.

Sie sieht sein Gesicht wieder vor sich, als sie ihm gesagt hatte, dass sie Schluss macht, da im Durchgang zur Kröpcke-Passage. Er hatte sie angestarrt, und dann hatte sein Gesicht sich zu so einer üblen Grimasse verzogen, dass sie Angst bekam.

»Du wagst es nicht!«, hatte er gezischt, und dann hatte er sie an sich gezerrt und sie zu küssen versucht, auf eine Art, die nichts mehr mit Liebe zu tun gehabt hatte. Sie hatte versucht, von ihm loszukommen, aber Enis hatte sie festgehalten, mit aller Kraft. Und wenn dieser Handwerker nicht vorbeigekommen wäre …

Später hatte sie überall an ihren Schultern und Armen dicke blaue Flecken. Erst jetzt, seit einigen Tagen waren sie wieder verblasst.

Ihr Handy reißt sie aus ihren Gedanken. Für einen Augenblick hat sie die irrwitzige Vorstellung, dass Keno anruft, aber dann sieht sie Ivanas Gesicht auf dem Display aufleuchten und hält sich das Handy ans Ohr.

Sie ist die Straße halb hinuntergelaufen, als sich eine Gestalt aus dem Schatten einiger Eschen löst und ihr in den Weg tritt.

»Hi«, sagt Jap.

Marla bleibt erschrocken stehen. »Was machst du denn hier?«

Er zuckt mit den Schultern. »Ich komm hier so lang«, sagt er, aber das kann nicht stimmen. Die Straße führt nirgendwohin, außer zu den halbkreisförmig paarweise angeordneten Ferienhäusern am Ende. Wer hier langkommt, will genau dorthin.

»Wieso?«, fragt Marla und hält die Luft an.

Jap sieht sauer aus. »Was, wieso?«, fragt er zurück. Seine Augen glänzen verdächtig, und die Fäuste, die er in die Hosentaschen seiner weiten Jeans gesteckt hat, bewegen sich unruhig. Ob er Drogen genommen hat? Was anderes als Gras, das sie hier, direkt an der holländischen Grenze, ja fast alle rauchen?

»Ach egal«, sagt Marla und will weitergehen, aber Jap tritt ihr direkt in den Weg, und überrascht bleibt sie wiederum stehen. Auf einmal fällt ihr ein, dass er nach Enis gefragt hat, und plötzlich ist er ihr unheimlich. »Sag mal, was willst du eigentlich?«, fragt sie und macht einen Schritt rückwärts.

Jap starrt sie an. »Was ich will? Einfach nur mit dir reden. Oder bist du dir da zu fein für?«

»Wieso?«, fragt sie verständnislos. Ein Wagen biegt in die Straße ein und fährt langsam an ihnen vorüber. Marla tritt zur Seite, aber Jap bleibt breitbeinig stehen, die Fäuste immer noch in den Hosentaschen. Langsam fährt der schwere Volvo an ihnen vorüber, und Marla erkennt das ältere Ehepaar von nebenan, das neugierig zu ihnen herüberstarrt. Jap zeigt ihnen den Stinkefinger, ohne hinzusehen, und obwohl ihr eigentlich gar nicht danach zumute ist, muss Marla lachen.

Jap zieht eine Grimasse. »Was'n?«, fragt er.

»Nichts, nur so.« Marla seufzt. So ein fruchtloses Gespräch hat sie noch nie geführt. »Was ist denn jetzt? Kommt noch was?« Sie lächelt ihn an, aber ihr Versuch, die Situation aufzulockern, fruchtet irgendwie nicht. Er bläst sich eine Strähne aus dem Gesicht und zieht die Brauen herunter.

»Was hattest du eigentlich mit dem Typ da zu reden, dem Angeber da mit den Streifenshorts?«, fragt er.

Schlagartig fällt ihr die Situation von vorhin ein: Japs Bootsfahrt, sein unfreiwilliger Sturz ins Wasser. Klar, deswegen ist er sauer!

»Den kenn ich eigentlich gar nicht«, sagt sie. »Wieso?« Jap muss nicht wissen, dass Keno der Bruder vom Spinner ist.

Jap studiert ihr Gesicht. Hinter ihnen wird ein Motor ausgestellt, Autotüren schlagen sachte ins Schloss. Die Geräusche geben Marla Sicherheit. Und außerdem, Jap ist sowieso nur gekränkt, weil er sich zum Affen gemacht hat. Und das auch noch vor versammelter Mannschaft. Fast tut er ihr leid. »Na, weil der nicht gut für dich ist«, sagt Jap leise und sofort tut er ihr nicht mehr leid.

»Woher willst du das denn wissen? Du kennst den doch gar nicht!«, braust sie auf.

Jap zuckt mit den Schultern und setzt eine undurchdringliche Miene auf. Dann zuckt er noch mal mit den Schultern. »Ich sag es dir nur. Halt dich lieber von dem fern, der ist nicht gut für dich.«

»Du bist ja nur sauer auf ihn, weil er den Spinner von der Funbox geholt hat und nicht du«, sagt sie.

Jap spuckt auf den Boden. »Quatsch«, sagt er, aber etwas in seiner Stimme verrät ihr, dass sie genau ins Schwarze getroffen hat. »Überhaupt nicht. Bin ihm sogar dankbar dafür, kannste mir glauben.«

Mann, Jungs sind manchmal so leicht durchschaubar!

»Na, dann ist ja gut«, sagt Marla. »Danke für den Tipp. Aber ich muss jetzt mal los. Tschüssi, bis dann! Schönen Abend noch!« Sie holt tief Luft und geht einfach an ihm vorbei, und Jap macht keine Anstalten, sie aufzuhalten.

Als sie sich an der Einmündung zur Allee noch einmal umdreht, steht Jap immer noch an derselben Stelle und starrt vor sich hin.

Und er ist nicht allein auf der Straße. Der ältere Herr, der eben noch an ihnen vorbeigefahren ist, steht im Eingang seines Ferienhauses, die Hand auf der Klinke, und beobachtet Jap.

Neighbourhood Watch. Wie in den Staaten. Vorhin noch hätte Marla darüber gelacht. Aber jetzt findet sie das gar nicht so schlecht.

Beruhigt dreht sie sich um.

Ivana ist schon fertig mit der Arbeit und wartet unten am Treppenabsatz, ihre Tasche über der Schulter. Schon von Weitem kann Marla erkennen, dass sie ungeduldig ist. Und sie ist noch nicht einmal an den Findlingen vor dem Kiosk angelangt, als Ivana ihr auch schon entgegenkommt.

»Jesus, Marla, wie lange hast du denn gebraucht?«, fragt sie kopfschüttelnd. »Ist doch schon eine Ewigkeit her, dass ich dich angerufen hab!«

»Ich hab ...« Marla zögert. »Ich hab Jap getroffen. Der lungerte bei uns in der Straße rum.«

Ivana nickt, ohne richtig zuzuhören. Ihr Blick fliegt über den Strand, dann zurück zum Kiosk, wo Teddy jetzt hinter dem Tresen aufgetaucht ist. Er bedient gerade einen Kunden, einen jungen Mann, der seine blonde Freundin im Arm hält. »Komm, lass uns mal losgehen«, sagt Ivana. »Lass uns mal … ein Eis essen gehen.«

»Ein Eis essen? Kannst du doch den ganzen Tag umsonst haben!« Marla lacht, aber Ivana lacht nicht mit.

»Nee, dann … ach komm, wir gehen einfach.« Ivana sieht noch mal zum Kiosk, dann setzt sie sich in Bewegung, am Seeufer entlang, statt zur Straße rüber, und Marla folgt ihr verwundert.

»Wo willst du denn jetzt hin? Ich dachte, du wolltest rüber ins Dorf?«, fragt sie, als sie Ivana eingeholt hat.

»Wollte ich ja auch. Aber jetzt will ich mich eben lieber irgendwo hinhauen und ein bisschen chillen.«

»Okay«, sagt Marla. »Klar, können wir machen.«

Ivana dreht sich noch mal um und sieht zum Kiosk hinüber, dann blickt sie Marla kurz an. »Lass uns mal drüben hinter der Brücke hinsetzen. Am kleinen See.«

Bis sie die Brücke erreicht haben, redet Ivana kein einziges Wort mehr, und Marla hat total Mühe, ihr zu folgen, so schnell ist sie unterwegs. Die wenigen Leute, die sich noch am Seeufer befinden, beachten sie kaum, und als Marla drüben an der Straße Jap erkennt, der in Richtung Anlage läuft, sieht sie schnell weg. Ein komisches Gespräch mit ihm reicht ihr völlig für heute.

Hintereinander laufen sie über die Brücke, dann schlagen sie den schmalen Pfad am Südufer des Sees ein. Hier ist kein Mensch mehr unterwegs, der Pfad liegt im Schatten, und die Gräser und Wildblumen zu beiden Seiten sind schon länger nicht mehr zurückgeschnitten worden. Bei jedem Schritt streifen sie Marlas nackte Unterschenkel, aber eigentlich fühlt sich das gar nicht mal so übel an.

Wie ein energisches Streicheln.

Marla lächelt, und Ivana, die sich genau in diesem Moment zu ihr umgedreht hat, zieht die Brauen hoch.

»Was grinst du denn so?«, fährt sie sie an.

»Was ist denn mit dir los?«, fragt Marla zurück. Beide bleiben sie stehen.

Ivana sieht sauer aus, aber dann, nach ein paar Sekunden, seufzt sie und zuckt mit den Schultern. »Ach, ich weiß auch nicht. Ich bin heute scheiße drauf.«

»Lass uns mal da vorn hinsitzen«, schlägt Marla vor und wischt sich eine Spinnwebe aus der Stirn. Sie muss nicht erklären, welche Stelle sie meint. In all den Jahren haben Ivana und sie oft genug dort gesessen, und so dreht Ivana sich einfach nur um und läuft die paar Schritte weiter bis zu einem hohen Brombeergestrüpp, hinter dem sich zwei dünne, knorrige Eichen in den Uferboden krallen. Zwischen denen schieben sie sich hindurch, laufen ein paar Schritte eine Anhöhe hinauf, und dann eröffnet sich eine kleine Plattform, von einem flachen, großen Findling gebildet, über dem eine riesige Trauerweide Schatten und Sichtschutz spendet.

Ivana zieht ihr Badetuch aus der Tasche, breitet es auf dem Findling aus und setzt sich behaglich stöhnend hin und Marla nimmt neben ihr Platz. Schweigend betrachten sie den kleinen See, der sich vor ihnen ausbreitet, den schmalen Sandstreifen am gegenüberliegenden Ufer mit der Tretbootstation an der linken Seite. Eine künstliche Düne trennt die Ferienhäuser dahinter vom Ufer, nur die Spitzen der Dächer sind zu sehen. In einigen der kleinen, in die Giebel eingelassenen Fenster brennt bereits Licht und Marla kann in der Nähe das besorgniserregende Summen der ersten Mücken hören.

»Mist, geht schon los mit dem Gesteche«, sagt sie.

Ivana zuckt mit den Schultern und zündet sich eine Zigarette an. Tief saugt sie den Rauch ein und stößt ihn wieder aus. Dann muss sie husten, und Marla klopft ihr schließlich so lange auf den Rücken, bis sie sich wieder beruhigt hat.

»Da siehste mal, Rauchen ist doch scheiße«, sagt sie und lacht, aber Ivana sieht mit unbeweglicher Miene auf den kleinen See, aber Marla spürt genau, wie es in ihr arbeitet. »Was ist denn mit dir los?«, fragt sie.

»Wie, mit mir? Nichts, wieso?«

Marla schweigt. Wenn Ivana nicht will, dann will sie eben nicht. Ein Summen kommt näher, und sie wedelt mit einer Hand durch die Luft. »Lange können wir hier nicht sitzen bleiben!«

»Erzähl mir mal von Enis«, sagt Ivana statt einer Antwort und zieht erneut an ihrer Zigarette.

»Von Enis?« Allein der Name macht Marla ein ungutes Gefühl. *»Hi, ich bin Enis. Willst du wissen, was mein Name bedeutet? Ein einzigartiger Mensch, der sich vor nichts und niemandem fürchtet«*, hatte er gesagt und sie angelacht, bei ihrer ersten Begegnung im Freizeitheim am Lister Turm. Marla war mit zwei Freundinnen zu einem Konzert dort gewesen, Enis mit ein paar Kumpeln.

Ivana nickt. »Ja, erzähl doch mal richtig. Also, wie das so war mit ihm?«

Marla überlegt. Drüben, am Strand, schlendert ein Ehepaar Hand in Hand, ein winziger Hund mit Ringelschwanz läuft vor ihnen her und beschnüffelt ausgiebig einen liegen gebliebenen Ball. »Ich weiß nicht, wie ich das erzählen soll. Das meiste weißt du doch schon. So ungefähr«, fügt sie hinzu, weil sie natürlich auch weiß, dass Simsen kein Ersatz für richtiges Erzählen ist.

»Erst war alles gut, oder?«

»Klar. Ich war total in ihn verliebt. Aber das hat dann so gebröckelt, als er anfing, tierisch eifersüchtig zu werden. Auf alles und jeden. Am Schluss war er sogar sauer, wenn ich mich mit meinen Freundinnen verabredet hab.« Marla zieht die Beine an und schlingt die Arme um die Knie. Unter ihnen, auf dem Pfad, raschelt es, aber es wird gleich wieder still.

»Und du hast nicht vorher gemerkt, dass der so drauf ist?« Ivana starrt Marla an. Für einen Augenblick hat Marla den Eindruck, dass Ivana nicht aus Interesse fragt, sondern als ob sie etwas Bestimmtes erfahren will.

»Nee. Nein, hab ich nicht.« Marla verscheucht eine weitere vorwitzige Mücke. Unten raschelt es erneut. »Das Komische ist«, sagt sie, »ich glaube nicht, dass er wirklich in mich verliebt war. Ich glaube, er wollte mich nur haben. Deshalb macht er auch jetzt immer noch so einen Terror.«

Ivana nickt. Einen Moment schweigen beide, dann setzt Ivana sich aufrecht hin. »Meinst du, das kann man überhaupt merken, wenn einer schräg drauf ist?«, fragt sie und schnippt ihre Kippe weg, um sich sofort eine neue anzuzünden.

»Weiß ich nicht. Ich hoffe es«, sagt Marla und denkt an Keno.

Hoffentlich, hoffentlich, hoffentlich – kommt er morgen wieder.

Wieder raschelt es unter ihnen, diesmal sehr laut und sehr nah, und Ivana und sie sehen sich an. Dann beugen sie sich vorsichtig vor.

Unten auf dem Pfad, direkt unter ihnen, steht jemand. Ein Junge. Ein Junge mit dunklen Locken. Marlas Herz macht einen Satz, dann beruhigt es sich wieder. Und dann muss sie lächeln.

Nein, es ist nicht Keno.

Sie sieht zu Ivana, legt einen Finger auf die Lippen, steht vorsichtig auf und umfasst mit beiden Händen die Stämme der Eichen. Der Junge unter ihr betrachtet etwas in seiner Hand, dann murmelt er etwas und hebt sie. Marla sieht das Handy darin aufglitzern, bevor er ausholt und es in einem hohen Bogen ins Wasser wirft. Das Plumpsen ist deutlich zu hören, und das Ehepaar am anderen Ufer bleibt für einen Moment stehen und sieht sich um. Dann geht es weiter, seinem kleinen Hund hinterher, der bereits ein gutes Stück vorausgelaufen ist.

»Überraschung!«, ruft Marla und beugt sich vor, ohne die Stämme loszulassen. Kenos Bruder fährt herum, ruckartig ballt er die Fäuste. Misstrauisch späht er zu ihr hinauf, dann, als er sie erkennt, lässt er die Fäuste wieder sinken.

»Hab ich das richtig gesehen? Hast du gerade ein Handy im See versenkt?«, fragt Marla lächelnd.

Er lächelt nicht zurück, und er sagt auch nichts. Er sieht Marla einfach nur an, dann schüttelt er langsam den Kopf.

»Hab ich mich verguckt oder was?«, fragt Marla, immer noch lächelnd.

Er schweigt, dann zuckt er mit den Schultern.

»He, erkennst du mich nicht?«, fragt Marla. »Du bist mir doch neulich aus dem Baum vor die Füße gefallen!«

Erst jetzt hellt sich seine Miene auf, und er nickt. »Ach, du bist das«, sagt er leise und lächelt vorsichtig.

Plötzlich merkt Marla, dass Ivana hinter ihr aufgestanden ist und sich neben sie gestellt hat.

Kenos Bruder, der Baumkletterer, der Funboxbesteiger, der Spinner, hört auf zu lächeln. Sein Gesicht verschließt sich. Er starrt Ivana einen Moment lang an, dann rennt er los. Nach wenigen Schritten ist er um die Kurve gebogen und bereits außer Sicht.

»Was ist denn mit dem los?«, fragt Ivana und schultert ihre

Tasche. »Ist der nicht ganz sauber? Und den kennst du, oder was?«

Marla nickt. »Ja, aber nur … nur flüchtig. So vom Hallosagen«, erklärt sie und verscheucht eine weitere Mücke, die sich gerade auf ihrem Handrücken niederlassen will. »Komm, wir müssen hier weg. Mückenalarm!«

Sie berührt ihr Armband, das Keno heute nachmittag ebenfalls berührt hat.

Die Haut darunter fühlt sich schon wieder warm an.

5

Beim Frühstück herrscht eine eigenartige Ruhe. Gar nicht mal schlecht, aber seltsam. Marlas Mutter sagt keinen Ton und braucht doppelt so lange wie sonst, um ihr Obst klein zu schneiden, und ihr Vater brummt nur ab und zu vor sich hin, wenn er die Zeitung umschlägt. Marla beobachtet beide eine Weile, dann entscheidet sie sich, dass dies ein guter Morgen ist, um wahre Antworten herauszukitzeln.

»Warum habt ihr eigentlich kein Haus in Hannover gebaut? Oder gemietet?«, fragt sie und nimmt sich noch einen Toast.

Ihre Mutter sieht nicht auf. Sie schneidet eine weitere Weintraube klein und legt sie sorgsam auf ihren Tellerrand. Aber Marlas Vater blickt hoch.

»Wieso?«, fragt er zurück. Auf seiner Nasenwurzel hat sich diese kleine Falte gebildet, die Marla nur allzu gut kennt. Sie erscheint nur, wenn er gestresst ist.

Also ziemlich oft.

Vielleicht doch kein so guter Morgen.

»Weil Miri dann viel öfter hätte draußen sein können. Warum haben wir nicht in Hannover ein Haus gekauft und stattdessen hier?« Sie beißt in ihren Toast. Wie laut so ein Toast krachen kann!

»Ach, auf einmal gefällt's dir hier nicht mehr, oder was?«, fragt ihr Vater angriffslustig.

»Mann, Papa, das war doch nicht die Frage!«

»Ach nein? Und welche dann?«

Jetzt endlich blickt ihre Mutter auch auf. Marla holt Luft. »Ihr habt das Haus hier doch nicht wegen euch oder wegen mir gekauft. Sondern wegen Miri. Damit Miri es schön hatte.«

Ihre Eltern sehen sich an.

»Ja und?«, fragt ihr Vater. »Selbst wenn, was wäre denn dagegen einzuwenden?« Er klingt nicht mehr so angriffslustig, sondern eher ratlos.

»In Hannover waren wir jeden Tag, hier sind wir nur zwei- oder dreimal im Jahr«, sagt Marla und nimmt sich noch einen Toast.

»Wir brauchten auch was zum Ausspannen«, sagt ihre Mutter vorsichtig und betrachtet ihre Weintrauben.

»Ein Haus oder eine Wohnung mit Garten wäre auch was zum Ausspannen, und das jeden Tag«, sagt Marla hartnäckig und lehnt sich zurück. Hinter ihr flattert die Wäsche, die ihre Mutter gerade vorm Frühstück noch aufgehängt hat, in einer plötzlichen Brise. Der Tag verspricht, warm und sonnig zu werden, Marla ist das nur recht.

»Wenn es dir hier nicht mehr gefällt, Fräulein, dann brauchst du ja auch nicht mehr mitzukommen«, sagt ihr Vater, aber richtig verärgert klingt seine Stimme nicht.

Marla lächelt und sieht ihre Eltern nacheinander an. »Und was wollt ihr dann hier?«

Ihre Eltern schweigen, haben offenbar keine Antwort.

Marlas Vater legt seine Zeitung sorgfältig zusammen und dann auf den kleinen Beistelltisch und ihre Mutter spießt eine Weintraubenhälfte auf ihre Gabel.

Das Schweigen dauert an. Hinter ihnen, vom Feld her, sind Vogelstimmen zu hören. Marla kann sich nie merken, was für welche es sind, obwohl ihr Vater ihr es oft genug erklärt hat.

Dann seufzt ihre Mutter. »Ich bin gern hier«, sagt sie leise, aber es klingt kläglich. Und keinesfalls überzeugend.

Marlas Vater nickt. Und dann langt er zu ihrer Mutter hinüber und legt seine Hand auf ihre, nur kurz, aber immerhin. Marla beißt in ihren neuen Toast und sieht, wie ihre Eltern einen Blick tauschen. Einen Blick, den sie schon ewig nicht mehr bei ihnen gesehen hat. Und vielleicht noch nie.

War doch ein guter Morgen dafür.

Für Ivana ist es ganz offensichtlich ein schlechter Morgen gewesen, zumindest ein schlechter Mittag. Mit grimmiger Miene steht sie hinterm Tresen und drückt das Kleingeld so heftig aus ihren Papierrollen in die Kasse, dass einige Münzen gleich wieder herausspringen und auf den Boden fallen.

»Mensch, Mädchen!«, sagt Teddy vorwurfsvoll und will an ihr vorbeifassen, aber Ivana schüttelt unwillig den Kopf.

»Lass mich mal!«

Teddy tritt zurück und wirft sich das Küchenhandtuch, mit dem er gerade Gläser poliert hat, über die Schulter. »Oh, dir darf man aber auch nicht zu nahe kommen!«

»Nee, darf man nicht«, sagt Ivana und zieht eine Grimasse, die nur für Marla bestimmt ist.

Teddy verdreht die Augen, schüttelt den Kopf und geht hinter Ivana hindurch zum Kühlschrank, um neue Getränke einzuräumen. Ivana zieht noch eine Grimasse, dann legt sie dem kleinen Mädchen, das gerade eine Bockwurst gekauft hat, das Wechselgeld in die ketchupverschmierten Finger. »Und du so?«, fragt sie vergrätzt in Marlas Richtung.

»Ich? Weiß nicht«, sagt Marla und muss fast selbst über ihre lahme Antwort lachen. Dann beugt sie sich vor. »Teddy lässt sich von dir aber auch ganz schön auf der Nase rumtanzen, finde ich!«

Ivana blickt auf, mit blitzenden Augen. »Ach, findest du?«

Marla zuckt fast zurück. Ivana ist zwar launisch, aber so launisch nun eigentlich auch wieder nicht. »Was ist denn jetzt schon wieder los mit dir?«

»Nischt!«, sagt Ivana wütend und pustet sich eine lange Strähne aus der Stirn. Dann sieht sie an Marla vorbei aufs Wasser. »Fährst du jetzt eigentlich noch oder was?«

»Hatte ich vor.«

»Na dann viel Spaß.« Wütend pustet Ivana sich noch eine Strähne aus dem Gesicht und geht dann zur Softeismaschine hinüber. Marla blickt ihr einen Moment nach, dann zuckt sie mit den Schultern und nimmt ihre Tasche und ihr Board hoch. Ivana ist manchmal einfach komisch drauf. Aber das vergeht dann auch meistens schnell wieder.

Die Anlage ist ziemlich voll, Touristen drängeln sich zwischen geübten Fahrern, von denen einige für den Contest trainieren. Herbert steht mit wachsamem Blick neben Dima, der die Anlage bedient, und gibt seinen Schützlingen mit finsterer Stimme Anweisungen. Als Marla endlich dran ist und die Keule in Empfang nimmt, brummt er ihr einen mürrischen Gruß zu.

»Du jetzt auch noch!«, stöhnt er. »Wird Zeit für eine zweite Anlage! Hier kann ja kein Mensch vernünftig trainieren!«

»Mach doch mit beim Contest!«, sagt Dima und lächelt Marla schief an. »Du bist gut!«

Marla lächelt zurück und ist froh, dass er die Ampel auf Grün schaltet und sie zügig losfahren kann. Mit einem gekonnten

Heber setzt sie aufs Wasser und gleich im Anschluss über den Kicker, wenn auch nur mit einem einfachen Sprung. Ein paar Zuschauer johlen, aber das gilt vermutlich nicht ihr.

Das Fahren tut gut, die Kühle des Wassers, das ihre Füße umrauscht, wirkt beruhigend auf Marla. Sie lehnt sich weit zurück und lässt einen begeisterten Schrei los, als die Geschwindigkeit sich weiter erhöht und das Seil sie in einem weiten Bogen um die Kurve zieht.

Die Sonne strahlt über ihr am Himmel, das Wasser glitzert, und alles, was sie nervt, fliegt davon: Enis mit seinen nicht enden wollenden Drohungen, der immer wiederkehrende Kummer ihrer Eltern, ihre eigene Traurigkeit, die sie wieder und wieder einholt. Obwohl es doch schon so lange her ist.

Sie setzt über die Funbox, geht in die Hocke, schnellt um die Kurve. Vor ihr wird ein neuer Fahrer aufs Wasser gezogen und ihr Herz macht einen Satz.

Atemlos schwingt sie ein, zwei lange Bögen, seinen geraden Rücken im Blick. An der Kurve, an der sie letztes Mal beide ausgestiegen sind, dreht er sich zur Seite, blickt zu ihr nach hinten und winkt ihr zu und sie winkt schnell zurück. Er hat sie gesehen!

Nach drei Runden steigt sie lieber aus, um nicht zu riskieren, dass Dima sie aushängt – bei Vollbetrieb sind nur drei Runden erlaubt, wegen der Wartezeit –, und bleibt auf dem Rücken in Ufernähe liegen, um Atem zu schöpfen. Vorsichtig drückt sie den Hinterkopf weiter ins Wasser, bis ihre Ohren untergehen und sie nichts mehr hört außer dem Glucksen des Wassers und, verschwommen, ein wenig Kindergeschrei.

Dann geht eine kleine Welle über sie hinweg, ihr Körper wird ein Stückchen zur Seite geschwemmt, und als sie den Kopf dreht, ist er direkt neben ihr.

»Hi!«, sagt er und grinst sie an, während er seine Bindungen löst und aus dem Board schlüpft.

»Hi.« Sie geht ebenfalls in Sitzposition und steigt aus ihren Bindungen. Das Board glitscht neben ihr nach oben und landet mit einem kleinen Platscher wieder auf dem Wasser. Er greift danach und hält es fest, bevor es davonschwimmen kann.

»Und, alles gut bei dir?«, fragt er wassertretend.

»Ja. Und bei dir?« Mehr fällt ihr nicht ein. Aber Keno lächelt schon wieder.

»Ja. Alles gut. Schön, dich zu sehen.«

Jetzt fällt ihr erst recht nichts mehr ein und deshalb nickt sie nur und lächelt verlegen zurück. Ein weiterer Fahrer kommt durch die weißen Bojen geschossen und rauscht so knapp an ihnen vorbei, dass seine Bugwelle über sie beide hinwegschwappt. Marla kann Hannes' freches Grinsen sehen und will sich gerade beschweren, aber Keno lacht nur. Immer noch sieht er sie an.

»Hat ja gerade so geklappt neulich mit deinem Bruder«, sagt Marla schnell, weil ihr bei seinem Blick komisch zumute wird. »Die waren ganz schön sauer. Vor allem Jap.«

»War das der im Boot?«

»Ja, genau.«

Keno zuckt mit den Schultern, so gut das im Wasser geht. »Der war halt nicht schnell genug«, sagt er. »Aber sag mal …« Er zögert und Marla spürt ein Prickeln zwischen den Schulterblättern.

Sein Blick ist so ernst.

Er legt den Kopf schief und löst die Bindungen seines Helms. »Sag mal, machst du eigentlich auch beim Contest mit?«, fragt er.

Für einen Moment weiß Marla nicht, ob sie erleichtert oder

enttäuscht sein soll. »Nein«, sagt sie. »Nein, ich … ich bin nicht gut genug.«

»Glaube ich nicht«, sagt er und greift nach seinem Board, das eine weitere Bugwelle wegzuschwemmen droht. »Und darauf kommt es doch nicht an.« Ein anderer Fahrer saust gefährlich dicht an ihm vorbei; Wasser spritzt hoch und ihnen beiden ins Gesicht, und für einen Moment sieht Marla nichts mehr. Dann taucht Keno wieder aus den Fluten auf.

Jeder andere wäre jetzt sauer geworden, aber er sieht dem Fahrer – Jap ist es, na klar, das passt! – nur kurz hinterher und lächelt dann Marla wieder an. »Ich hab mir jedenfalls gedacht, dass ich mich anmelden werde. Ist ein cooler Abschluss.«

»Wieso Abschluss?«

»Wir fahren am Tag danach wieder nach Hause«, sagt er und tritt Wasser, ohne Marla aus den Augen zu lassen. »Am nächsten Sonntag.«

Marla nickt. »Ach«, sagt sie und bemüht sich, die Kontrolle über ihre Gesichtszüge zu behalten. Nur noch eine Woche also. Sieben Tage ist er nur noch hier.

Schade.

»Finde ich auch«, sagt er, und erst da wird ihr klar, dass sie ihren letzten Gedanken laut ausgesprochen hat.

»He, wollt ihr da eigentlich noch länger den ganzen Ausstieg blockieren oder was?«, schreit Herbert plötzlich zu ihnen herüber, und Keno hebt beschwichtigend eine Hand und greift nach seinem Board.

»Sehen wir uns gleich noch? Ich fahr noch ein bisschen.«

Marla nickt, und er schwimmt los, auf das Ufer zu. Sie fasst nach ihrem eigenen Board und folgt ihm langsam.

Wirklich, sehr schade.

Marla fährt noch drei Runden, dann macht sie Pause und legt ihr Board hinter das Kassenhäuschen. Draußen auf dem Wasser setzt Keno gerade mit Schwung über den Slider und dreht sich dabei gleich ein paarmal herum, und Marla holt tief Luft und wendet sich um. Sie hat Durst, und außerdem hat sie Lust, Ivana zu sehen. Wer weiß, vielleicht ist ja Zeit, ein bisschen zu plaudern.

Auf der Treppe muss Marla warten, bis eine Gruppe älterer Damen und Herren sich zur Galerie hinaufgequält hat. Dann trabt eine Familie mit mehreren Kleinkindern vorbei, gefolgt von ein paar jungen Holländerinnen mit sonnenverbrannten Gesichtern. Und dahinter kommt Kenos Bruder die Treppe herauf.

»Hallo!«, sagt Marla überrascht und bleibt stehen.

Er blickt auf und sieht sie einen Moment misstrauisch an, dann zieht ein kleines Lächeln über sein Gesicht. »Du hier und nicht in Hollywood?«

»Der ist aber auch uralt, der Spruch«, sagt Marla kopfschüttelnd und tritt zur Seite, um eine Frau mit einem quengelnden Jungen an der Hand vorbeizulassen. »Und du hier und nicht auf der Funbox?«

Er sieht sich rasch um und grinst dann in sich hinein, während er einen Finger auf die Lippen legt. »Mensch, verrat mich nicht, das hier ist doch Feindesland! Die lynchen mich doch, wenn sie merken, wer sich hier unter sie geschlichen hat!« Er wirkt ganz anders als bei ihrer letzten Begegnung, stellt Marla fest. Lockerer und entspannter irgendwie. Aber eigentlich hat er jedes Mal anders gewirkt: genervt beim Baumklettern, albern beim Funboxhüpfen, verwirrt und fast panisch am Seeufer.

Jetzt aber lächelt er sie gut gelaunt an und verschränkt die

Arme vor der Brust. »Ich hoffe, du hast mich nicht schon verraten?«

Marla lacht. »Nein, würde ich nie tun. Ich bin doch keine Petze!«

Er nickt zufrieden und bläst sich eine Locke aus der Stirn. »Sauber«, sagt er. Seine Augen sind noch einen Tick heller als die seines Bruders, doch sonst haben sie viel Ähnlichkeit. Keno sieht allerdings noch besser aus. Aber sein Bruder ist auch ein echt hübscher Junge, mit seinen wilden Locken und dem gut geschnittenen Gesicht. Über das jetzt ein listiges Lächeln zieht. »Ich kletter halt gern«, sagt er. »Na und, ist doch nichts dabei?«

Marla muss grinsen. »Seh ich auch so! Aber neulich, da am Seeufer ... Warum hast du da eigentlich dein Handy ins Wasser geschmissen?«

Er starrt sie an und seine Augen verdunkeln sich. »Hä?«

»Na, vorgestern, am Seeufer, du weißt doch!«

Er sieht sie immer noch verständnislos an. »Nee«, sagt er. »Weiß ich nicht. Keine Ahnung, was du meinst!«

Marla seufzt. »Mensch, Alzheimer oder was? Vorgestern am Seeufer, da hast du dein Handy ins Wasser geschmissen. Ich war mit einer Freundin da, und du bist weggerannt, als du uns gesehen hast!«

Er weicht zurück und schüttelt ganz langsam den Kopf und sein Gesicht verschließt sich. Dann dreht er sich einfach um und verschwindet zwischen den anderen Badegästen. Marla sieht ihm nach. Für einen Moment hatte sie tatsächlich den Eindruck, als wüsste er nicht im Geringsten, wovon sie redet.

Die Lust am Boarden ist ihr irgendwie vergangen, vielleicht ist sie auch zu aufgeregt, auf jeden Fall zieht sie sich in der

Umkleide um und steigt dann zum Kiosk hoch. Es ist immer noch kaum ein Durchkommen, die Leute schieben sich nur im Zeitlupentempo durch die dichte Menge voran und am Kiosk stehen die Hungrigen und Durstigen Schlange. Marla drängt sich langsam durch eine Gruppe kichernder und quietschender, sandverkrusteter Mädchen in Bikinis und Badeanzügen. Sie hat fast schon die oberste Treppenstufe erreicht, als sie Ivana hinter dem Tresen ausmachen kann, die sich vornübergebeugt hat und mit einem blonden Jungen spricht. Dann dreht der Junge sich halb zur Seite und Marla bleibt abrupt stehen.

Den albernen Flaum über der Oberlippe hat sie schon mal gesehen. Und diese hochgegelten Blondhaare auch.

Oberlippe sagt etwas zu Ivana und steckt die Fäuste in die Hosentaschen seiner tief sitzenden Baggys. Sein halber Hintern guckt über dem Bündchen hervor, zwar in Boxershorts verpackt, aber trotzdem. Das ist längst vollkommen out.

Marla tritt einen Schritt zurück. Jetzt kann sie auch die beiden Kumpel des Blonden sehen, die halb hinter ihm stehen. Wie beim letzten Mal in der Mall tragen sie auch heute wieder tief hängende Hosen und T-Shirts mit dämlichen Aufdrucken.

Ivana lacht laut und wirft dem Blonden einen tiefen Blick zu, bevor sie ihm eine Cola hinschiebt. Hinter ihr geht Teddy vorbei, mit argwöhnischem Gesichtsausdruck betrachtet er Oberlippe und seine Freunde, dann wuchtet er einen Karton auf die Theke und sagt etwas zu Ivana, die sofort eine genervte Grimasse zieht. Marla tritt den Rückzug an, bevor Ivana sie entdeckt. Oder eine der drei Knalltüten da vorn.

»Pass doch auf!«, ruft ein Junge wütend. »Verdammt, Alte, steig mir doch nicht auf den Fuß!«

»'tschuldig.« Marla schiebt sich zwischen zwei dicken Frauen die Treppe hinunter und außer Sichtweite des Tresens.

Mann, Ivana. Die macht wirklich vor nichts halt. Marla schüttelt den Kopf.

Vor ihr schiebt ein kleiner Junge eine Minischubkarre über den Weg, gefüllt mit Sand und vertrockneten Tannenzapfen. Dahinter kommt sein abgenervt wirkender Vater, der geistesabwesend an dem mächtigen Sonnenbrand auf seinem Rücken herumkratzt. Und dann folgt, Arm in Arm, ein Pärchen. Das Mädchen trägt hautenge Shorts und kommt auf seinen hohen Pumps kaum vorwärts – wie in aller Welt kann man bloß Pumps am Strand anziehen? –, der Junge ... der Junge ist Mattis.

Dunkle Locken. Ein wildes Grinsen. Das nicht Marla gilt, sondern seiner Begleiterin, die jetzt ein affektiertes Kreischen ausstößt und sich Hilfe suchend an Mattis festklammert. Mit beruhigender Stimme murmelt er auf sie ein, aber Marla sieht, wie seine rechte Hand hinunter auf eine ihrer prallen Pobacken gleitet und sich unter den Saum schiebt. Schnell sieht sie weg.

Komisch, dass ihr der Anblick dennoch einen Stich versetzt. Dabei ist sie doch schon längst drüber weg.

»Wer ist das? Los, sag's mir! Poppst du mit dem?« Enis steht mit vor Wut glänzenden Augen dicht vor ihr. Marlas Handy leuchtet in seiner Hand, ihr Kalender ist geöffnet, ein Geburtstag markiert. Mattis 20.

»Nee, natürlich nicht! Und der wohnt doch auch gar nicht hier, der wohnt in Hamburg.« Die falsche Antwort. Enis' Augen werden schmal. Er tritt noch dichter an Marla heran. Sie kann die Wand in ihrem Rücken fühlen, und dann spürt sie das Heizungsrohr, das sich in ihren Oberschenkel drückt. »Lass mich zufrieden!«, sagt sie und versucht, seitlich auszuweichen. Aber Enis presst sie mit einem Oberarm an die Wand. Sein Gesicht ist dicht vor ihrem.

»Wenn du mich betrügst, dann wirst du das übel bereuen!«, zischt er.

Auf einmal weiß sie, dass sie ihn nicht mehr will.

Sie will keinen Jungen, der ihr Angst macht. Und Enis macht ihr Angst. Nicht zum ersten Mal. Aber zum ersten Mal so, dass sie es wirklich begreift.

Enis ist nicht gut für sie.

»Du spinnst, Enis!«, sagt sie ruhig und stemmt beide Hände gegen seinen Arm. Aber Enis ist stark, er lässt sich keinen Millimeter nach hinten schieben. »Lass mich los!«

Enis lacht. Und dann beugt er sich vor, ohne seinen Arm wegzunehmen. In dem Moment, in dem seine Lippen sich auf ihre pressen, spürt sie, dass er einen Ständer hat.

Nein. Sie will ihn nicht mehr. Sie will nicht mehr.

Marla schüttelt den Kopf, um die Erinnerung zu vertreiben. Mattis und seine Freundin sind verschwunden, stattdessen läuft gerade eine komplette Großfamilie mit Oma, Opa, Mutter, Vater und drei Kindern vor ihr her. Eines der Kinder heult, das zweite stampft bockig mit dem Fuß in den Sand, das dritte boxt seinem Vater in den Hintern.

»Bist du schon fertig mit Fahren?«

Marla dreht sich halb um. Dima steht schräg hinter ihr, mit halb gesenktem Kopf. Er sieht sie von unten herauf an, und plötzlich geht Marla sein unterwürfiger Blick auf die Nerven. »Weiß ich noch nicht«, sagt sie und muss sich richtig Mühe geben, nicht allzu pampig zu klingen.

Dima kratzt sich am Arm. Von irgendwoher kommt eine Frisbeescheibe geflogen, haarscharf an seinem Kopf vorbei, und Dima fischt sie mit erstaunlicher Geschwindigkeit aus der Luft. Dann lächelt er schief und reicht sie dem kleinen Mädchen, das jetzt angelaufen kommt, mit suchendem Blick. »Gehört das dir?«

Die Kleine nickt wortlos, greift sich die Scheibe und läuft davon, nicht, ohne sich noch mehrfach nach Dima und Marla umzusehen.

»Hat nicht mal Danke gesagt.« Dima lächelt erneut. Marla wünscht sich, dass er jetzt ginge, aber er bleibt stehen und kratzt sich wieder am Arm. »Ist das deins?«, fragt er.

Marla starrt ihn verständnislos an, dann kapiert sie. Ihr Handy klingelt, ihre Rettung. »'tschuldige!«, sagt sie rasch und geht ein paar Schritte zur Seite, ehe sie es aus der Tasche zieht und ans Ohr hält.

»Wo bist du, Schlampe?«

Marlas Nackenhaare stellen sich auf. Ungläubig nimmt sie das Handy vom Ohr und sieht aufs Display. Enis. Immer guckt sie vorher drauf, bevor sie einen Anruf annimmt, und jetzt, ein einziges Mal, da sie es vergessen hat, ist er tatsächlich dran. Einen Moment zögert sie, dann hält sie es sich wieder ans Ohr.

»Enis, lass mich bitte in Ruhe, ja?«, sagt sie, so beherrscht, wie es irgend geht.

»Nee, werd ich nicht, da kannst du Gift drauf nehmen! Du denkst, du kannst mich verarschen, ja?« Jetzt ist er eindeutig sauer. »Ich krieg dich, Marla, pass mal auf, ja? Und ich weiß genau, wo du bist!«

»Was fragst'n dann?«, sagt Marla und drückt die Austaste. Ihre Hände zittern und in ihren Ohren rauscht es. Sie dreht das Handy um, nimmt die Abdeckung ab und löst die Simcard aus ihrer Befestigung. Dann setzt sie die Abdeckung wieder auf.

Jetzt ist endgültig Schluss. Morgen wird sie sich eine neue Karte und eine neue Nummer besorgen.

Plötzlich hört sie Teddys laute Stimme und sieht auf. Beim Schuppen auf der anderen Seite des Weges steht er, zwei Getränkekisten in den Händen, und schimpft wütend auf jemanden ein, der hinter ihm auf dem Fahrradständer zu hocken scheint. Marla kann nicht erkennen, wer es ist, weil Teddy ihn halb verdeckt, aber sie hört an Teddys Stimme, dass er richtig sauer ist.

»... wenn ich dich noch mal erwische, dann setzt es was!«, ruft er und stellt eine der Kisten ab. Mittlerweile sind einige Badegäste stehen geblieben und sehen neugierig zu Teddy hinüber.

Der Typ auf dem Fahrradständer scheint etwas zu sagen, dann springt er herunter und in Marlas Blickfeld.

Kenos Bruder. Klar! Der zieht den Ärger offenbar an wie nichts anderes.

»Bleib hier!« Teddy versucht, nach ihm zu greifen, aber Kenos Bruder flitzt davon, zwischen den gaffenden Badegästen hindurch in Richtung Waldstückchen. Im nächsten Moment ist er auch schon zwischen den sommertrockenen Kiefern verschwunden.

Teddy nimmt, vor sich hin brummend, die Getränkekiste wieder hoch und geht los, und die Zuschauer zerstreuen sich rasch in alle Richtungen.

So viel gab es dann ja doch nicht zu sehen.

Marla will Teddy nicht unbedingt begegnen; irgendwie hat sie keine Lust, seine Schimpftirade zu hören, die er garantiert in Sachen Kenos Bruder loslassen wird, also läuft sie vor, die Treppe hinauf, in der Hoffnung, dass die drei Knalltüten aus der Mall verschwunden sind und sie noch ein bisschen mit Ivana reden kann.

Doch sie hat Pech – sie ist noch nicht einmal auf dem obersten Absatz angelangt, als sie Oberlippe immer noch am Tresen stehen sieht. Seine beiden Kumpel lungern hinter ihm herum, und alle drei beäugen Ivana, die sich jetzt an der Kaffeemaschine zu schaffen gemacht hat. Marla seufzt. Aber bevor sie sich umdrehen kann, hat Oberlippe sie auch schon entdeckt. Ein leicht fieses Grinsen zieht über sein Gesicht.

»Wen haben wir denn da!«, ruft er und stellt sich breitbeinig hin. »Na, was machst du denn hier? Willste vielleicht jetzt ein Eis?«

»Nee. Danke.« Marla schüttelt den Kopf. Allerdings bleibt ihr jetzt nichts mehr übrig, als die Flucht nach vorn anzutreten. »Ivana!«, ruft sie. »Wie lange musst du noch?«

Ivana dreht sich um. »Marla! Na, so noch eine Stunde oder so. Oder zwei. He, wollen wir danach mit in die Stadt? Die drei Schnarchnasen hier kennen einen guten Laden, wo man auch Billard spielen kann.«

Marla verdreht innerlich die Augen. Ach Mensch, Ivana! »Nein ... nein, ich hab schon ...« Ihr fällt nichts ein. Keine auch nur halbwegs glaubhafte Ausrede. »Ich bin schon verabredet«, sagt sie lahm.

»Wie, was denn jetzt, echt?«, ruft Oberlippe und schnalzt mit der Zunge. »Kann ja wohl nicht! Gibt ja wohl nichts Besseres als hier mit uns, wa?«

Oh Jesus. Auch noch doof, die Oberlippe! Dass Ivana das nicht sofort kapiert hat, was für eine Gurke der Typ ist!

Mittlerweile ist Teddy mit seinen beiden Kisten an Marla vorbeigelaufen und hinter dem Tresen angelangt. Seine Miene ist finster, und sie hellt sich auch nicht auf, als er Oberlippe und dessen beide Kumpel in Augenschein nimmt, die immerhin die ganze Ecke des Tresens in Beschlag nehmen. »Wollt ihr noch was, Jungs?«, ruft er grimmig. »Ansonsten macht hier mal Platz für Leute, die was kaufen wollen!«

Oberlippes Kumpel treten sofort den Rückzug an, aber Oberlippe kramt einen Fünfer aus seiner Hosentasche und legt ihn flach auf den Tresen. »Ein' Milchkaffee, ja?«, sagt er grinsend zu Ivana. »Aber mit richtig viel Schaum, ja?« Er lacht und seine Kumpel lachen und Ivana lacht auch.

Mann, ist das peinlich! Marla möchte am liebsten vor Scham im Boden versinken. Und es kommt noch schlimmer. Oberlippe hat sie nämlich nicht vergessen.

»He, willst du auch einen? Mit viel Schaum?«, fragt Oberlippe und wirft ihr einen Kussmund zu. »Oder willst du lieber direkt was mit Eiweiß?«

Teddy stellt eine der Wasserflaschen, die er aus der Kiste genommen hat, mit einem Kracher auf den Tresen, aber Oberlippe grinst nur noch breiter.

»Na, Mar-la-la-la-la, was ist?«, fragt er und macht einen Schritt in ihre Richtung.

»Nichts ist«, sagt jemand hinter ihr. Eine Stimme, die ihr einen wohligen Schauder über den Rücken jagt. »Diese junge Dame hier hat nämlich ganz andere Pläne, du Held.«

Eine Hand, die sie berührt. Ganz zart, direkt über der Taille. Ein leichter Stoß, vorwärts, in Richtung Strand.

»Deine Sachen liegen doch dahinten, oder?« Kenos Stimme ist rau und sanft zugleich. »Komm, wir müssen. Sonst wird es zu spät.«

Oberlippe ist verstummt und sieht schweigend zu, wie Marla und Keno an ihm vorbeiziehen. Ivana stellt die Kaffeemaschine ab, wirft Marla einen verdutzten Blick zu und kommt dann um den Tresen herum, um ihr einen Kuss auf die Wange zu drücken.

»Morgen bist du mir aber eine Erklärung schuldig!«, flüstert sie Marla ins Ohr, dann kichert sie, wirft Keno einen tiefen Blick zu und geht wieder zur Kaffeemaschine zurück, wo Teddy schon wartet, wieder mit diesem grimmigen Gesichtsausdruck, den Marla in den letzten Tagen ständig an ihm zu sehen bekommen hat.

Sie möchte eigentlich kurz mit Ivana reden, ihr sagen, dass sie sich nicht auf solche Dumpfbacken wie Oberlippe und dessen Kumpel einlassen soll, aber sie weiß, dass ihr das nicht zusteht. Ivana muss ihr eigenes Ding machen, ob es Marla nun gefällt oder nicht.

Und sie selbst ... sie selbst kann jetzt sowieso nicht reden. Jedenfalls nicht mit Ivana.

Sie kann nur Kenos Hand in ihrem Rücken spüren und ihrem sanften Druck folgen. Vorwärts. Oder auch rückwärts. Egal, wohin er sie führt, sie geht jetzt mit ihm.

Ein kleines Stück ihres Weges.

»Unangenehme Typen«, sagt Keno und nimmt sein Board in die andere Hand. »War okay, dass ich dich jetzt da rausgelotst hab?«

»Klar.« Marlas Stimme ist kratzig, sie muss sich räuspern. Der Sand knirscht unter ihren Sohlen. Und die Stelle, wo Kenos Hand gerade noch in ihrem Rücken lag, ist immer noch heiß. »Ich wollte auch sowieso nach Hause. Meine Eltern ... meine Eltern wollen grillen.«

»Meine auch.« Keno lächelt sie an und Marla lächelt zurück. Gleichzeitig werden sie wieder ernst und Marla wendet als Erste den Blick ab.

Eine Weile gehen sie schweigend, über den Strand bis zur Straße, an der Brücke vorbei, dann bis zur Einmündung. Dort bleibt Marla kurz stehen und sieht sich um, dann, mit einem kurzen Blick auf Keno, der sie abwartend ansieht, läuft sie weiter.

Er begleitet sie wie selbstverständlich, ohne Eile, ohne Fragen. Schön fühlt sich das an.

Ein Auto fährt vorbei, die Silberpappeln rauschen in einer Brise. Von irgendwo kommt Kindergeschrei.

»Ich hab deinen Bruder vorhin gesehen«, sagt Marla, wie aus heiterem Himmel kommen die Worte aus ihrem Mund.

»Arjan? Wo denn?«

»Beim Kiosk. Er hat … er hat auf dem Geländer geturnt oder so«, sagt sie.

Keno seufzt. »Und Stress gemacht, oder was?«

»Nein!« Sofort fühlt Marla sich schlecht. »Nein, er hat nur … Teddy mag das nicht, wenn man irgendwo drauf rumturnt. Aber er hat eigentlich nichts Übles gemacht.«

»Teddy? Ist das nicht der Co-Trainer?«

Marla nickt. Sie wechselt das Board in die andere Hand, und Keno wirft ihr einen raschen Blick von der Seite zu.

Komisch, wenn er sie ansieht, ist es, als ob er sie berührt.

»Kleine Brüder!«, sagt Keno tonlos und seufzt erneut. »Jesus. Nervig. Ich glaub, für die fühlt man sich immer verantwortlich. Hast du auch Geschwister?«

Marla zögert. Dann schüttelt sie den Kopf. Und dann nickt sie.

Keno lacht. »Was denn nun – ja oder nein?«

Marla tritt auf den Bordstein und wieder hinunter. Ihr Haus ist schon in Sichtweite. Der Wagen ihrer Eltern steht in der Einfahrt. »Ich hab eine Schwester«, sagt sie. »Aber die ist gestorben.«

Keno schweigt. Beide haben sie ihr Tempo verlangsamt. »Das tut mir leid«, sagt Keno nach einem Moment und sieht sie an, diesmal für länger. »Warum? Ich meine, woran?«

Warum? Woran? Eigentlich passt das erste Fragewort viel besser. Genau das fragt sich Marla schließlich immer noch. Warum ist Miri denn gestorben?

Marla bleibt stehen. Keno bleibt auch stehen, neben ihr. Nur eine Handbreit entfernt.

»Sie hatte einen Herzfehler, von Geburt an«, sagt Marla und bläst sich eine Strähne aus der Stirn. »Das war ein ewiges Auf und Ab. Und am Ende ist sie dran gestorben.«

Kenos Blick ist wie ein Teich, ein dunkler, sehr blauer Teich. In dem es glitzert.

Marla schluckt, in ihrem Hals sitzt ein kleiner Kloß.

»Muss hart gewesen sein«, sagt Keno. »Wie lange ist das jetzt her?«

»Zwei Jahre. Ein bisschen mehr als zwei Jahre.«

Keno nickt langsam. »Ist Scheiße, wenn Geschwister krank sind.«

»Dann bist du ja mit deinem Bruder gut dran«, sagt Marla und lächelt, aber Keno lächelt nicht mit.

»Geht so«, sagt er. »Ich frag mich manchmal, ob er wirklich gesund ist. Und zwar im Kopf.« Er sieht so ernst dabei aus, dass Marla sich kaum traut, ihn zu fragen, was genau er damit meint.

»Im Kopf?«, hakt sie zögerlich nach.

Keno zuckt mit den Schultern. »Ja, im Kopf. Manchmal hab ich den Verdacht, dass er ein Schizo ist.«

Marla muss lachen, aber dann schlägt sie sich die Hand vor den Mund. »Mensch Keno, Schizo! Das sagt man doch nicht über den eigenen Bruder! Nicht mal im Spaß«, mahnt sie halbherzig.

»Ist ja auch kein Spaß«, sagt Keno achselzuckend.

Plötzlich ist eine Stimme zu hören, eine laute, aufgeregte Stimme von etwas weiter her, und Marla seufzt.

»Das ist meine Mutter«, sagt sie und sieht zu ihrem Ferienhaus hinüber. Von ihren Eltern ist nichts zu sehen, aber die Stimme ihrer Mutter ist immer noch zu hören. Sie ruft etwas Unverständliches, und dann ist auch die Stimme ihres Vaters zu hören, der etwas zurückruft.

»Klingt stressig«, sagt Keno. »Wahrscheinlich ist was vom Grill gefallen. Passiert meinem Vater andauernd, und dann gibt es immer Stress.« Er lacht und Marla lächelt zurück.

»Ist wohl überall so«, sagt sie und zuckt mit den Schultern. »Ich geh ... dann geh ich besser mal.«

Hinter ihnen fliegt eine Amsel flügelschlagend aus der nächsten Hecke in die Höhe und stößt dabei eine kleine, trillernde Weise aus, und Keno und Marla sehen sich an.

In Kenos Blick liegt eine Frage, aber Marla kann sie nicht entziffern. »Was?«, fragt sie.

Keno sieht sie immer noch an, und dann beugt er sich vor und küsst sie ganz sanft auf den Mund.

Ganz sanft und ganz kurz.

»Bis morgen!«, sagt er. »Ich bin ab drei an der Anlage. Du auch?«

Marla nickt.

Sie dreht sich nicht nach Keno um. Aber sie kann ihn spüren. Den ganzen Weg bis zum Ferienhaus.

Und auch noch, als sie später im Bett liegt, bei geöffnetem Fenster, und ein Windzug über ihren nackten Körper streicht.

Keno. Wenn er sie ansieht, ist es, als ob er sie berührt.

6

Marla wacht von der lauten, aufgeregten Stimme ihrer Mutter auf, die nach ihrem Vater ruft.

»Wolf, guck dir das an! Das gibt's doch nicht!«

Sie verdreht die Augen, ohne sie zu öffnen, und presst ihr Gesicht ins Kissen. Wieso müssen ihre Eltern eigentlich immer schon morgens auf Hochtouren laufen?

»Was ist das denn?«, brüllt Marlas Vater.

Marla schlägt die Augen auf. Wenn ihr Vater auf diese Art brüllt, dann ist wirklich was im Busch.

Einen kurzen Moment lang überlegt sie, ob sie irgendwas getan hat, das Ärger machen könnte. Dann setzt sie sich auf und schwingt die Beine über die Bettkante.

Die Stimmen ihrer Eltern sind verstummt, aber als Marla in den Flur kommt, sieht sie, dass sowohl die Terrassentür als auch die Haustür offen stehen. Ihre Eltern stehen nebeneinander an der Wäschespinne. Marlas Vater untersucht eines der aufgehängten Kleidungsstücke, und ihre Mutter wartet mit vor der Brust verschränkten Armen dicht neben ihm.

»Was ist denn los?«, fragt Marla und zieht ihren Cardigan über dem Nachthemd zusammen. »Was guckt ihr denn da an?«

Beide drehen sie sich zu ihr um und kommen dann auf sie zu. Marlas Mutter sieht richtig aufgelöst aus, ihr Vater wütend.

»Guck dir das an!«, sagt er und läuft an Marla vorbei durch den Flur zur Haustür. »Hier, sieh mal!« Er tritt ein Stückchen zur Seite und gibt den Blick frei auf etwas, das auf der Vortreppe liegt.

Marla muss näher herantreten, aber es dauert dennoch eine Weile, bis sie kapiert, was sie da vor sich sieht. Es ist eine Puppe. Oder eine Art Puppe, aus zusammengedrehten Stofffetzen gebastelt. Oder nein, nicht aus Stofffetzen.

Ein Schauer läuft Marla über den Rücken, als sie die verknoteten Kleidungsstücke erkennt. »Was soll das denn?«, fragt sie überrascht. »Das sind doch ... das ist doch mein Ringelshirt!«

»Und meine hellbraune Hose«, sagt ihr Vater schnaubend. »Und der BH deiner Mutter!«

Marlas Mutter nickt schockiert. Ihr BH ist tatsächlich auch mit verarbeitet worden, aber auf ziemlich üble Weise: Er ist so um den aus einem Paar von Marlas Socken bestehenden Kopf gewickelt, dass es aussieht, als sei die Puppe stranguliert worden.

Schweigend starren Marla und ihre Eltern auf das seltsame Machwerk, das da auf ihrer Vortreppe liegt, dann bückt Marla sich, um ihr Ringelshirt herauszulösen. Aber ihr Vater hält sie zurück.

»Lass!«, sagt er. »Nicht anfassen!«

Marla weicht zurück. »Wieso?« Für einen gruseligen Moment sieht sie die Puppe vor ihrem inneren Auge explodieren. Aber ihr Vater schüttelt den Kopf.

»Vielleicht sind da Spuren dran!«, sagt er.

Marlas Mutter sieht ihn stirnrunzelnd an. »Wieso? Willst du die Polizei rufen, oder was?«

Marlas Vater zuckt mit den Schultern, aber plötzlich wirkt er verunsichert. »Ich weiß nicht«, sagt er. »Das ist doch … Könnte man machen. Ich meine, das ist doch Diebstahl.«

Marlas Mutter hebt die Brauen. »Nein, eben nicht. Das sind nur unsere eigenen Kleidungsstücke, von der Wäscheleine stibitzt und zu einer … zu so was wie einer Voodoo-Puppe gebastelt.« Sie zuckt mit den Schultern. »Ich glaube nicht, dass man da eine Anzeige erstatten kann. Oder?«

»Ist bestimmt nur ein blöder Scherz«, sagt Marla, und jetzt bückt sie sich doch und fasst beherzt nach der Puppe. Besonders fest sind die Kleidungsstücke nicht ineinander verdreht, sie lassen sich ganz leicht auseinanderziehen, und ein paar Augenblicke später hält Marla ihr Ringelshirt und die Socken in der Hand. »Hier.« Sie gibt ihrer Mutter den BH und ihrem Vater seine Hose, und dann stehen sie alle drei da, auf der Vortreppe, mit ihren zerknitterten Kleidungsstücken in der Hand.

Marlas Vater sieht immer noch grimmig drein, aber als Marla dem Blick ihrer Mutter begegnet, muss sie plötzlich lachen.

»Ist doch zu blöde, oder?«, sagt sie und muss schon wieder lachen.

Nach einem Moment lacht ihre Mutter mit und dann stiehlt sich sogar auf die Lippen ihres Vaters ein widerwilliges Grinsen.

»Na ja, egal«, sagt er. »Es gibt eben einfach Bekloppte. Und was machen wir jetzt damit?« Er sieht leicht angeekelt auf seine Hose, die er ohnehin nur mit spitzen Fingern hält, und Marlas Mutter nimmt sie ihm energisch aus der Hand und bedeutet Marla, ihr auch die anderen Kleidungsstücke zu geben.

»Die wasche ich jetzt noch mal«, sagt sie. »Ich muss ja nicht unbedingt einen BH anhaben, den irgendein Fremder angefasst hat.«

»Na ja, vielleicht war es ja ein heimlicher, perverser Verehrer von dir«, sagt Marla und muss immer noch grinsen, während sie ihrer Mutter ihre Klamotten reicht. »Oder vielleicht einer von Papa! Papa, hast du schon geguckt, ob Flecken an deiner Hose dran sind?«

»Marla!«, sagt ihr Vater entrüstet, aber da muss Marla erst recht wieder lachen. Bei der Vorstellung, dass irgendwer sich an den Klamotten ihres Vaters aufgeilen könnte, kann sie einfach nicht anders. Obwohl es ja eigentlich echt fies wäre. Aber trotzdem. Und außerdem, wer sagt denn, dass es ein Typ sein muss, der sowas macht?

»Ich mein, nach Lippenstiftspuren!«, sagt Marla und muss schon wieder lachen. Ihr Vater schüttelt den Kopf und geht rein, und Marlas Mutter verdreht die Augen.

»Marla! Was ist denn mit dir los?«, sagt sie lächelnd. »Was hast du denn für Fantasien?«

Marla zuckt mit den Schultern. »Ich bin vielleicht übersexualisiert«, sagt sie, und dann dreht sie sich auf dem Absatz um und geht hinein. Sie braucht jetzt unbedingt einen Kaffee.

An der Anlage herrscht dicke Luft, als Marla gegen zehn dort ankommt. Teddy steht mit grimmiger Miene vor seinem Kiosk und redet mit einem uniformierten Polizisten. Ein weiterer spricht unten an der Treppe mit Herbert, der immer wieder mit den Schultern zuckt. Kleine Grüppchen von Schaulustigen stehen in respektvoller Entfernung herum, und diesmal sieht Marla sofort, was die Ursache für den Aufruhr ist: Die gesamte Front des Tresens ist mit schwarzer Farbe beschmiert, in Form dicker, hastig hingemalter Kreuze. Im Grunde sieht das Ganze aus wie ein dilletantisch gemalter Zaun, gar nicht so übel eigentlich, findet Marla.

»Sieht doch irgendwie cool aus, oder?«, sagt sie zu Ivana, die an der Kaffeemaschine steht und sich gerade selbst einen großen Milchkaffee gemacht hat.

Ivana lacht. »Finde ich auch! Aber guck dir mal Teddy an. Der ist echt stinksauer!«

Sie sehen beide zu Teddy hinüber, der in diesem Moment so wütend gegen seinen eigenen Mülleimer tritt, dass es scheppert. »Wenn ich die Idioten erwische!«, schimpft er, »dann gibt es so eine Tracht Prügel, dass ihnen hören und sehen vergeht!«

»Das würde ich Ihnen nicht raten, die Bestrafung überlassen Sie bitte lieber mal uns«, sagt der Beamte lächelnd und steckt sein Notizbuch ein. »Nun, wir verabschieden uns jetzt. Sie hören dann von uns, ja?«

»Und wer macht den Mist hier jetzt wieder weg?« Stirnrunzelnd betrachtet Teddy den verunzierten Tresen. »Sagen Sie nicht, ich selbst?!«

Der Beamte zuckt bedauernd mit den Schultern. »Ja, das tut mir leid, aber da müssten Sie selbst erst einmal in Vorleistung treten, wenn Sie die Schmierereien nicht so belassen wollen. Wenn die Täter gefasst sind, können Sie ihnen das natürlich in Rechnung stellen, aber …« Wieder zuckt er mit den Schultern, und natürlich ist klar, was er meint.

»Scheiße!«, brummt Teddy und wirft seinen langen, grauen Zopf nach hinten. »Das ist doch das Allerletzte.«

Der Beamte und sein Kollege verabschieden sich, und Herbert kommt zu Teddy herüber.

»Ich weiß nicht«, brummt er. »Irgendwie ist hier der Wurm drin. Oder die jungen Leute wissen einfach nicht mehr, was sich gehört.«

»Als wenn sie das je gewusst haben!«, sagt Teddy aufgebracht. »Guck dir die ganzen Ganoven doch mal an!« Er macht eine vage Geste in Richtung der Schaulustigen, die sich bereits langsam verziehen, und Herbert schüttelt den Kopf.

»Ach, Theo, reg dich nicht zu sehr auf. Ist doch nur Farbe!« Er tippt sich zum Abschied an die Stirn und läuft die Treppe hinunter zur Heblerkabine.

»Theo?«, flüstert Marla verdutzt und Ivana grinst.

»Na, klar, Theodor heißt er eigentlich!«

Beide brechen in Lachen aus, und Teddy, der eben die Stufen heraufkommt, blickt finster zu ihnen herüber.

»Was gibt es denn da zu lachen? Los, an die Arbeit, Mädchen!«

Ivana hebt die Brauen. »He, pass mal auf deinen Tonfall auf! Ich hab dir nichts getan!«, ruft sie frech und Marla holt erschrocken Luft.

Aber Teddy starrt Ivana bloß einen Moment wütend an, dann wendet er sich ab und öffnet fluchend die Kühlschranktür.

»Siehste!«, sagt Ivana leise, aber triumphierend. »Ey, man muss sich doch nicht alles gefallen lassen, oder? Was denkt der denn, wer er ist?«

Marla nickt zaghaft. Was Ivana sich immer so traut! Nie im Leben würde sie selbst so mit einem Erwachsenen reden. Noch nicht mal mit ihren Eltern.

Die Voodoopuppe von heute morgen fällt ihr wieder ein, und rasch erzählt sie Ivana die Geschichte, während Ivana einer Gruppe zahnlückiger Grundschüler Softeis abfüllt.

Ivana hört aufmerksam zu, und als Marla lachend von ihrem Spruch mit den Lippenstiftflecken erzählt, grinst sie kurz, aber dann wird sie gleich wieder ernst. »Was für ein Spinner macht denn so was!«, sagt sie und sortiert das eisverschmierte Kleingeld in die Kasse, das die Kinder ihr überreicht haben. »Aber jetzt mal echt – hast du dir schon überlegt, dass da wirklich was dran sein könnte?«

»Wo dran?«, fragt Marla und wirft einen Blick auf den See. Vorhin hat sie schon mal geguckt, wer alles so fährt, aber Keno war nicht dabei. Und auch jetzt kann sie seine gestreiften Boardshorts nirgendwo erkennen.

»Na, daran, dass irgend so ein Perverser dahinterstecken könnte.«

Marla zuckt mit den Schultern und sieht wieder zu Ivana, die sie wiederum aufmerksam anblickt. »Nein«, sagt sie lächelnd. »Quatsch, Mensch. Das war bestimmt nur ein blöder Scherz.«

»Wollen wir es hoffen«, sagt Ivana und schiebt die Kasse mit einem lauten Knall zu. »Wollen wir's hoffen. Denn es gibt ja durchaus noch eine Person, die so ein heimlicher, perverser Verehrer im Auge haben könnte.«

Marla sieht sie an und dann wird ihr für einen Moment flau im Magen. Auf den Gedanken ist sie selbst überhaupt noch nicht gekommen. Ivana hat recht; es gibt durchaus noch jemanden, der gemeint sein könnte.

Nämlich sie selbst.

Marla lungert bis elf am Kiosk herum, dann verzieht sie sich wieder nach Hause. Bis um drei ist noch lange hin, und irgendwie weiß sie nicht so richtig, wie sie sich beschäftigen soll. Sie ist fast froh, als ihre Mutter sie zu einer Runde Malefiz auffordert, aber dann, gegen halb eins, wird sie langsam nervös.

»Kein Mittagessen?«, fragt ihre Mutter verdutzt, als Marla zur Anlage aufbricht.

»Kein Hunger«, sagt Marla und irgendwie stimmt das auch. Sie hat wirklich keinen Hunger.

Keno ist um drei nicht an der Anlage, und auch nicht um halb vier. Und auch nicht eine Stunde später, als Ivana die Kasse an Steffi übergibt und sich zu Marla gesellt, die unruhig unten an der Startrampe ans Geländer gelehnt steht und alle paar Minuten zur Treppe sieht.

»Hast du was?«, fragt Ivana nach einer Weile, als Marla zum zweiten Mal nachfragen muss, was sie gerade gesagt hat.

»Nee, wieso?«

»Weil du nicht zuhörst. Und immerzu zur Treppe guckst«, sagt Ivana und zuckt mit den Schultern.

»Mach ich gar nicht«, sagt Marla lahm, und dann zwingt sie sich, eine ganze Weile nicht mehr hinzusehen.

Er wird schon seine Gründe haben, warum er nicht kommt. Vielleicht ist ihm was dazwischengekommen. Oder er hat sich den Fuß verknackst.

Oder er hat doch keine Lust mehr, Marla wiederzusehen.

Warum haben sie eigentlich keine Handynummern getauscht? Obwohl, im Moment hätte das nichts genützt. Ihr Handy liegt ausgeschaltet zu Hause, die Simcard daneben. Erst jetzt fällt Marla ein, dass sie sich noch eine neue besorgen muss.

Gegen fünf wird die Anlage für den öffentlichen Betrieb gesperrt, damit die angemeldeten Fahrer für den Contest trainieren können. Das sorgt natürlich für Ärger, aufgebrachte Familienväter versuchen, mit Herbert herumzudiskutieren, aber der bleibt hart.

»Es sind nur noch fünf Tage und da brauchen die Jungs und Mädels einfach ein bisschen Zeit zum Trainieren«, sagt er laut und schüttelt den Kopf. »So ist das nun mal! Übung macht den Meister! Morgen wieder ab neun, aber auch da haben wir nachmittags ab fünf gesperrt fürs Training.«

»Dann fahren wir eben woanders!« Der Familienvater winkt wütend ab und schlurft von dannen, gefolgt von seinen beiden halbwüchsigen Söhnen.

»Macht das.« Herbert nickt, und Dima, der dem Disput aufmerksam gefolgt ist, grinst. Dann sieht er zu Marla und wird schlagartig ernst und gleichzeitig knallrot. Hastig wendet er sich den nachlässig eingehängten Seilen zu und beginnt, sie zu sortieren.

»Gibt es denn eigentlich viele Anmeldungen?«, fragt Ivana gähnend.

Herbert wirft ihnen einen leicht angenervten Blick zu, dann zuckt er mit den Schultern. »Reichlich welche von sonst woher. Aber hier von unseren – na ja, Julian, Mattis, Hannes und noch so ein paar Ganoven. Und Jap natürlich, ist ja klar. Bei den Mädels startet diesmal nur Anna-Lena.« Seine Miene verfinstert sich, dann hellt sie sich wieder auf, als ihm noch jemand einfällt. »Na, und der hier!« Er klopft Dima hart auf den Rücken. »Der hat gute Chancen, der coole Typ hier!«

Dima dreht sich nicht um und hantiert weiter mit den Seilen, aber Marla kann sehen, dass nun auch noch seine Ohren rot angelaufen sind.

Arme Socke.

Sie wirft einen Blick zur Treppe, dann stöhnt sie unwillkürlich auf. Ivana folgt ihrem Blick und betrachtet ebenfalls den Typen, der jetzt gerade aufs Kassenhäuschen zukommt, das Kinn siegesgewiss vorgeschoben, die Boardshorts so tief hängend, dass sie fast über die Hüften rutschen.

»Was will der denn hier?«, fragt Marla genervt und wirft noch einen Blick zur Treppe. Kein Keno.

Ivana bläst sich eine lange Strähne aus der Stirn.

»Wieso? Ich find den ganz niedlich.« Sie hebt eine Hand und

winkt Oberlippe zu. »He, Schnucki, was geht ab? Willst du uns etwa ein paar Bauchplatscher vorführen?«

Oberlippe grinst siegesgewiss. »Spinnst du? Ich mach hier den Löwen!«

»Tja«, sagt Herbert achselzuckend. »Den musst du wohl woanders machen. Oder morgen wiederkommen. Hier ist dicht.«

»Hä?« Oberlippe guckt völlig verdutzt von Herbert zu Hannes, Julian und den anderen Fahrern, die sich schon startbereit aufgereiht haben. »Wieso? Ist doch noch Betrieb!«

»Aber nur für Wettkämpfer, und zwar die, die sich zum Contest am Wochenende angemeldet haben«, sagt Herbert und dreht sich zu Dima um. »Los, ab die Kiste. Und mach das Tempo ruhig nach der dritten Runde einen Tick höher, wenn alle drauf sind!«

Oberlippe steht mit einem leicht verunsicherten Grinsen da, während Hannes aufs Wasser geht und dann Julian, der, wenn Marla das richtig sieht, nicht nur schon wieder neue Shorts trägt, sondern auch ein nagelneues Board dabeihat. Chris hinter ihm johlt abenteuerlustig auf, und Anna-Lena, die danach dran ist, schnallt sich seelenruhig ihren Helm fester. »Dann meld ich mich halt auch an«, sagt Oberlippe trotzig. »Was kostet das denn?«

Herbert dreht sich wieder zu ihm um und mustert Oberlippe von oben nach unten. »Hast du überhaupt schon mal auf einem Board gestanden?«

Oberlippe zuckt mit den Schultern. »Ich lern schnell«, sagt er. »Hab schon in der Grundschule drei Klassen übersprungen.« Er grinst Ivana an, aber Herbert findet das überhaupt nicht lustig.

»Ach ja? Du willst also in drei Tagen *back rolls, side flips* und den *three-sixty* lernen, und zwar so, dass du auch noch einen

Preis abräumst, ja? Dann guck mal hin!« Er zeigt auf Julian, der eben um die Kurve kommt und dabei einen astreinen *flip* hinlegt, um anschließend *goofy* zu fahren. »Na? Los, melde dich an, klar!« Seine Augen funkeln, dann winkt er ab und geht zu Anna-Lena hinüber, um mit ihr ein paar Details zu besprechen.

Oberlippe zuckt mit den Schultern, dann sieht er zu Ivana und Marla und grinst schon wieder. »Dann eben nicht, oder was? Und Mädels, was steht an? Habt ihr Bock auf 'ne Runde Schwimmen oder so? Ich helf euch auch beim Umziehen.«

»Oh mein Gott«, sagt Marla und schüttelt den Kopf, aber Ivana grinst zurück.

»Du meinst wohl ausziehen, oder?«

»Oder so, ja!« Oberlippe leckt sich betont langsam die Lippen.

»Idiot«, sagt Ivana, aber dann stößt sie sich vom Geländer ab. »Du hast sie doch nicht mehr alle.«

»Aber ich hab was anderes«, sagt Oberlippe. »Soll ich's dir zeigen?« Er wackelt mit den Augenbrauen und dann mit den Hüften, und Ivana zeigt ihm einen Vogel.

»Sonst noch was? Da musst du schon mehr bieten.«

»Dann kommt mit«, sagt Oberlippe, dreht sich um und marschiert los. Am Treppenaufgang hält er noch einmal kurz an und wirft einen auffordernden Blick zu ihnen herüber.

»Idiot«, wiederholt Ivana, aber dann lässt sie das Geländer los. »Kommste auch mit?«

»Ich? Nee, bestimmt nicht.« Marla ist platt. Aber Ivana zuckt nur mit den Schultern und geht tatsächlich los, zu Oberlippe hinüber und dann mit ihm die Treppen hinauf.

Marla sieht ihnen verdutzt nach, dann dreht sie sich wieder um. Aus den Augenwinkeln spürt sie, dass jemand sie beobachtet, und als sie nach hinten sieht, entdeckt sie Teddy, der reglos hinten im Kassenhäuschen steht, fast verborgen im

Schatten. Aber er beobachtet nicht sie, sondern er sieht Ivana hinterher. Und auf seinem Gesicht liegt ein so eigenartiger Ausdruck, dass Marla ganz komisch im Bauch wird.

Von Keno ist eine halbe Stunde später immer noch nichts zu sehen, und ohne Ivana ist das Zugucken ein wenig langweilig und außerdem hat Marla jetzt langsam Hunger.

Eine Weile ringt sie mit sich, doch dann beschließt sie, ihren Wachposten fürs Erste aufzugeben. Aber nach Hause will sie irgendwie auch nicht, und von Pommes und Co. hat sie die Nase voll, also läuft sie rüber zum Streichelzoo und dann den großen Weg runter am Kletterpark vorbei zur Fressmeile, wie ihr Vater die Ansammlung verschiedener Imbissbuden und Restaurants am Eingang zur Ferienanlage immer abfällig nennt.

Der thailändische Imbiss dort ist zwar nicht zu vergleichen mit dem, den Marla in Hannover manchmal besucht, aber immerhin bietet er was anderes als das ewige frittierte Zeug, das man hier sonst so kriegt.

Mit ihrer Nudelbox in einer Hand und einer Cola in der anderen setzt Marla sich auf ihren Lieblingsplatz hier, einen sonnenwarmen Findling, der leicht zurückgesetzt zwischen dem Thai-Imbiss und dem Eingang zum Badeparadies steht. Es ist ziemlich viel los für einen Montagnachmittag, Familien und Gruppen Jugendlicher sitzen an den zahlreichen Tischen oder schlendern dazwischen herum.

Marla isst langsam und betrachtet dabei die Leute.

Warum ist er nicht gekommen?

Aber so wichtig ist das doch sowieso nicht, entscheidet sie und fasst kurz nach ihrem Armband. Kein Typ darf mehr so wichtig sein, hat sie doch schließlich beschlossen. Als sie mit Enis Schluss gemacht hat.

Dumm nur, dass sie das nicht mehr so richtig fühlen kann – diese totale Überzeugung, dass Typen nicht so ein Gewicht in ihrem Leben einnehmen dürfen.

Sie hatte Enis viel zu viel Patz gegeben.

Und was dabei rausgekommen ist, das will sie nie wieder erleben.

Aber Keno ist nicht so.

Ach nein? Und warum ist er dann nicht gekommen?

Ein ganzer Trupp älterer Leute in heller Sommerkleidung schlendert über den Platz, der einem spanischen Plaza nachempfunden ist, dann eine Horde Mädchen in ihrem Alter, die alle wild auf Holländisch durcheinanderreden. Dahinter ist für einen Moment ein dunkelhaariger Junge zu sehen, mit scharfen Gesichtszügen und Marla stockt der Atem. Ist das etwa Enis?

Sie versucht, sich vorzubeugen und gleichzeitig unsichtbar zu machen, und rutscht dabei fast vom Findling herunter. Als sie sich wieder gefangen hat, ist der Junge verschwunden und langsam beruhigt sich Marlas Herzschlag wieder.

Natürlich war das nicht Enis. Nie im Leben würde Enis hier auftauchen, allein, ohne seine Kumpel, würde er doch keinen Schritt aus Hannover raussetzen.

Marla nimmt einen letzten Bissen Nudeln, und dann sieht sie hinter einer Familie mit zwei Kindern plötzlich ihre Eltern auftauchen und diesmal irrt sie sich nicht. Ihr Vater trägt eine gefüllte Einkaufstasche und ihre Mutter hat die neuen Clogs an den Füßen und ihre Handtasche über dem Arm.

Nebeneinander gehen sie über den Platz, mit einem fast unmerklichen Abstand zwischen sich. Sie reden nicht miteinander, aber dennoch wirken sie, als würden sie zusammengehören. Marla versucht, die beiden mit den Augen einer Fremden zu sehen, aber sie ist sich nicht sicher, ob ihr das gelingt.

Wenn sie ihre Eltern nicht kennen würde – hielte sie dieses schweigsame Paar dann für glücklich? Oder eher unglücklich? Genervt voneinander? Desinteressiert?

Marla sieht, wie ihre Eltern langsam nebeneinander über den Platz gehen und dann kurz stehen bleiben, weil ihre Mutter offenbar etwas im Schuh hat. Mit einer Hand fasst sie nach dem Arm von Marlas Vater, mit dem anderen greift sie nach ihrem Clog und schüttelt ihn aus. Marlas Vater bleibt geduldig stehen und sieht zu, und plötzlich hat Marla fast einen Kloß im Hals. Ihre Eltern mögen sich vielleicht nicht besonders gut verstehen und öfter streiten, aber doch ist da eine Selbstverständlichkeit im Umgang der beiden, die auf eine tiefe Verbundenheit hindeutet.

Mit Miris Tod ist etwas in ihnen zerbrochen, aber vielleicht kann es ja auch wieder heilen?

Ihre Mutter richtet sich auf, und dann gehen sie weiter, Marlas Eltern, zwischen dem italienischen Restaurant und dem Eingang zum Kletterpark hindurch auf den kleinen Weg, der zu den Ferienhäusern führt, und dann sind sie verschwunden, und Marla sitzt da und ist satt, obwohl noch die Hälfte ihrer Nudeln in der Box liegt.

»Hallo, Marla!«

Sie erschrickt so, dass ihr die Nudelbox runterfällt. Keno bückt sich gleichzeitig mit ihr danach und sie stoßen unsanft mit den Köpfen zusammen. Keno hat als Erster die Box in der Hand; als sie sich wieder aufrichten, lacht er sie an.

Marla kann nicht lachen. Sie kann kaum Luft holen.

»Sorry!«, sagt Keno. »Das wollte ich nicht. Ich ... Mensch, hast du auf mich gewartet? Also, ich meine, an der Anlage? Tut mir echt leid, ich wollte um drei da sein, aber dann ...« Es ist das erste Mal, dass Marla ihn nicht in Neo und Boardshorts, sondern in normalen Klamotten sieht; er trägt ein gelbes T-Shirt, das ihm total gut steht, lässige Jeans und Turnschuhe, und Marla ist richtig erleichtert, dass ihr sein Kleidungsstil gefällt. Könnte ja auch anders sein – und dann?

»War echt keine Absicht«, fügt Keno, der Marlas Schweigen offenbar falsch deutet, hinzu, »tut mir wirklich leid. Mir ist was dazwischengekommen.«

Wenn Marla jetzt cool wäre, würde sie die Brauen heben und Keno ein bisschen schmoren lassen, aber sie ist nicht cool. Nicht jetzt, nicht mit Keno. »Was denn?«, fragt sie stattdessen und Keno verzieht das Gesicht.

»Mein Bruder«, sagt er. »Arjan.«

»Was ist denn mit dem?«

»Ach, der ... Der hat unsere Hauswand angesprüht mit schwarzen Kreuzen.« Keno seufzt und sieht auf die Nudelbox, die er immer noch in der Hand hält. »Fanden meine Eltern natürlich nicht so gut. Ich hab ihm beim Überstreichen geholfen ...«

Er verstummt und Marla schweigt ebenfalls. Das Glücksgefühl, das sich gerade in ihr breitzumachen begonnen hat – Keno ist hier! Hier bei ihr –, ist einem unangenehmen Gefühl der Betäubung gewichen. Sie fühlt sich, als wäre sie selbst bei etwas erwischt worden. Und sie weiß nicht, was sie sagen soll – soll sie überhaupt etwas dazu sagen?

Keno nimmt ihr die Entscheidung ab. »Na ja, jetzt bin ich ja hier – aber ich wollte trotzdem schnell zur Anlage rüber, um mich für den Contest anzumelden«, sagt er entschuldigend. »Äh – willst du das hier noch?« Er schwenkt vorsichtig die Nudelbox, und Marla besinnt sich und rutscht vom Findling herunter.

»Nee, danke. Ich bin satt.«

»Kommst du mit?« Kenos Augen leuchten auf. Marla nickt, er versenkt ihre Nudelbox im nächsten Abfalleimer und nimmt seine Tasche und sein Board hoch. »Also dann«, sagt er und Marla nickt wieder.

»Ja, also dann!« Und erst jetzt kann sie lächeln.

Als sie nebeneinanderher gehen, fühlt sie sich so leicht, als würde sie fast fliegen. Sie sprechen nicht viel; ab und zu lässt Keno eine Bemerkung fallen, doch eigentlich genießt Marla das Schweigen. Ihrer beider Schritte knirschen im Kies, dann, auf dem kurzen Waldweg, klingen sie dumpf, und irgendwie federnd. Als der Kiosk in Sicht kommt und die schwarzen Kreuze auf der Verkleidung auftauchen, wird Marla langsamer.

»Was ist denn?« Keno sieht sie von der Seite an.

»Ich ...« Marla zögert, dann zeigt sie einfach zum Kiosk. Keno runzelt verständnislos die Stirn, aber dann, als er die Schmierereien entdeckt, wird er fast bleich unter seiner leichten Sonnenbräune.

»Ach du Scheiße«, sagt er erstickt. »Fuck.«

Nebeneinander stehen sie da und betrachten die dahingeklatschten Kreuze, die sich allesamt leicht nach rechts neigen. Das letzte ist nur halb ausgeführt, als wäre der Übeltäter gestört worden.

Keno stöhnt. »Oh Mann«, sagt er. »Ich weiß nicht ... da muss ich erst mal drüber nachdenken. Kacke.« Er wirft Marla einen Blick zu, dann seufzt er noch mal. »Ich weiß, das ist jetzt doof, aber würdest du ... würdest du das für dich behalten? Ich muss zuerst mit Arjan reden. Also, wenn du die Polizei informieren willst, klar, aber ...«

»Nee, schon gut«, sagt Marla. »Ist ja jetzt eh dran. Also, ich meine, an der Wand.«

Sie sehen sich an, dann lächelt Keno leicht. »Danke.«

»Keno?«

Er sieht sie schweigend an.

»Das, was du neulich gesagt hast, das mit dem Schizo ...«

»Ja?«

Marla zuckt mit den Schultern. »Meinst du das wirklich ernst? Also, dass Arjan ...«

Keno nickt langsam. »Klar«, sagt er. »Aber lass uns ... lass uns wann anders darüber reden, okay? Ich muss erst mal mit Arjan sprechen.«

»Klar, sicher«, sagt Marla schnell, und Keno lächelt sie vorsichtig an, bevor er sich wieder in Bewegung setzt.

Die Leichtigkeit ist jetzt dahin, als sie die Treppe zur Anlage hinuntergehen. Schön ist es dennoch, an Kenos Seite zu sein.

Auf dem See wird immer noch fleißig trainiert, auch Mattis und Jap sind inzwischen gekommen und üben unentwegt *back rolls* und *melan grabs*. Auch Ivana ist wieder da, zum Glück ohne Oberlippe. Sie grinst breit, als sie Keno neben Marla entdeckt, und als er zum Kassenhäuschen hinübergeht, kommt sie mit einem verschwörerischen Lächeln zu ihr herüber.

»Wo hast du den denn jetzt aufgegabelt?«

»Auf dem Plaza«, sagt Marla wahrheitsgetreu. »Und wo hast du die Knalltüte gelassen?«

Ivana winkt ab und zieht ihre Zigaretten raus. »Ach, den hab ich abgeschossen. Der war wirklich zu langweilig! Aber was zu kiffen hatte er.« Sie kichert und jetzt erst fallen Marla ihre verengten Augen auf.

»Hä, seit wann kiffst du denn?«

»Oh, Marla, du Spießerin! Schon immer!« Ivana kichert erneut und hängt sich übers Geländer, um Keno ungeniert anzustarren, der jetzt mit Herbert redet. Herbert sieht nicht gerade begeistert aus, aber er holt offenbar die Anmeldeunterlagen heraus und zeigt Keno, wie er sie ausfüllen muss. »Süßer Typ«, sagt Ivana und schaukelt vor und zurück.

Keno ist fertig und dreht sich um. Seine Augen suchen Marla, dann kommt er herüber.

»Hi!«, sagt Ivana, bevor er den Mund öffnen kann. »Ich bin Ivana. Und welche Fee hat dich hier in dieses Nest verfrachtet?«

Marla möchte am liebsten im Erdboden versinken, aber Keno nimmt es gelassen.

»Keine. Es sei denn, du möchtest meine Mutter als Fee bezeichnen«, sagt er und zuckt mit den Schultern. »Aber das bezweifle ich. Keno.« Er nickt Ivana zu, und Ivana grinst breit, im wahrsten Sinne des Wortes.

»Und ich bin Ivana!«, flötet sie, und zum ersten Mal, seit Marla denken kann, wünscht sie Ivana sonst wohin, nur nicht an ihre Seite.

Keno wendet sich ihr zu. »Ich fahre jetzt ein bisschen, bleibst du noch hier?«

Marla nickt und Keno lächelt. Dann schultert er seine Tasche und verschwindet in der Umkleidekabine.

»Hehe, was ist das denn, wie – drückst du jetzt etwa so einem Typen von sonst woher die Daumen und nicht mir?« Hannes schwingt sich neben Marla und schüttelt seine Locken, dass das Wasser in alle Richtungen spritzt. Ivana kreischt affektiert auf, und Julian, der eben dazukommt, legt ihr spaßeshalber die Hand auf den Mund.

»Au!« Im nächsten Moment hat er sie auch schon wieder zurückgezogen. »Bist du bekloppt?« Mit verwunderter Miene reibt er sich die Hand und weiß offenbar nicht, ob er nun böse werden oder lachen soll.

»Wieso, sollte ich da etwa nicht reinbeißen?«, fragt Ivana mit betont unschuldiger Miene, und dann beugt sie sich vor, greift nach Julians Hand und küsst sie ausgiebig. Julian schließt die Augen.

»Mhmhm«, seufzt er. »Mehr davon!«

»Julian, Hannes, ab aufs Wasser! Ihr seid noch lange nicht gut genug!« Teddy steht wie aus dem Boden gewachsen neben ihnen, zwei Wasserflaschen in der Hand, die er mit einem Knall in die Auslage des Kassenhäuschens stellt. »Hier, Dima, das Wasser!«, ruft er, und im nächsten Moment kommt Dima aus den Tiefen des Geräteraums und nimmt die Flaschen an sich. Als er Marla bemerkt, verschwindet er rasch wieder nach hinten.

Julian und Hannes murren. »Oh Mann, man wird ja wohl noch mal 'ne Pause machen dürfen!«, sagt Julian und Hannes nickt.

»Wir fahren seit knapp zwei Stunden durch!«

»Wenn ich runtergucke, sehe ich immer noch keinen vernünftigen *three-sixty* bei dir«, sagt Teddy knapp und zieht die Brauen hoch. »Oder wolltest du die Käsenummer dann so am Samstag vorführen?«

Hannes zieht von dannen, und Julian macht sich, nach einem Kussmund zu Ivana, ebenfalls auf den Weg.

Teddy schüttelt den Kopf, dann wirft er Ivana ebenfalls einen Blick zu, aber sie sieht starr auf das Wasser hinaus, mit einem eigentümlichen Grinsen, das Marla noch nie an ihr gesehen hat.

Teddy sieht aus, als wolle er noch etwas sagen, aber dann geht er wortlos wieder die Treppe hinauf. Im selben Augenblick kommt Keno umgezogen aus der Umkleide und legt seine Tasche an die Wand. »Wie lange bleibst du denn?«, fragt er Marla und zurrt seinen Helm fest.

Marla räuspert sich. »Mal sehen«, sagt sie, und weil ihr das dann doch selbst viel zu vage klingt, setzt sie hinzu: »Bestimmt noch eine Stunde.«

»*Bestimmt noch eine Stunde!*«, äfft Ivana sie belustigt nach, als Keno sein Board hochgenommen und zur Startrampe gegangen ist. »Bis in alle Ewigkeit, hättest du sagen können!«

Marla schweigt. Dann beugt sie sich vor und stützt die Ellbogen aufs Geländer. »Hätte ich«, sagt sie und dann muss sie grinsen.

Hätte sie wirklich.

Marla bleibt nicht eine Stunde, sondern fast zwei, so lange, bis Herbert die vollkommen ausgepowerten Jungs samt Anna-Lena für heute nach Hause schickt und die Anlage schließt.

Nach Hause geht allerdings keiner gleich, stattdessen stehen sie noch herum und quatschen. Julian, der stolz sein neues, federleichtes Board mit den ultramodernen Bindungen rumzeigt, Hannes, der die überglücklich aussehende Steffi im Arm hält, die beiden Kaute-Brüder, Jap und Ivana, Mattis und seine aufgestylte Freundin und noch ein paar andere Jungs und Mädchen dazu; auch Keno und Marla bleiben, wenn auch ein wenig abseits. Gemeinsam sitzen sie auf einem der Findlinge am Ufer; es ist gerade Platz genug für sie beide, ohne dass sie sich berühren. Trotzdem fühlt es sich fast so an, Marla ist, als könne sie seine Haut durch die Luft und ihre Kleidung hindurch an ihrer spüren.

Die anderen stehen in ihrer Nähe im Kreis und blödeln albern herum. Als Jap einen fetten Joint rumgehen lässt, sind Ivana und Chris die Einzigen, die daran ziehen, die anderen trinken lieber von dem Sekt, den Mattis' Freundin mitgebracht hat.

»Willst du?«, fragt Keno, als die Flasche auch zu ihnen

kommt, aber Marla lehnt dankend ab. Keno selbst nimmt einen Schluck, verzieht dann aber das Gesicht. »Uaah, warm!« Er schüttelt den Kopf und Marla lacht über sein angeekeltes Gesicht. Und dann, sie weiß selbst nicht, wie sie dazu kommt, dann beugt sie sich vor und küsst ihn einfach.

Keno erstarrt für einen Moment, dann küsst er sie zurück.

Irgendwer johlt, dann ertönt lautes Klatschen, aber als Marla einen Blick zu den anderen wirft, sieht sie, dass der Applaus nicht etwa ihnen gilt, sondern Julian und Ivana, die sich gerade aus einem innigen Zungenkuss lösen.

»Gewonnen!«, ruft Ivana und schwenkt die Sektflasche, und Julian legt ihr den Arm um die Schultern und verbeugt sich mit ihr in die Runde.

Marla will gar nicht wissen, was für eine Schwachsinnswette Ivana da gerade gewonnen hat, sie will Keno lieber noch einmal küssen. Und offenbar hat er den gleichen Gedanken, denn nun beugt er sich vor und küsst sie, und zwar so lange, dass Marla nichts mehr mitbekommt vom Rufen und Johlen um sie herum.

Keno schmeckt süß und bitter zugleich, seine Lippen sind weich, und die Art, wie er Marlas Gesicht zwischen die Hände nimmt und ihre Wangen hält, macht sie ganz schwach. Als sie sich voneinander lösen, kann sie ihn nicht ansehen.

Im nächsten Moment schrecken sie beide zusammen, denn etwas knallt dicht hinter ihnen an den Findling. Es scheppert, dann lacht jemand laut. Keno springt auf und zieht Marla gleichzeitig hoch.

Ein wenig benommen blicken sie beide auf die leere Bierdose, die noch durch den Sand kollert.

Keno schüttelt den Kopf. »Kindergarten«, murmelt er. »Bloß nicht aufregen!«

»Ihr seid doof!«, sagt Marla mit leicht zittriger Stimme und Keno legt ihr den Arm um die Schultern. Sie spürt, dass er zögert. Sie selbst zögert auch.

Und dann begegnet sie Japs Blick. Durchdringend sieht er von ihr zu Keno, dann spuckt er in den Sand.

»He!«, ruft er. »Hast du dich angemeldet für den Contest oder wie?«

»Meinst du mich?«

»Wen denn sonst?«

Alle sehen sie jetzt Keno an. Der ruhig dasteht, immer noch den Arm um Marlas Schultern.

Marla kann spüren, wie sich ein Graben auftut. Zwischen ihnen und den anderen.

Wie schnell das gehen kann.

»Ja«, sagt Keno. »Ich dachte, ich mach mal mit. Mal sehen, ob ich mit dir mithalten kann.« Er lächelt, und ein paar von den anderen lächeln auch, nehmen damit das Friedensangebot an, aber Jap nicht. Jap spuckt wieder in den Sand und grunzt vor sich hin, bevor er sich abwendet.

»Hast du nicht noch einen Bruder?«, fragt Chris. »So einen dunkelhaarigen, mit so längeren Locken? Bisschen jünger?«

Marla spürt, wie Keno sich an ihrer Seite versteift.

»Ja«, sagt er knapp. »Hab ich.«

»Den hab ich noch nie fahren sehen.«

»Kein Wunder«, sagt Keno und entspannt sich wieder. »Der fährt auch nicht. Höchstens Rollschuh.«

Chris grinst und die anderen murmeln etwas. Im selben Moment klingelt irgendwo ein Handy, und Marla spürt, wie es in ihrer Nähe vibriert. Keno fasst sich in die Hosentasche und zieht sein Handy heraus. Nach einem Blick aufs Display dreht er sich zur Seite und nimmt den Anruf an.

Es dauert nur kurz, dann legt er auf und steckt das Handy wieder ein. »Ich muss leider nach Hause«, sagt er leise zu Marla. »Meine Eltern wollen mit mir reden. Willst du ... willst du noch bleiben? Sonst würde ich dich noch kurz bringen.«

Seine Stimme klingt fast flehentlich, sodass Marla gar nicht anders kann, als zu nicken. Sie winkt den anderen zu, und dann geht sie, zusammen mit Keno, der jetzt wieder den Arm um ihre Schultern gelegt hat. Sie kann die neugierigen und skeptischen Blicke der anderen in ihrem Rücken spüren, aber es ist ihr egal. Und auch Teddy ist ihr egal, der ihnen auf halbem Wege zum Ufer entgegenkommt, mit grimmiger Miene, den Blick starr auf die Truppe am Ufer gerichtet.

»Was hat der denn?«, fragt Keno und schüttelt sich spaßeshalber. »Huh! Ein Blick wie ein Monster.«

»Ach, Teddy ist okay«, sagt Marla. »Der ist bestimmt bloß sauer, weil sie nicht seinen Sekt trinken.« Es klingt irgendwie zweideutig, findet sie plötzlich, und gern möchte sie die Worte zurücknehmen, aber Keno ist offenbar ganz woanders mit seinen Gedanken.

»Arjan baut in letzter Zeit nur noch Mist«, sagt er nachdenklich und kickt einen Stein aus dem Weg. »Nicht zu fassen. Meine Eltern sind sowieso schon auf hundertachtzig, was ihn angeht. Wenn sie jetzt noch von der Geschichte da am Kiosk erfahren ... Das gibt garantiert eine Anzeige.«

»Vielleicht kann man das ja auch so regeln«, sagt Marla, aber wenn sie an Teddys versteinerte Miene denkt, als er Arjan vom Geländer gescheucht hat, dann glaubt sie selbst nicht so recht daran. »Übrigens war das der Kioskbesitzer gerade. Also Teddy, der Co-Trainer. Dem gehört auch der Kiosk. Der mit dem Monsterblick.« Ein Kichern steigt ihr in die Kehle, ganz unangebracht, aber trotzdem.

Keno wirft ihr einen verwunderten Blick zu, dann lächelt er auch. Und bleibt stehen.

Marla gleitet wie von selbst in seine Arme und erst das Hupen eines vorbeifahrenden Autos bringt sie beide wieder auseinander.

»Huh«, sagt Keno dicht vor ihrem Gesicht, und seine Augen sind unglaublich hell. »Das ist ja der Wahnsinn mit dir.« Seine Hände liegen auf ihren Hüften, ihre Schenkel berühren einander. Marla ist heiß, überall, und in ihrem Bauch britzelt es, als hätte sie zu viel Brausepulver geschluckt.

Wieder klingelt sein Handy, aber diesmal geht er nicht ran. Er bleibt einfach stehen und betrachtet Marlas Gesicht, als läse er darin etwas, das sie selbst nicht entziffern kann, und dann küsst er sie wieder, und noch mal. Und diesmal lösen sie sich erst voneinander, als sein Handy zum dritten Mal klingelt.

»Sieht so aus, als ob ich wirklich losmuss«, sagt Keno, aber dann bringt er Marla doch noch bis zu ihrer Tür.

»Hier wohnst du also«, sagt er und mustert interessiert die Front des Ferienhauses und das handtuchgroße Stück Garten davor. »Und wo ist dein Zimmer? Unten oder oben?«

»Unten. Gleich hier um die Ecke.« Marla zeigt zum Auto, das in der Einfahrt neben dem Haus geparkt steht, als plötzlich die Tür von innen aufgeht.

»Marla? Du, weißt du, wer vorhin hier war?« Ihre Mutter verstummt schlagartig. »Oh, hallo.« Hinter ihr taucht jetzt auch Marlas Vater auf und sieht stumm von Marla zu Keno.

»Äh … das ist Keno«, sagt Marla, und Keno reicht erst ihrer Mutter und dann ihrem Vater die Hand und verbeugt sich ganz leicht. Gute Manieren hat er also auch, denkt Marla, und dann findet sie sich selbst blöd, dass ihr so was Spießiges überhaupt in den Kopf kommt.

»Keno Werkenthin, freut mich«, sagt Keno, »nur muss ich leider sofort wieder los. Meine Eltern verlangen nach mir.« Er lächelt Marlas Eltern freundlich an, dann wendet er sich Marla zu. »Hast du Lust, mit mir morgen Eis essen zu gehen?«, fragt er, und obwohl das ja nun eigentlich keine so große Überraschung ist, fühlt Marla sich fast überrumpelt.

»Ja«, sagt sie. »Ja, klar. Wann denn?«

»So um drei? Ich hol dich ab, okay?«

»Ja, gut.«

Einen Moment stehen sie unschlüssig voreinander. Tja, küssen geht jetzt schlecht, mit ihren Eltern im Türrahmen. Dann lächelt Keno ihr einfach zu und ihren Eltern auch und geht los. Marla sieht ihm versonnen nach. Er geht mitten auf der Straße, mit schnellen Schritten, aber trotzdem wirkt er entspannt.

»Marla? Weißt du, wer vorhin hier war?«, fragt ihre Mutter drängend.

An der Ecke dreht Keno sich noch einmal um und winkt, und Marla winkt zurück.

»Marla!« Ihr Vater fasst sie an die Schulter. »Komm mal bitte rein.«

Im Flur stolpert sie fast über den Wäscheständer, auf dem die ehemaligen Bestandteile der Voodoopuppe hängen, Marlas Ringelshirt, die Hose ihres Vaters, die Socken, auch der BH ihrer Mutter. »Was ist das denn hier?«

»Na, ich hänge die Sachen doch jetzt nicht mehr über Nacht draußen auf«, sagt ihre Mutter. »Dein Handy ist übrigens aus, wir haben versucht anzurufen!«

Marlas Vater verschränkt die Arme vor der Brust und sieht sie ernst an. »Marla«, sagt er. »Ich weiß ja nicht, ob die Geschichte von heute Morgen damit zusammenhängt, aber komisch ist das schon.«

»Was denn?«, fragt Marla und wirft ihre Tasche auf den Boden. »Wovon redet ihr denn?«

Ihre Mutter und ihr Vater sehen sie beide an. Ihr Vater schüttelt den Kopf. »Marla«, sagt er. »Dein Enis war vorhin hier.«

7

Die halbe Nacht über ärgert Marla sich immer wieder von Neuem über das »Dein«. *Dein Enis* – ihr Vater weiß schließlich genau, dass sie mit Enis Schluss gemacht hat. Und dass Enis ihr noch einen ganzen Haufen SMS geschickt hat, das weiß er auch, wenn auch nicht mehr. Reicht ja auch.

Während sie sich schlaflos hin und her wälzt, vermischt sich ihr Ärger mit Furcht – was wollte Enis denn um Himmels willen hier? Mit ihr reden, hat er ihren Eltern gesagt. Einfach nur mit ihr reden.

Aber dazu muss er natürlich nicht 350 Kilometer fahren.

Eigentlich kann Marla kaum glauben, dass er ihr wirklich hinterhergekommen ist.

Sie dreht sich um. Ihr ausgeschaltetes Handy liegt auf dem Nachttisch, die Simcard liegt daneben. Einen Moment lang ist sie versucht, sie doch wieder ins Handy einzusetzen, um Enis' letzte SMS noch einmal zu lesen. Aber eigentlich braucht sie das nicht. Sie weiß auch noch so, was drinstand.

so leicht kommst du mir nicht davon baby. nicht mit mir

Also hat sie ihn wahrscheinlich doch gesehen, da auf dem Plaza.

Wie hat er denn rausgefunden, wo sie hier wohnen?

Ich krieg dich, Marla, pass mal auf, ja? Und ich weiß genau, wo du bist!

Dass er aufs Geratewohl hergekommen ist, kann sie sich noch weniger vorstellen. Ob er ihre Eltern zufällig auf dem Plaza gesehen hat und ihnen einfach gefolgt ist? Oder hat er sich durchgefragt?

Er kann ja ganz schön charmant sein. Immerhin ist sie ja selbst auch darauf reingefallen. Oder abgefahren.

Ach, Scheiße.

Keno.

Plötzlich setzt sie sich kerzengerade im Bett auf.

Ob Enis sie vielleicht sogar gesehen hat, mit Keno?

Draußen raschelt etwas, und Marla sitzt wie elektrisiert da. Die Bäume vor ihrem Fenster heben sich als dunkle Schemen gegen den Nachthimmel ab, ein Luftzug lässt sie erneut rascheln. Dann knackt etwas. Marlas Nackenhaare richten sich auf. Das Fenster steht auf Kipp. Vielleicht wäre es besser, wenn sie es zumachte.

Aber Marla kann sich nicht rühren. Sie kann nur dasitzen und lauschen, so lange, bis ihr der Nacken vor Anspannung wehtut.

Dann, als sie sich gerade wieder entspannen will, knackt es draußen erneut, jetzt unmittelbar vor ihrem Fenster. Und jetzt springt Marla mit einem Satz aus dem Bett, ist mit zwei Sätzen am Fenster und macht es zu, während sie gleichzeitig das Rollo herunterlässt.

Aber war da nicht eine Bewegung?

Marla steht mit klopfendem Herzen da und traut sich nicht, noch einmal nachzusehen.

Aber wenn es vielleicht Keno war?

Unschlüssig wartet Marla ab, dann traut sie sich doch. Behutsam hebt sie das Rollo ein wenig an und sieht durch den Schlitz.

Nichts. Nur schemenhafte Bäume, dahinter der Himmel. Und ein Stück vom Wagen ihrer Eltern, das kann sie auch sehen.

Marla seufzt und legt sich wieder ins Bett.

Keno. Enis. Keno, Enis. Keno. Keno.

Sie schläft erst ein, als der Himmel schon hell wird.

Beim Frühstück sprechen Marlas Eltern kaum, weder miteinander noch mit Marla. Ab und zu bittet jemand um etwas – das Salz, ein frisch aufgebackenes Brötchen aus dem Korb –, aber ein Gespräch kommt nicht in Gang. Alle sind in ihre Gedanken vertieft, und erst, als Marla schon aufgestanden ist und ihren Teller abräumen will, richtet ihr Vater das Wort an sie.

»Vielleicht solltest du ihn anrufen«, sagt er, und Marla bleibt stehen, den Teller in der Hand.

»Wen? Enis?«

Ihr Vater nickt und faltet die Zeitung zusammen. Es ist die von gestern, er lässt sich die Hannoversche Zeitung hierher nachschicken, und sie kommt immer mit einem Tag Verspätung. »Ja, natürlich. Vielleicht solltest du noch mal mit ihm reden und ihm sagen, dass er sich absolut keine Hoffnungen mehr machen darf.«

»Ach Mensch, Papa, meinst du nicht, das habe ich ihm nicht schon längst gesagt?«

Marlas Mutter steht ebenfalls auf. »Vielleicht solltest du mit ihm reden, Wolf.«

Marlas Vater sieht verblüfft aus, dann zieht er die Stirn kraus. »Ich? Mit mir will er garantiert nicht reden. Das habe ich immerhin schon gestern versucht.«

»Na ja«, sagt Marlas Mutter. »Du hast eigentlich nur gesagt, dass Marla nicht da sei und dass er sie erst anrufen soll, wenn er sie treffen möchte.« Aus ihrer Stimme ist nicht zu hören, was sie dazu denkt. »Und dann habe ich gesagt, dass ich sicher bin, dass Marla ihm nichts mehr zu sagen hat, was er nicht schon wüsste. Aber ob das gereicht hat, weiß ich nicht.« Jetzt klingt ihre Stimme doch ein wenig missbilligend.

Marlas Vater sieht fast ein wenig betreten aus, als er ebenfalls aufsteht. »Ich kann ja nun schlecht für Marla reden, wenn ich keine Ahnung habe, was sie mit dem jungen Mann bisher besprochen hat«, sagt er beleidigt. »Dann sollte sie mir nächstens aufschreiben, was ich den jungen Männern, die sich jetzt neuerdings hier die Klinke in die Hand geben, ausrichten soll.«

»Mensch, Papa!« Marla muss wider Willen lachen. »Übertreib doch nicht so schamlos!«

Ihr Vater geht hinaus und wie immer nimmt er dabei nur seinen eigenen Teller mit. Marlas Mutter seufzt leise und beginnt, das andere Geschirr zusammenzuräumen.

»Was hast du denn jetzt vor?«, fragt sie und Marla zuckt mit den Schultern.

Sie weiß es selbst nicht so genau. Aber eines weiß sie: Enis anrufen wird sie nicht.

Ich krieg dich, Marla, pass mal auf, ja? Und ich weiß genau, wo du bist!

Bei der Erinnerung schüttelt sie sich unwillkürlich und ihre Mutter sieht sie aufmerksam an. »Hast du was?«

»Nee«, sagt Marla. »Nee, schon gut. Ich möchte nur – am liebsten nie wieder was von Enis hören.«

Ihre Mutter nickt. »Das kann ich gut verstehen«, sagt sie. »Hoffen wir mal, dass es so kommt.« Und damit trägt sie das Geschirr in die Küche.

Um Punkt drei klingelt es, und Marla fliegt fast zur Tür. »Tschüs, bis nachher!«, ruft sie nach hinten und reißt die Tür auf. Kenos Lächeln ist so breit, dass es von einem Ohr zum anderen reicht.

»He, du bist ja mit dem Auto da!«, sagt Marla überrascht, als sie den großen, schwarzen Audi sieht, der vorm Haus steht.

»Gehört meiner Mutter«, sagt Keno und lässt ihr den Vortritt.

»Ein Q7«, sagt sie. »Wow, deine Eltern haben aber Geld.«

»Wie, du kennst dich damit aus?«, fragt Keno verblüfft.

»Ist das Traumauto meines Vaters«, sagt sie und geht um das Heck herum. »Wenn der sieht, dass ich hier einsteige, kriegt er sich wahrscheinlich gar nicht mehr ein.«

»Sollen wir ihn mitnehmen?«, fragt Keno grinsend und macht ihr die Tür auf. »Wär schon okay. Wir sind sowieso erst mal zu dritt.«

Marla sieht ihn verständnislos an, aber dann erkennt sie im Fond des Wagens die Gestalt, die es sich auf dem Rücksitz bequem gemacht hat. »Oh«, sagt sie verdutzt. »Hi. Äh …«

Keno zuckt mit den Schultern. »War die Bedingung dafür, dass ich das Auto nehme. Keine Angst, wir setzen ihn nach dem Eis essen wieder brav bei uns zu Hause ab. Ich muss zwar unbedingt heute noch ein bisschen trainieren, aber wenn du dann nachher noch ein bisschen Zeit hast …« Er lässt den Satz unvollendet, doch am Blitzen in seinen Augen erkennt Marla, was er eigentlich damit sagen will. In ihrem Bauch zieht es, und sie muss tief Luft holen, bevor sie antworten kann.

»Ja, klar … also, hi, Arjan!«

Arjan reagiert nicht. Er liegt einfach da, quer über den Rücksitz gefläzt, die Arme hinter dem Kopf verschränkt, einen Grashalm zwischen den Lippen, und sieht an Marla vorbei aus dem Fenster nach draußen. Aufmerksam betrachtet er das Ferienhaus und den Wagen, der in der Einfahrt steht.

»Mensch, Arjan, sei mal nicht so. Sag schön Hallo!« Keno reißt die Seitentür auf, und Arjans Füße, die er dagegengestemmt hatte, rutschen nach unten. Mit einem gelangweilten Lächeln setzt er sich auf.

»Hi!«, sagt er.

»Hi, Baumkletterer!«

»Hä?«, fragt Keno, der um den Wagen herumgegangen und vorn eingestiegen ist. »Was?«

Marla und Arjan sehen sich an. Eine Art stillschweigendes Einverständnis schwebt zwischen ihnen und dann lächeln sie beide.

»Nichts«, sagt Marla. »Und wo geht es jetzt hin?«

Sie fahren nicht weit, ins nächstgelegene Städtchen, das eigentlich eher wie ein Dorf wirkt mit den niedrigen Häusern und der großen Kirche in der Mitte. Daneben liegt die italienische Eisdiele, die Marla natürlich schon kennt. Früher, mit Miri, waren sie hier mindestens bei jedem Aufenthalt einmal Eis essen, Miri zuliebe; seitdem nicht mehr.

Und komischerweise wird Marla auch ein bisschen die Kehle eng, als sie den fetten Audi direkt davor parken und zu den drei Tischen hinübergehen, die auf dem gepflasterten Platz aufgestellt sind. Zwei der Tische sind besetzt, aber einer ist noch frei. Arjan lässt sich mit mürrischem Gesichtsausdruck in einen der Stühle fallen; er hat den Rest der Fahrt über geschwiegen, und auch jetzt blickt er nur schweigsam vor sich hin, während Keno und Marla sich über der Eiskarte beraten.

Keno bestellt beim Kellner, der jünger als er selbst aussieht, einen Schokoeisbecher und einen Cappuccino, Marla nimmt ein Spaghettieis und eine Cola, und als der Kellner zu Arjan blickt, nickt dieser nur.

»Mensch, Arjan, los, sag schon, was willst du?«, fragt Keno ungeduldig.

Arjan sieht den Kellner an und nickt erneut. »Dasselbe wie sie«, sagt er und deutet mit dem Kinn auf Marla.

Der Kellner nickt ebenfalls und schlurft wieder davon. Marla hat noch nie zuvor einen so lustlos wirkenden Kellner gesehen, aber irgendwie kann sie ihn auch verstehen. Es muss ziemlich ätzend sein, in so einem Kaff festzuhängen und muffigen Jugendlichen oder übergewichtigen Touristenfamilien dicke Eisbecher vor die Nase zu stellen.

»So«, sagt Keno und lehnt sich zurück. »Da wären wir also.«

Arjan seufzt vernehmlich.

Marla muss lächeln. Er benimmt sich so richtig schön trotziger-Teenager-mäßig.

Keno grinst auch. »Mensch, Arjan, echt. Nun tu mal nicht so. Sei froh, dass du uns Gesellschaft leisten darfst. Du könntest genauso gut schon im Jugendarrest sitzen.«

Arjans Kopf fährt herum. Er wirft seinem Bruder einen bösen Blick zu.

Und plötzlich sieht Marla jetzt auch wieder die Ähnlichkeit zwischen ihnen beiden. Klar, Arjans dunkle Locken sind viel länger als Kenos und sein Gesicht wirkt um einiges kindlicher als das seines älteren Bruders, aber wenn er selbst älter ist, wird er mindestens genauso gut aussehen wie Keno, wenn nicht noch besser. Beide haben sie diese hellen, blaugrauen Augen mit den langen Wimpern und den schön geformten Brauen darüber. Und auch bei Arjan kann man jetzt schon sehen, dass er später, als Mann, breite Schultern und schmale Hüften haben wird. So wie Keno.

Der jetzt immer noch lächelt und dabei Marla ansieht. »He, schöne Frau, wo bist du?«

Marla spürt, wie sie rot anläuft. »Äh ... hier natürlich. Was hast du gerade gesagt?«

Schöne Frau. Verlegen nimmt Marla einen Schluck von der Cola, die der Kellner gerade gebracht hat, dann widmet sie sich ihrem Eis.

Auch Arjan und Keno beginnen, ihr Eis zu essen, und eine ganze Weile herrscht ein entspanntes Schweigen zwischen ihnen. Arjan sagt so gut wie gar nichts, aber Keno hält das Gespräch im Gang, er erzählt von der Wasserskianlage in Wolfsburg und von seinen Plänen für die Zeit nach dem Abitur, das er nächstes Jahr machen wird. Als er erklärt, dass er überlegt, ein freiwilliges ökologisches Jahr in Lateinamerika zu machen, wird Marla ganz still.

Komisch, dass ihr das was ausmacht. Nächstes Jahr ist doch noch ewig hin.

»Oder vielleicht bleibe ich doch lieber in der Nähe«, sagt Keno und schiebt seinen leeren Becher weg. »Arjan, du willst doch bestimmt auch nicht, dass ich weggehe, oder?«

Arjan tut so, als hätte er nichts gehört. Oder vielleicht hat er auch nichts gehört, denn sein Blick ist irgendwie abwesend, immer wieder fliegt er über die Tische hinweg, Marla ist schon aufgefallen, dass er die Leute an den Nachbartischen ziemlich genau mustert.

Keno klopft auf den Tisch und Arjans Kopf fliegt herum. »Arjan. Hör mal, ich weiß, dass du nicht nur unsere Hauswand, sondern auch den Kiosk an der Anlage bemalt hast.«

Arjan sagt nichts. Er fragt auch nichts. Er sieht Keno einfach nur an, dann guckt er zu den Leuten, die links von ihnen sitzen, zwei ältere Ehepaare in heller Sommerkleidung.

Keno wirft Marla einen Hilfe suchenden Blick zu und klopft erneut auf den Tisch. Und wieder fliegt Arjans Kopf herum. »Arjan! Wenn das rauskommt, steckst du echt in Schwierigkeiten. Wir müssen darüber reden, was wir jetzt damit anfangen sollen.«

Ein Auto mit grölenden Jugendlichen fährt vorbei, und Marla kommt es so vor, als würde Arjan sich in seinen Stuhl ducken. Irgendwas ist plötzlich mit ihm passiert, er wirkt auf einmal ganz angespannt, wie ein in die Enge getriebenes Tier. Obwohl er auch weiterhin nichts sagt.

»Vielleicht …«, setzt Marla an, aber dann weiß sie eigentlich auch nicht genau, was sie sagen will.

Arjan beugt sich vor. Seine Augen brennen sich in Marlas. »Wieso?«, fragt er. »Wieso machst du das?«

»Was?«, fragt sie. »Wie, was meinst du?«

»Du bist doch nur in Sicherheit, wenn du zu Hause bleibst«, sagt Arjan leise. »Die verfolgen dich doch sonst auch.«

»Hä? Wie, wer verfolgt Marla?«, mischt Keno sich ein, aber Arjan ist jetzt ganz offenbar nicht in der Stimmung, noch mehr zu sagen. Er lehnt sich wieder zurück und verschränkt die Arme vor der Brust, um die Leute am Nachbartisch zu beobachten.

Marla ist ganz komisch zumute. Die verdächtigen Geräusche in der vorigen Nacht fallen ihr ein, die Voodoopuppe. Enis' Besuch, Jap, der einfach so in ihrer Straße rumlungert, Teddys grimmige Blicke.

»Was redest du denn da, Mann?« Keno schüttelt den Kopf. »Mensch Arjan, wirklich. So geht das nicht weiter mit dir. Du hast nur noch Stress, zu Hause, mit unseren Alten, überall. Und jetzt auch noch die Sache mit den Schmierereien. Und wenn du dich wunderst, dass ich da einfach vor Marla drüber rede – Marla weiß Bescheid. Sie hat mir nämlich die Kreuze am Kiosk gezeigt.«

Jetzt reagiert Arjan doch. Er wendet seinen Blick widerstrebend von den Leuten am Nachbartisch ab und sieht Marla an, und ein ganz kleines Lächeln stiehlt sich auf seine Lippen. »Ja, klar«, sagt er. »Marla weiß doch alles. Sowieso.«

»Und was hast du dir vorgestellt, was wir jetzt machen sollen?«, fragt Keno ruhig. »Stillhalten? Das ist kriminell, was du da getan hast. Eigentlich solltest du dich bei der Polizei stellen.« Seine Stimme klingt fest, aber Marla kann darin auch einen Hauch Unsicherheit hören.

»Nee«, sagt Arjan. »Mache ich nicht. Ich war das auch gar nicht.« Das klingt so lahm, dass es nur eine Lüge sein kann. Oder? »Ich wollte das nicht und deshalb war ich das auch nicht«, setzt er hinzu. Dann sieht er plötzlich Marla an. »Wo ist dein Handy?«

»Ich …« Marla fühlt sich ertappt. Jetzt sieht auch Keno sie aufmerksam an. »Ich hab keins dabei«, sagt sie. »Ich … ich benutz meins im Moment nicht.«

Keno runzelt die Stirn, aber Arjan nickt zufrieden.

»Das ist gut!«, sagt er. »Das ist total gut. Siehst du, du weißt alles!«

Keno wirft Arjan einen prüfenden Blick zu, dann nickt er ebenfalls. »Okay«, sagt er. »Dann lassen wir es erst mal dabei. Aber versprich mir, dass du so einen Scheiß nicht noch mal machst, Arjan. Noch mal geht das nicht. Und wenn wir wieder zu Hause sind … ich weiß nicht, aber irgendwas muss mit dir passieren.«

»Ja, das stimmt. Und das wird es auch«, sagt Arjan, aber so, wie er es betont, klingt es wie eine Drohung.

»Okay«, sagt Keno und lächelt Marla zu. »Wollen wir dann

los?« Er winkt dem Kellner, um zu bezahlen. »Ihr seid eingeladen«, sagt er und zieht einen Fünfzig-Euro-Schein aus der Hosentasche. Marla fällt auf, dass er die Rechnung, die der Kellner vor ihm hinlegt, nicht einmal ansieht. Für einen Moment ist ihr unbehaglich – das ist doch eine ganz andere Welt, aus der er kommt! –, aber als er ihr einen tiefen Blick zuwirft, macht ihr Unbehagen sofort einem aufgeregten Kribbeln Platz.

»Danke«, sagt sie beim Aufstehen und Keno legt ihr den Arm um die Schultern.

»Nichts zu danken«, flüstert er und küsst sie aufs Ohrläppchen, und deshalb sieht er auch nicht, wie Arjan sich zu den beiden älteren Ehepaaren am Nachbartisch beugt und ihnen etwas zuflüstert, bevor er zum Auto hinüberläuft. Die vier älteren Leute starren Arjan verständnislos hinterher, dann sehen sie sich verblüfft an.

»Was hast du denn zu denen gesagt?«, fragt Marla, als sie das Auto erreichen und Keno ihr die Beifahrertür öffnet.

Arjan trommelt mit den Fingern aufs Dach. Er sieht Marla nicht an, sondern starrt die Straße hinunter, mit gerunzelter Stirn. Marla kann richtiggehend spüren, wie er davondriftet.

»Ich? Was meinst du?«, fragt Keno.

»Nein, ich meine Arjan.«

Arjan dreht den Kopf und sieht Marla an, und in seinem Blick liegt etwas, das sie frösteln macht. »Dass ich Bescheid weiß«, sagt Arjan und zieht seine Tür auf.

Keno und Marla steigen ebenfalls ein. »Zu wem hast du das gesagt?«, fragt Keno, schließt die Tür und klickt seinen Gurt ein. »He, Arjan, zu wem hast du das gesagt?«

Aber Arjan ist nicht mehr da. Als Keno und Marla sich umdrehen, sehen sie ihn die Straße hinunterrennen, als wäre der Teufel hinter ihm her.

Wie ein wildes Tier auf der Flucht.

»He!« Keno lässt seinen Gurt aufschnappen und reißt die Tür auf, aber Marla hält ihn am Arm zurück.

»Lass ihn doch, Keno. Wir holen ihn sowieso nicht mehr ein.«

Arjan ist schon hinter der nächsten Ecke verschwunden.

Keno zögert, dann schlägt er aufs Lenkrad und lässt den Kopf darauf sinken. »Verflucht!«, sagt er. »Verdammt noch mal! Was ist nur mit ihm los? Das gibt's doch gar nicht.«

Marla zögert, dann legt sie ihm sanft die Hand auf die Schulter. »Irgendetwas stimmt echt nicht mit ihm«, sagt sie. »Oder war er immer schon so komisch?«

Keno schüttelt den Kopf, ohne aufzusehen. »Nicht immer. Früher war er ganz okay, also aufmüpfig schon immer, aber ... im Rahmen. Aber in letzter Zeit – da baut er nur Mist. Streitet sich mit meinen Eltern rum, versteckt unsere Handys, haut ständig ab, kommt mit vollkommen verdreckten Klamotten zurück und redet nur noch Blödsinn. Letzte Woche hat er meinem Vater erklärt, dass er nicht mehr zur Schule gehen werde, weil er dort nicht gut aufgehoben sei. Aber warum, das konnte er natürlich nicht erklären. Spinner!« Keno lacht gequält und setzt sich wieder aufrecht hin.

»Und deine Eltern, was sagen die dazu?«

»Na, was? Die sind total sauer. Mein Vater ist aber noch nie sonderlich gut mit Arjan klargekommen. Er kann es nicht ab, wenn man ihm Widerworte gibt. Und das hat Arjan immer schon gemacht.«

Marla muss lächeln. »Und du nicht, ja?«

Kenos Miene wird weicher. »Nee, natürlich nicht«, sagt er mit ironischem Unterton und lächelt ein wenig. »Na klar, was denkst du denn! Aber ich bin nicht so anti wie Arjan. Ich bin da ein bisschen softer.«

Ein Hupen schreckt beide auf, und als sie sich umdrehen, sehen sie, dass ein Auto schräg hinter ihnen gehalten hat. Arjan hat seine Tür offen gelassen, deshalb kommt der Wagen in der schmalen Gasse nicht an ihnen vorbei. Keno springt fluchend aus dem Auto, schlägt die Tür zu und steigt wieder ein.

Aus dem vorbeifahrenden Auto sehen die zwei älteren Ehepaare aus der Eisdiele zu ihnen herüber, und Marla fällt wieder ein, was Arjan zu ihnen gesagt hat.

»Er denkt offenbar, er weiß wirklich Bescheid«, sagt sie. »Vielleicht hat er so eine Art religiösen Wahn?«

Keno zuckt mit den Schultern und lässt den Wagen an. »Keine Ahnung«, sagt er. »Manchmal denke ich, er ist richtig krank. Und es ist nur noch eine Frage der Zeit, bist er vollkommen durchdreht. Aber ich weiß es nicht so richtig – ich weiß nur, dass ich meinen Eltern gleich erklären darf, wo Arjan abgeblieben ist.« Er sieht auf seine Armbanduhr und setzt den Blinker.

Langsam fährt er die schmale Gasse bis zum Ende und biegt dann nach rechts ab. Die niedrigen Einfamilienhäuser liegen still in der Nachmittagssonne, kaum ein Mensch ist zu sehen. Die Bürgersteige schmiegen sich eng an die Backsteinmauern der makellosen Vorgärten.

»Hier könnte ich nicht wohnen«, sagt Marla und lässt ihr Fenster herunter. Von irgendwoher kommt ein Lachen, und als sie den Kopf dreht, sieht sie ein blondes Mädchen in ihrem Alter gerade im Eingang eines Bungalows verschwinden, gefolgt von einem älteren Typen mit längeren grauen Haaren.

»Halt mal an«, ruft Marla unwillkürlich und Keno tritt auf die Bremse.

»Was ist denn?«, fragt Keno.

Tatsächlich – es ist Teddy, der jetzt ebenfalls im Eingang

verschwindet und die Tür hinter sich schließt, nicht ohne noch einen kurzen Blick in die Runde geworfen zu haben. Klar, er wohnt hier irgendwo in diesem Kaff, erinnert sich Marla. Aber in so einer spießigen Hütte?

»Was ist?«

»Ach, ich dachte – ich dachte, ich hätte Arjan gesehen«, sagt Marla und schließt die Augen, um die Vorstellung, die sich jetzt dort breitmacht, zu vertreiben. »Aber er war es doch nicht.«

Keno gibt wieder Gas und sie lassen den Ort hinter sich. Keno wirft ihr ein Lächeln zu und Marla lächelt zurück.

Aber so richtig gut fühlt sie sich nicht.

Was in aller Welt macht Ivana bei Teddy zu Hause?

Keno fährt direkt hinter dem Ort in einen kleinen Feldweg und dann weiter, zwischen hochstehenden Weizen- und Maisfeldern hindurch, bis sie den Fluss erreichen, der hier eine sanfte Krümmung nach rechts nimmt. Rechts und links sind Zäune über die Böschung gespannt, aber ein paar Meter in der Mitte sind frei. Mit einem kleinen Juchzer fährt Keno direkt darauf zu und mit den Vorderreifen hinauf, legt den ersten Gang ein und zieht die Handbremse an. Der Wagen steht jetzt leicht aufwärts gerichtet, sodass sie in ihren Sitzen fast liegen, und Keno dreht sich zu Marla um und nimmt ihr Gesicht in beide Hände. Übergangslos küsst er sie und Marla will eigentlich noch nicht; eigentlich will sie einen Spruch ablassen darüber, dass er wohl nicht zum ersten Mal auf diese Weise parkt. Aber dann ist es ihr auf einmal völlig egal und sie küsst ihn zurück.

Kenos Hände wandern von ihren Wangen über ihren Hals und weiter hinunter; Marla kann spüren, wie er sich anspannt. Sie kann seinen Atem hören, der immer schneller wird, und die Hitze, die von ihm ausgeht; und auch ihr selbst wird ganz heiß. Keno riecht gut, nach Sonne und Sommer, und er schmeckt gut, unglaublich gut sogar.

Von draußen strömt warme Sommerluft ins Auto, Kühe muhen, aber die Geräusche verschwimmen in Kenos Seufzern und ihrem eigenen Stöhnen. Als Keno schließlich ihr Shirt hochschiebt und seine Finger unter ihren BH fahren, hält Marla ihn zurück.

»Keno«, flüstert sie. Er sieht sie unter halb geschlossenen Lidern hervor an.

»Was?«

»Das ... ich weiß nicht, hier ... Und außerdem bin ich noch ...«

Keno richtet sich auf. Sein T-Shirt ist verrutscht und er sieht atemlos aus. Aber kein Stück sauer. So wie Enis es jedes Mal war, wenn sie nicht mit ihm schlafen wollte. »Nein«, sagt er. »Hier ist auch nur zweite Wahl. Obwohl ...« Er grinst und nickt mit dem Kinn zu Marlas Fensterseite. »Ich hatte noch nie so aufmerksame Zuschauer.«

Marla dreht sich alarmiert um und dann muss sie lachen. Hinter dem Zaun direkt zu ihrer Rechten steht eine kleine Herde Kühe, vielleicht sechs oder sieben sind es. Stumm stehen sie da und beobachten Marla und Keno sanft mit ihren großen, braunen Augen, die Ohren aufmerksam zur Seite gestellt. Einer von ihnen hängt ein Grasbüschel seitlich aus dem Maul, und noch während Marla sie ansieht, beginnt sie langsam, darauf herumzukauen.

»Ich liebe Kühe«, sagt Marla und muss wieder lachen. »Aber so unbedingt zugucken müssen sie dann auch wieder nicht.«

Keno sieht auf seine Uhr. »Oh, wir müssen langsam los, sonst macht mein Vater Terror wegen des Autos.« Er küsst

Marla noch einmal zärtlich auf die Lippen, dann löst er die Handbremse und lässt den Wagen langsam rückwärts zurück auf den Feldweg rollen. Die Kühe drehen synchron die Köpfe, als er den Wagen in Fahrtrichtung wendet und Keno winkt ihnen fröhlich zu. »Tschüs, die Damen! Bis zum nächsten Mal! Wir kommen wieder!«

»Tja, fragt sich nur, wann«, sagt Marla und lässt sich behaglich in ihren Sitz sinken.

»Vielleicht nächstes Jahr?« Keno gibt Gas. »Oder ach, egal, irgendwann eben. Hand drauf?« Er hält ihr die rechte Hand hin, und Marla muss zwar über die alberne Geste lachen, aber sie schlägt trotzdem ein. Keno hält ihre Hand fest und legt sie zusammen mit seiner auf den Steuerknüppel. »Fühl mal«, raunt er übertrieben rauchig und Marla muss schon wieder lachen.

»Spinner«, sagt sie vergnügt, und Keno zuckt mit den Schultern und tritt aufs Gaspedal, als die Straße in Sicht kommt.

»Nein«, sagt er. »Die Stelle hat Arjan schon besetzt. Und die lass ich ihm auch gerne. Festhalten, jetzt geb ich Gummi!«

Das Ferienhaus, vor dem sie kurz darauf halten, ist eines der luxuriösesten in der ganzen Anlage. Es gibt nur drei Stück davon, und Marla hat sich schon immer gefragt, wer in diesen Riesenhäusern wohl seine Ferien verbringt. Kinder hat sie früher dort jedenfalls nie gesehen, eigentlich hat sie überhaupt nie jemanden dort gesehen, wenn sie sich richtig erinnert. Nur dicke Autos in der Einfahrt.

Jetzt aber kommt ein Mann mit grau melierten, dunklen Haaren und ernster Miene die Eingangstreppe herunter, als Keno den Wagen unter den Carport neben dem Haus fährt.

Keno stöhnt leise. »Oh Mann«, sagt er und stellt den Motor aus. »Der Himmel kennt keine Gnade.«

»Der sieht ja haargenauso aus wie du«, sagt Marla amüsiert.

Kenos Vater kommt direkt auf sie zu, öffnet die Beifahrertür und nickt. »Guten Tag.«

»Guten Tag!« Marla steigt aus und reicht ihm die Hand.

»Vater, das ist Marla«, sagt Keno rasch und kommt um den Wagen herum zu ihnen. »Marla, mein Vater, Friedrich Werkenthin.«

Kenos Vater nickt, während er Marlas Hand drückt und dann wieder loslässt. Er mustert sie ziemlich genau, und Marla hat das Gefühl, dass er die Spuren ihrer wilden Knutscherei an ihrem Gesicht ablesen kann. Hat sie ihre Haare eigentlich hinterher in Form gebracht? »Ich hoffe, Sie haben gut gesessen, junge Dame«, sagt er trocken. Dann richtet er den Blick auf seinen Sohn. »Wo ist dein Bruder?«

Die Frage klingt wie eine Ohrfeige. Marla wird ganz steif und Keno holt Luft.

»Er wollte nicht mit zurückfahren und ist zu Fuß gegangen.«

»Sollte er aber«, sagt Kenos Vater. Er trägt ein makellos gebügeltes hellblaues Oberhemd zu seinen lockeren Jeans. Marla hat noch nie so dicht vor einem Mann mit solch einer Ausstrahlung gestanden. Er kommt ihr vor wie ein Fürst oder so was. Auf jeden Fall wie jemand, der es gewohnt ist, Macht auszuüben. »Und nun? Wie hast du dir den weiteren Ablauf des Tages gedacht?«

Keno wird nervös, das kann Marla spüren. »Ich wollte ... ich wollte jetzt noch trainieren.«

»Und dein Bruder?«

»Mensch, Vater, ich kann doch nicht ... ich kann ihn doch nicht festbinden!«

Kenos Vater sieht Keno an, und in seinen Augen, die noch heller wirken als die seiner Söhne, liegt eine Missbilligung, die

Marla zu Boden werfen würde. Doch Keno scheint diesen Blick gewöhnt zu sein, denn er erwidert ihn ungerührt. Ein wortloser Disput findet zwischen Vater und Sohn statt, eine Art unsichtbares Kräftemessen, aber Marla kann am Ende nicht sagen, wie es ausgeht. Kenos Vater wirft den Kopf zurück und nickt.

»Wir werden später darüber sprechen. Ich erwarte, dass du den morgigen Tag für die Familie reservierst. Wir werden einen Ausflug machen und gemeinsam überlegen, wie es weitergeht. Einverstanden?«

»Ja«, sagt Keno und reicht seinem Vater die Autoschlüssel. »In Ordnung. Dann hole ich eben meine Ausrüstung – wartest du kurz, Marla?«

Kenos Vater runzelt die Stirn. »Sie dürfen auch gern mit hineinkommen, Sie müssen nicht hier draußen stehen.«

Marla schüttelt den Kopf. »Nein, danke, schon gut, ich warte ... ich warte gern hier draußen.«

»Ich beeil mich«, sagt Keno und läuft los, den Weg zum Eingang hoch und die Stufen hinauf.

»Auf Wiedersehen«, sagt sein Vater und reicht ihr die Hand, dann folgt er Keno. Er geht mit langsamen Schritten und ohne jegliche Eile, aber Marla kann dennoch sehen, dass sein Gang dem seines Sohnes ähnelt. Auch die Figur ist ähnlich – sehr breite Schultern, schmale Hüften.

Eines Tages wird Keno genauso aussehen. Ob Marla ihn dann noch kennt?

So was sollte sie gar nicht denken, schon klar.

Aber spannend ist der Gedanke irgendwie trotzdem.

Keno bringt Marla noch ein Stück. »Und du willst jetzt wirklich nicht mitkommen?«, fragt er, als sie sich am schmalen Waldweg oberhalb der Anlage verabschieden.

Marla schüttelt den Kopf. »Ich komm später nach«, sagt sie.

»So in zwei Stunden?« Seine Stimme klingt ein wenig drängend. »Bis acht bin ich auf jeden Fall da.«

Marla nickt. »Ich komm dann spätestens um acht, okay?« Obwohl sie sich nicht von ihm trennen will, hat sie absolut keine Lust, zur Anlage mitzugehen. Gestern hat ihr gereicht.

Und wenn sie ehrlich ist, muss sie erst mal nachdenken, wie sie mit Ivana umgehen soll. Falls sie da sein sollte.

Und mit Teddy natürlich auch.

Keno sieht sie an, und dann legt er seine Tasche und sein Board hin und nimmt Marlas Gesicht wieder in beide Hände.

Wie gut sie das findet!

Erst als zwei kleine Mädchen kichernd vorbeilaufen, lösen sie sich wieder voneinander. Außer Atem sehen sie sich an. Der Kieferndurft ist so stark, dass er die ganze Luft auszufüllen scheint.

»Bis nachher also«, sagt Keno mit einem bedauernden Unterton. »Aber für alle Fälle: Gibst du mir deine Nummer?« Er zieht sein iPhone heraus.

»Ich … ich hab keine«, sagt Marla. »Ich hatte eine, aber … erklär ich dir später«, fügt sie auf seinen verwunderten Blick hinzu. »Meine Simcard ist hin. Ich kann sie nicht mehr benutzen.«

Keno sieht sie forschend an, aber dann zuckt er mit den Schultern. »Na, ist ja auch egal. Vielleicht …« Er sieht auf seine Uhr, dann zieht er die Nase kraus. »Ich muss leider wirklich noch ein bisschen trainieren, sonst kann ich mich eigentlich gleich wieder abmelden. Obwohl – gegen diesen blonden Holländer da hab ich wahrscheinlich eh keine Chance.«

»Jap? Ach, sag das nicht.«

Keno betrachtet sie nachdenklich. »Der steht auf dich«, stellt er fest.

Marla öffnet den Mund, um zu protestieren, aber dann lässt sie es doch. Warum auch? Er hat ja recht. Also zuckt diesmal sie mit den Schultern und Keno lächelt. Dann nimmt er seine Tasche wieder hoch.

»Weißt du das? Ich bring dich noch bis nach Hause, okay?«, sagt er. »Auf dich muss man ja gut aufpassen, bei all den Konkurrenten, die hier so rumschwirren.« Er grinst, und dann legt er den Arm um Marlas Hüften, und sie legt ihren Arm um seine, und dann gehen sie eng aneinandergeschmiegt, so perfekt, als wären sie schon zahlreiche Male so gelaufen.

Der Weg dauert eigentlich knapp fünf Minuten, aber mit Keno dreimal so lange. Immer wieder bleiben sie stehen und küssen sich, und so sind sie schon fast am Ferienhaus ihrer Eltern angelangt, als Marla aufblickt und die Gestalt sieht, die mit verschränkten Armen mitten auf der Straße steht. Überrascht lässt sie Keno los. »Mist!«, flüstert sie.

Keno blickt auf. Aber er fragt nichts. Marla hat das Gefühl, dass er schlagartig noch zwanzig Zentimeter größer wird. Sie selber hingegen fühlt sich auf einmal ganz winzig.

Doch sie geht weiter. Setzt einen Fuß vor den anderen, und Keno hält sich dicht neben ihr, bis sie bei Enis angelangt sind. Dann bleiben sie stehen.

»Hi, Marla«, sagt Enis, und seine Augen verengen sich leicht, als er von ihr zu Keno blickt und wieder zurück.

»Was willst du hier, Enis?« Marla hasst sich dafür, dass ihre Stimme so zittrig klingt.

Enis lächelt und entblößt dabei strahlend weiße Zähne. Die Marla vor noch gar nicht langer Zeit so verdammt gut gefallen haben. Genau wie sein Lächeln, das sie jetzt einfach unangenehm findet. Schleimig.

Wie schnell sich die Dinge ändern können.

»Soso, so schnell geht das also«, sagt Enis und legt den Kopf schief, während er Keno mustert. Für einen Moment hat Marla den Eindruck, als hätte er ihre Gedanken gelesen. Aber dann weiß sie wieder, dass das nicht stimmt. Enis liest höchstens seine eigenen Gedanken. Das sind auch die einzigen, die ihn interessieren. Und unter anderem deshalb findet sie ihn auch nicht mehr gut. »Aus den Augen, aus dem Sinn. Und schon ist ein anderer am Start. Neues Armband hast du auch schon, ja?«

Marla will erst klarstellen, dass sie ihr Armband nicht von Keno, sondern von ihrer Mutter bekommen hat, aber dann lässt sie es sein. Das geht ihn schließlich nichts an.

Und Keno schweigt ebenfalls. Als Marla einen kurzen Blick zu ihm herüberwirft, sieht sie, dass er Enis' Blick ganz offen und entspannt begegnet. Allerdings, ohne zu lächeln.

Hinter ihnen nähert sich ein Wagen, und alle drei treten zur Seite, um ihn vorbeizulassen. Der Fahrer, ein übergewichtiger Herr um die sechzig, schüttelt missbilligend den Kopf, als er an ihnen vorüberfährt. Seine Frau guckt sie alle der Reihe nach neugierig an. Plötzlich fällt Marla auf, dass sie gar nicht weiß, wie sie heißen. Eigentlich auch komisch. Schließlich wohnen sie bestimmt schon seit drei oder vier Jahren ein paar Häuser weiter.

Keno und Enis messen sich immer noch mit Blicken. Marla steht einfach da. Niemand sagt etwas.

Und dann, kaum merklich, verändert sich etwas. Vielleicht ist es die Art, wie Enis den Kopf noch schiefer legt und das Kinn vorschiebt, vielleicht liegt es daran, dass Keno seine Tasche zu Boden gleiten lässt, ohne seine Haltung zu verändern – aber auf einmal scheint es, dass Enis ein wenig in sich zusammensinkt. Sein Blick flackert, dann sieht er wieder zu Marla.

»Was?«, fragt er drohend, aber Marla fürchtet sich nicht. Plötzlich kann sie ihn nicht mehr ernst nehmen. Er ist einfach nur noch ein schlecht gelaunter, frustrierter Achtzehnjähriger, dem jemand sein Lieblingsspielzeug weggenommen hat.

»Nichts«, sagt Marla. »Jedenfalls nichts, was dich was angehen könnte. Es ist aus, Enis, schon lange. Und das weißt du auch.«

Enis kaut auf seiner Wange und sieht wieder zu Keno, der ihn immer noch ungerührt mustert. »Willst du sie, Bruder? Kannst sie haben«, sagt er abschätzig. Dann spuckt er vor sich auf den Boden.

Keno schüttelt den Kopf. »Das muss Marla selbst entscheiden«, sagt er ruhig. »Aber eins ist wohl klar: Dich will sie nicht mehr.«

Für einen Moment hat Marla den Eindruck, dass Enis auf Keno losgehen wird. Wut durchzuckt sein Gesicht, aber dann fasst er sich wieder. Langsam streckt er die Hand aus.

»Alles klar«, sagt er.

Aber Keno schlägt nicht ein. Und das findet Marla gut.

»Ich schließe mit dir keinen Pakt«, sagt er. »Aber ich wünsch dir alles Gute.« Er nimmt wieder seine Tasche hoch und legt Marla den Arm um die Schultern.

Marla sieht, wie Enis mit den Lippen ein Wort formt, aber er spricht es nicht aus. *Schlampe.* Dann zuckt er mit den Schultern.

»Okay, schon gut. Alles klar.« Er sieht zu Marla, und auf einmal tut er ihr leid. Er wirkt nicht mehr wütend, sondern traurig und geschlagen und irgendwie auch verloren. Er hebt beide Hände, dreht die Handflächen nach vorn und nickt. »Viel Glück mit ihr, Alter.«

Er sieht Marla nicht mehr an, als er an ihnen vorbeigeht.

Nach ein paar Metern steckt er die Hände in die Hosentaschen und beschleunigt seine Schritte ein wenig. Er geht schnell und ohne innezuhalten, und an der Ecke dreht er sich nicht mehr um. Dann ist er verschwunden.

Keno sieht Marla an. »Was für ein Macho«, sagt er kopfschüttelnd.

»Nicht immer«, sagt Marla. Sie könnte noch mehr hinzufügen, sie könnte erzählen, dass Enis auch total lieb und einfühlsam sein kann, aber sie lässt es. Es ist nicht mehr wichtig.

»Aber ich glaube, den bist du jetzt los«, fügt Keno hinzu. »Ich hoffe nur, dass du das auch wirklich wolltest. Also, ihn loswerden.«

Marla nickt erleichtert. »Absolut«, sagt sie. »Und … danke.«

Keno nickt, aber er schweigt.

Eigentlich hätte sie es lieber gehabt, wenn sie nicht Keno gebraucht hätte, um dieses Gefühl der Erleichterung zu haben, das sie jetzt verspürt. Andererseits weiß sie auch, dass ihre Begegnung mit Enis ohne Keno ganz anders verlaufen wäre. Wahrscheinlich hätte er sie beschimpft und bedrängt und ganz sicher nicht einfach so die Fahnen gestrichen und sie gehen lassen.

So ein Typ wie Enis, das weiß sie, gibt erst auf, wenn er weiß, dass er nicht gewinnen kann.

Wenn jemand stärker ist als er.

Und das ist Keno. Marla nicht, aber Keno.

In Enis' Augen gehört Marla jetzt Keno. Auch wenn ihr der Gedanke nicht gefallen mag.

Doch in einem winzigen Winkel ihres Gehirns gefällt er ihr sogar, dieser Gedanke. Den sie schnell wieder verdrängt.

»So, jetzt muss ich aber wirklich los«, sagt Keno und schultert seine Tasche. »Sonst brauch ich gar nicht mehr hinzugehen. Meinst du, ich kann dich die letzten Meter noch unbeschadet gehen lassen?« Er grinst und sie grinst zurück. Und dann schlingt sie die Arme um ihn und küsst ihn.

Sehr lange.

Ihre Mutter kommt in den Flur, als sie die Tür öffnet. »Marla!«, sagt sie und lächelt. »Da bist du ja schon wieder! Ich dachte, du bist mit Keno verabredet?«

»War ich auch. Aber er ist jetzt trainieren gegangen. Ich treff ihn später noch mal.«

Ihre Mutter nickt, aber irgendwie sieht sie nervös aus.

»Was ist denn?«, fragt Marla und streift sich die Schuhe ab.

»Ich ... ich glaube, ich habe Enis da draußen schon wieder gesehen«, sagt ihre Mutter.

»Stimmt. Wir haben ihn getroffen.« Marla geht an ihrer Mutter vorbei in die Küche und gießt sich ein großes Glas Wasser ein. Eis macht durstig.

Und küssen auch.

»Und ... was habt ihr geredet?«

»Ihm klar gemacht, dass endgültig Schluss ist. Ich glaub, jetzt hat er's kapiert.«

Marla dreht sich um, mit dem Glas in der Hand. Ihre Mutter lehnt im Türrahmen. »Du siehst so gestresst aus, Mama. Was ist denn?«

»Ich mache mir Sorgen. Um dich.«

»Musst du aber nicht.« Marla stellt das Glas ab. »Mir geht es super.« *Weil ich nämlich verliebt bin. Verschossen. Verknallt.* »He, Mama, wollen wir eine kleine Runde drehen? Hier mal so durch den Wald?«

Ihre Mutter sieht sie verblüfft an. Dann zieht ein entzücktes Lächeln über ihr Gesicht, das sie gleich geschlagene zehn Jahre jünger aussehen lässt. »Oh«, sagt sie. »Oh ja, gern. Jetzt sofort?«

»Einen Moment noch«, sagt Marla und läuft in ihr Zimmer.

Auf dem Nachttisch liegt immer noch ihr ausgeschaltetes Handy, die Simcard daneben. Marla nimmt sie mit in die Toilette; sie zögert nur einen Moment, bevor sie sie ins Becken wirft und den Abzug betätigt.

Die Card trudelt noch eine Weile im Strudel umher, dann, gerade als Marla noch einmal abziehen will, wird sie unter Wasser gezogen und ist verschwunden.

Wurde auch Zeit.

Ihre Mutter lässt ihre neuen Clogs an, zieht sich aber eine leichte Strickjacke über.

»Wie, ziehst du etwa nicht deine praktischen Outdoorschuhe an?« Marla grinst und ihre Mutter zuckt mit den Schultern.

»Man kann sich ja auch mal verändern«, sagt sie und schlägt den kleinen Weg hinter dem Garten ein, der zwischen den Silberpappeln hindurch am Feld vorbei in den Wald führt.

Marla geht dicht hinter ihr her. Erst, als sie das Feld hinter sich gelassen haben und das Waldgebiet erreichen, verbreitert sich der Weg, sodass sie nebeneinander laufen können. Marla hakt sich zu ihrer eigenen Überraschung bei ihrer Mutter ein; so sind sie schon ewig nicht mehr gelaufen. Komisches Gefühl, aber schön.

»Keno macht einen netten Eindruck«, sagt ihre Mutter.

»Klar! Meinst du, ich würde mich mit einem unnetten Typen abgeben?« Marla lacht, aber als sie den Blick ihrer Mutter sieht, muss sie selbst stutzen. Genau das hat sie schließlich vorher getan, wie sich ja gezeigt hat. Erst war Enis nett, dann unnett. Und wie. Und das Zweite wiegt schwerer.

Eigentlich wischt es das nett komplett weg.

Die Sommerhitze ist hier, im dichteren Gehölz, kaum noch

zu spüren. Fast ist es ein wenig kühl, Marla schaudert kurz und legt sich die Arme um den Oberkörper.

»Ich mache mir Sorgen wegen Enis«, sagt ihre Mutter und seufzt. »Ich will nicht, dass er dir auflauert. Papa meint schon, wir sollten die Polizei rufen, wenn er noch einmal auftaucht.«

»Ich glaube, das ist jetzt okay«, sagt Marla und holt tief Luft. Es riecht gut, schön erdig. »Ich glaube, so Typen wie er müssen einen anderen Typen nur sehen und dann geben sie klein bei.« Sie zuckt mit den Schultern.

»Schön ist das nicht«, sagt ihre Mutter.

Irgendwo in der Nähe knackt ein Ast, dann noch einer. Vielleicht ein Reh? Aber das Unterholz jenseits des Weges ist zu dicht, Marla kann nichts erkennen.

»Meinst du, Enis hat diese Puppe dahin gelegt?«, fragt ihre Mutter und zieht ihre Strickjacke fester um ihren Oberkörper.

Auf den Gedanken ist Marla noch gar nicht gekommen. Überrascht sieht sie ihre Mutter von der Seite an. »Nein, das kann … das kann ich mir nicht vorstellen«, sagt sie. Aber dann stutzt sie.

Wie gut kennt sie Enis denn eigentlich wirklich? Immerhin hätte sie ja auch nicht gedacht, dass er allein von Hannover hierherkommen würde.

Wie gut kann man jemanden überhaupt kennen?

Und wenn Keno auch solche Abgründe in sich trägt wie Enis?

Der Gedanke treibt ihr eine Gänsehaut auf die Arme.

»Na, ich hoffe, du hast recht«, sagt ihre Mutter und bleibt stehen. Angestrengt sieht sie nach rechts ins Unterholz.

»Was ist denn?«, fragt Marla beunruhigt.

»Na, ich weiß nicht, da knackt es immer so komisch.« Ihre Mutter hält eine Hand über die Augen, doch dann schüttelt sie den Kopf. »Siehst du was?«

Marla späht ebenfalls ins dichte Unterholz hinein. Wieder knackt es, diesmal ganz in ihrer Nähe. »Da ist nichts«, sagt Marla und dreht sich um. Im nächsten Moment schreit sie erschrocken auf.

Ihre Mutter keucht und klammert sich an Marlas Arm.

Vor ihnen, direkt auf dem schmalen Waldweg, steht jemand.

»Mensch, Dima! Was hast du uns erschreckt!« Erst jetzt merkt Marla, dass sie sich ebenfalls an ihre Mutter geklammert hat.

Dima hebt entschuldigend die Hände. »Tut mir leid«, sagt er und läuft rot an. »Ich wollte ... ich wollte das nicht.«

Seine Verlegenheit macht Marla plötzlich irgendwie sauer. Warum steht er bloß so betreten da herum, wie ein kleiner Junge? »Musst du nicht arbeiten? An der Anlage?«, fragt sie säuerlich.

»Ich hab heute frei«, sagt Dima und dann schiebt er sich vorsichtig um Marla und ihre Mutter herum. »Tschüs, ich werde dann ... Also, tschüs.« Er dreht sich um und läuft los, und Marla und ihre Mutter sehen ihm hinterher.

»Wer war das denn?«, fragt Marlas Mutter. »Der kam mir irgendwie bekannt vor.«

»Ach, das war bloß Dima. Der arbeitet doch an der Anlage. Hast ihn vielleicht schon mal da gesehen.«

»Ach so, ja, das kann sein«, sagt ihre Mutter und dreht sich noch einmal nach Dima um. Aber er ist bereits hinter den Bäumen verschwunden. »Wo kam der denn jetzt aber überhaupt her?« Ihre Mutter runzelt die Stirn, als sie weitergehen. »Der hat so einen traurigen Blick gehabt«, fügt sie hinzu.

»Findest du?« Jedenfalls ist Marla jetzt nicht mehr kalt, sondern eher warm. Nachdenklich steckt sie die Hände in die Hosentaschen.

Ein trauriger Blick?

Besser traurig als wütend, denkt sie und sieht wieder Enis vor sich.

Sein Gesicht verschwimmt mit dem Gesicht Kenos und Marla schüttelt den Kopf.

Nein. Nein, die beiden haben keinerlei Ähnlichkeit. Gar nicht.

8

Kenos Finger gleiten über ihren Bauch, hinterlassen eine prickelnde Spur. Sein Gesicht ist dicht vor ihrem, seine Wimpern kitzeln ihre Wange, als er sich über sie beugt. Marla seufzt auf.

Aber dann sind Stimmen zu hören, laute, aufgeregte Stimmen. Jemand ruft etwas, und Keno legt seinen Mund auf ihren Bauch und küsst sie. Die Stimmen werden lauter. Keno bewegt sich nicht, sein Kopf liegt schwer auf ihrem Bauch. Stört ihn das Gerufe denn gar nicht?

Marla schlägt die Augen auf. Keno ist nicht da, aber die Stimmen ihrer Eltern sind wirklich zu hören. Und noch eine Stimme, eine Männerstimme, die Marla nicht identifizieren kann, auch wenn sie ihr bekannt vorkommt.

Dann klopft es sachte an ihrer Tür, und Marla richtet sich halb auf und reibt sich die Augen. »Was denn?«

Ihre Mutter steckt den Kopf herein. »Ach, bist du schon wach?«

»Klar. Bei dem Krach! Was ist denn los?«

»Unsere Reifen sind platt. Alle vier!«

»Echt?«

»Ja«, sagt ihre Mutter. »Da hat einer reingestochen! Das sieht man richtig!«

Tatsächlich sind richtige Löcher in den Reifen, seitlich gesetzte Stiche, entdeckt Marla, als sie kurz darauf aus dem Haus kommt. Sie hat sich nur ihren Bademantel über das Nachthemd gezogen und ist barfuß, aber das bereut sie, als sie erkennt, wem die dritte Stimme gehört, die sie noch im Halbschlaf gehört hat.

»Guten Morgen!«, sagt der Nachbar mit dröhnender Stimme. Er mustert Marla missbilligend. »Ferien, was? Tja, da verschlafen die jungen Leute das halbe Leben.« Er sieht Beifall heischend zu Marlas Vater, der vor dem Auto hockt und nachdenklich den linken Vorderreifen inspiziert.

Marla zuckt mit den Schultern. Was weiß er denn schon von ihrem Leben? »Hallo. Hallo Papa!«, sagt sie und hockt sich neben ihren Vater. Gemeinsam betrachten sie den durchlöcherten Vorderreifen.

»Na, schon wach?«, fragt ihr Vater abwesend.

Marla nickt. Sie ist immer noch total müde, kein Wunder. Bis um halb zwei hat sie mit Keno rumgemacht, nachdem er sich abends dann doch nach seinem Familienausflug hatte loseisen können, und auch dann hat sie sich nur mühsam von ihm trennen können. Keno wollte noch mehr, aber sie nicht – jedenfalls nicht da, am See, wo jederzeit jemand hätte vorbeikommen können. Aber sonst …

Ihr Vater tippt mit dem Finger gegen den Reifen, dann richtet er sich wieder auf. »Ich glaube«, sagt er und schüttelt den Kopf, »ich glaube, da hat es jemand auf uns abgesehen.«

»Da kommen sie schon, die Herren von der Polizei!«, ruft der Nachbar und Marla sieht hoch. Tatsächlich, ein Polizeiwagen ist gerade in die Straße eingebogen und kommt direkt auf sie zu. Der Nachbar winkt mit beiden Armen, albern ist das, schließlich ist ja sonst niemand auf der Straße zu sehen. Nur seine Frau, die jetzt aus dem Nachbarhaus kommt und eilig zu ihnen herüberläuft.

Marla zieht sich den Bademantel enger um den Körper und tritt von einem nackten Fuß auf den anderen, während sie zusieht, wie der Streifenwagen vor dem Haus hält. »Na ja, Herren sind es nicht gerade«, sagt sie und grinst, als auf der Fahrerseite eine junge, blonde Polizistin in Uniform aussteigt und sich zu ihrem Vater stellt. Einen Moment später kommt auch ihre ebenso junge Kollegin, deren schwarz gefärbte kurze Haare unter der Mütze hervorlugen, dazu.

Dem Nachbarn fällt die Kinnlade herunter.

»Guten Morgen«, sagt Marlas Vater und reicht den beiden Uniformierten die Hand. »Leider muss ich wohl Anzeige erstatten.«

Der Nachbar hat sich jetzt wieder gefangen und drängt sich näher heran, gefolgt von seiner Frau. »Das sind wirklich üble Zeiten, hätte ich nicht gedacht, dass so was hier passiert, sonst hätten wir uns genau überlegt, uns hier ein Haus zuzulegen!«, ruft er so laut, dass jetzt garantiert der Rest der Straße ebenfalls informiert ist. »Man ist ja wohl nirgends mehr sicher!«

Die blonde Polizistin nickt ungerührt. »Was ist denn passiert?«, fragt sie und Marlas Vater zeigt auf die platten Reifen.

»Hier. Sieht aus, als ob alle vier Reifen mit einem Messer eingestochen worden sind.«

Die Polizistin hockt sich vor den linken Vorderreifen und auch Marlas Vater geht wieder in die Knie. Inzwischen ist auch Marlas Mutter herausgekommen und sieht von der Tür aus dem Geschehen zu. Der Nachbar schiebt sich näher an die dunkelhaarige Polizistin heran.

»Aber wissen Sie, mich wundert ja gar nichts mehr. Denn in letzter Zeit bekommt man hier ja manche komischen Gesellen zu Gesicht«, sagt er wichtigtuerisch und starrt dabei Marla vielsagend an.

Marla verdreht die Augen.

»Nein, wirklich!«, sagt der Nachbar und rückt noch dichter an die Polizistin heran, die ihrerseits zwei Schritte zur Seite macht. »Ich kann Ihnen da ein paar Angaben machen, denen sollten Sie nachgehen! Zum Beispiel lungerte hier in den letzten Tagen so ein Türke oder Araber vor dem Haus herum, den ich noch nie hier in der Gegend gesehen habe.« Er wendet sich zu seiner Frau. »Nicht wahr? Der schien uns sehr verdächtig. So Burschen sieht man ja eher in der Großstadt.«

Enis vermutlich. Marla und ihre Mutter wechseln einen Blick, der offenbar der dunkelhaarigen Polizistin nicht entgangen ist, denn sie sieht Marla auffordernd an.

»Möchten Sie dazu etwas sagen?«

Marla schweigt. Enis? Kann das sein?

»Sicherlich ist damit ein ehemaliger Freund unserer Tochter gemeint«, sagt Marlas Vater und steht auf. »Aber ich glaube eigentlich nicht, dass er ...« Er verstummt, und nicht nur Marla spürt, dass er sich auf einmal unsicher ist.

»Haben Sie einen Verdacht, wer für die Sachbeschädigung hier verantwortlich sein könnte?«, fragt die blonde Polizistin ruhig.

Marlas Vater sieht Marla an und dann ihre Mutter. Und dann zuckt er mit den Schultern. »Vielleicht«, sagt er. »Also, ich will niemanden falsch beschuldigen, aber ... es ist nicht auszuschließen, das stimmt.«

»Geben Sie mir dann bitte den Namen und die Adresse?«, fragt die dunkelhaarige Polizistin und zückt ein Notizheft.

Marlas Vater zieht die Schultern hoch. »Enis ...« Wieder sieht er Marla an. »Den Nachnamen weiß ich nicht.«

Marla zögert. Die beiden Polizistinnen, ihre Eltern, die Nachbarn, alle starren sie erwartungsvoll an. »Mushkolaj«, sagt sie schließlich und kommt sich wie eine üble Verräterin vor.

»Mushkolaj, ha!«, schnaubt der Nachbar und nickt selbstgefällig. »Das hört man ja schon am Namen!«

»Und er ist übrigens weder Araber noch Türke«, sagt Marla grimmig, »sondern aus Hannover.«

»Mushkolaj, wie schreibt sich das?«, fragt die dunkelhaarige Polizistin, und widerwillig buchstabiert Marla den Namen und gibt auf Nachfrage auch Enis' Adresse an. Dann sieht sie zu ihrem Vater.

»Das glaub ich aber nicht, Papa, dass Enis da was mit zu tun hat. Er war schließlich nicht wütend auf dich, sondern nur auf mich. Und wir haben das geklärt.«

»Aber das war nicht der Einzige, der hier rumgelungert hat!«, trötet der Nachbar wichtigtuerisch. »Da war noch dieser Holländer, der immer an der Wasseranlage da unten ist, mit diesen langen, strähnigen Haaren, den habe ich hier auch einige Male herumstreunen sehen!«

Marla sieht ihn verwundert an. Einige Male? Jap war einige Male hier?

»Der hat sich auch hinter dem Haus versteckt, das habe ich genau gesehen«, fügt seine Frau plötzlich hinzu und schlägt sich dann verlegen die Hand vor der Mund, offenbar überrascht darüber, dass sie etwas von sich gegeben hat.

»Haben Sie denn auch gesehen, dass der junge Mann etwas Ungesetzliches getan hat?«, fragt die dunkelhaarige Polizistin lässig und der Nachbar runzelt die Stirn.

»Na ja, ich denke mal, das ist ja schon nicht so ohne, wenn man sich versteckt! Und dann kam vorgestern da aus dem

Wald dann noch einer raus, den habe ich auch schon mal unten an der Wasseranlage …«

»Wasser*ski*anlage!«, stellt Marla richtig, weil sie das selbstgerechte Getue plötzlich kaum noch ertragen kann. Plötzlich bemerkt sie aus den Augenwinkeln, dass die anderen Nachbarn von weiter vorn nun auch auf die Straße getreten sind, und die von gegenüber auch. Alle starren sie neugierig herüber, total unangenehm.

»Also, den habe ich schon mal bei dieser Anlage gesehen!«, fährt der Nachbar fort. »Ich meine, der ist da sogar angestellt. So ein abgerissener Typ, der einem nicht in die Augen gucken kann.«

Dima?

»Ich weiß gar nicht, was diese Leute hier zu suchen haben!«, ereifert sich der Nachbar. »Aber jetzt sieht man's ja!«

»Wann genau haben Sie den jungen Mann denn bemerkt?«, fragt die Polizistin ruhig.

»Na, vorgestern Nachmittag! So gegen fünf. Viertel nach fünf war das, oder, Rosi?«

Die Frau des Nachbarn nickt. »Ja«, flüstert sie. »Das war so gegen Viertel nach fünf.«

Marla rechnet kurz. Vorgestern Nachmittag gegen fünf – da ist sie doch mit ihrer Mutter spazieren gegangen. Ja, das könnte Dima gewesen sein. Gegen fünf haben sie ihn getroffen.

Ein komisches Gefühl beschleicht sie. Unbehagen.

Und auch ein wenig Angst.

»Und die zerstochenen Reifen haben Sie heute Morgen entdeckt, richtig?«

»Gerade vor einer halben Stunde, ja«, bestätigt Marlas Vater.

Die dunkelhaarige Polizistin klappt ihren Block zu und steckt ihn ein.

»Wie, nehmen Sie denn meine Personalien gar nicht auf?«, entrüstet sich der Nachbar. »Ich bin doch Zeuge!«

»Ich kann nicht erkennen, dass Ihre Beobachtungen in tatrelevantem Zusammenhang stehen«, sagt die Polizistin trocken. »Aber ich nehme Ihre Aussagen hiermit zur Kenntnis.«

»Und weiter?«

»Weiter ermitteln wir nun erst mal wegen Sachbeschädigung«, sagt die Polizistin und nickt dem Nachbarn und seiner Frau zu. »Wenn Sie uns dann bitte entschuldigen würden? Wir müssten jetzt noch den Tatbestand genauer festhalten.« Und damit geht sie zu Marlas Vater hinüber.

Der Nachbar und seine Frau sehen sich verdutzt an und Marla schüttelt den Kopf. Dann macht sie kehrt. Ihre Mutter lächelt ihr verständnisvoll zu, als sie an ihr vorbei zur Dusche geht.

Enis. Jap. Dima.

Ein Wunder, dass nicht auch noch Keno zu den Verdächtigen gehört!

Während Marla die Badezimmertür hinter sich schließt, macht sich das komische Gefühl wieder in ihr breit.

Irgendwie scheint auf einmal nichts mehr sicher.

Aber wenn nichts mehr sicher ist, dann ist alles möglich.

Sogar das Undenkbare.

An der Anlage herrscht bereits ziemlicher Betrieb, als Marla gegen Mittag dort ankommt. Herbert steht in der Heblerkabine, die Seilbahn zieht mit jeder Keule einen neuen Anfänger aufs Wasser, und oben auf der Terrasse und am Strand sitzen schon zahlreiche Zuschauer und Badegäste. Kein Wunder, das Wetter ist gut.

Die beiden Polizistinnen hatten nur noch die Aussage ihres Vaters aufgenommen und waren dann abgedüst, ohne sich weiter um den beleidigten Nachbarn zu kümmern. Marlas Vater hatte alle Hände voll zu tun, um ihn loszuwerden.

Jetzt registriert sie mit einem Gefühl der Erleichterung, dass Keno noch nicht da ist. Irgendwie braucht sie noch ein bisschen Zeit.

Nicht zuletzt, um mit Ivana zu sprechen.

Die allerdings sieht ziemlich schlecht gelaunt aus, wie sie da auf einem der Plastikstühle direkt neben dem Ausstieg lehnt und den Wettkampffahrern beim Aufwärmen zusieht. Der Stuhl neben ihr ist frei, und Marla hockt sich hin und betrachtet Julian, der sein neues Board auf die Rampe legt und seinen Helm daneben. Hannes boxt ihm freundschaftlich auf die Schulter und tritt spielerisch gegen das Board, woraufhin Julian ihn im Spaß würgt.

»Kinder, echt!«, sagt Marla.

Ivana reagiert nicht. Sie starrt Julian an, von oben bis unten, dann zündet sie sich eine Zigarette an und pustet den Rauch in kleinen Wölkchen aus. »Und?«, fragt sie, ohne Marla anzusehen. »Kommst du auch noch mal vorbei, ja? Alles klar bei dir?«

»Ja, bis auf die Tatsache, dass irgendwer die Reifen von unserem Wagen zerstochen hat.«

»Was? Echt?« Ivana sieht Marla verblüfft an, aber irgendwie ist sie dennoch nicht ganz bei der Sache, denn sie wendet sich gleich wieder Julian und Hannes zu. Mittlerweile haben sich auch Mattis und Jap zu den beiden gesellt. Mattis' Haare unter dem Helm sind trocken, genauso wie seine Prallschutzweste und die Shorts, obwohl sein Board noch tropft. Klar, die richtig Coolen werden beim Fahren nicht nass.

Komisch, aber Mattis' Anblick löst bei Marla nicht mehr viel aus. Es ist, als ob der Abend vom letzten Sommer schon fast verschwunden ist – und die Erinnerung daran auch. Sie weiß noch nicht mal mehr, wie Mattis sich angefühlt hat.

Marla sieht zu, wie die vier lachend herumfrotzeln und ihre durchtrainierten Körper ungeniert zur Schau stellen – auch Jap, der Marla einen durchdringenden Blick zuwirft und ihr dann demonstrativ den Rücken zukehrt.

Dima ist jetzt ebenfalls hinzugekommen, er trägt wieder einmal seinen zerschlissenen Neoprenanzug und die alten Boardshorts. Bewundernd betrachtet er Julians neues Board.

Hinten an der Anlage ist jetzt auch Teddy aufgetaucht, der kurz etwas mit Herbert bespricht und dann im Materiallager verschwindet.

Marla sieht Ivana von der Seite an, dann beschließt sie, die Sache direkt anzusprechen. »Was hast du denn vorgestern eigentlich bei Teddy gemacht?«, fragt sie.

Ivana zuckt zusammen, kaum merklich. Dann bläst sie ganz langsam den Rauch ihrer Zigarette aus und schnippt sie in den Sand. »Was?«, fragt sie.

Mist. Komplett falsch angefangen, das begreift Marla sofort. Also versucht sie es noch mal. »Ich hab dich vorgestern bei Teddy gesehen. Also, mit ihm zusammen. Ihr seid gerade reingegangen. Was hast du denn da gemacht?«

Ivana sieht sie misstrauisch von der Seite an und rückt ein Stück von ihr ab. »Spionierst du mir jetzt nach, oder wie?«

»Quatsch«, sagt Marla. »Wir sind gerade vorbeigefahren und …«

»Wer ist wir?«

»Keno und ich.«

Ivanas Gesicht verschließt sich komplett. »Keno und du, was? Du erzählst mir doch auch nicht, was du mit dem so treibst. Gestern hast du dich den ganzen Tag nicht blicken lassen. Und dein Handy war auch aus. Warum soll ich dir denn dann alles erzählen?«

Marla schweigt betroffen. Ivanas Tonfall ist erstaunlich heftig, sie wirkt total beleidigt.

»Das geht dich nichts an, ja?«, sagt Ivana mit Nachdruck.

Marla betrachtet Ivanas trotziges Profil einen Moment von der Seite, dann rückt sie mit ihrem Stuhl näher heran. »He, was ist denn los? Was hast du denn?«

Ivana sagt nichts, aber ihre Unterlippe hat zu zittern begonnen. Plötzlich hat Marla eine Ahnung, eine sehr dichte, sehr dunkle Ahnung. Die zur Gewissheit wird, als Ivana die Nase hochzieht und sich eine neue Zigarette ansteckt.

»Hast du was mit Teddy?«

Ivana sagt immer noch nichts. Hastig stößt sie den Rauch aus und sieht zu den Jungs rüber. Julian wirft ihr einen Kussmund zu und sagt dann flüsternd etwas zu Dima, der immer noch bewundernd Julians neues Board betrachtet. Jap stellt sich dazu und schubst Dima spielerisch zur Seite.

»Ivana. Hast du?«

Zwei sich jagende kleine Jungs rennen an ihnen vorbei und Ivana blickt ihnen nach. Dann zieht sie die Nase hoch. »Ich wollte das gar nicht«, sagt sie leise. »Aber es ist dann einfach passiert. Scheiße.«

Marla fühlt sich, als hätte sie einen Boxhieb in den Magen bekommen. »Echt?«, fragt sie.

»Ja! Echt!« Ivana schnippt die Asche ab. »Mann. Kann doch mal passieren. Findste das so schlimm oder was?«

»Ich ... ich weiß nicht.« Marla weiß wirklich nicht, was sie sagen soll. Nebenan nimmt Jap Julians Board hoch und klemmt es sich unter den Arm, um zur Startrampe hinüberzugehen. Dima zuckt mit den Schultern.

»Aber nur drei Runden, klar?«, ruft Julian ihm nach, als Jap sich hinter einem älteren Holländer auf der Sprungrampe einreiht. Er selbst lehnt sich ans Geländer, um zuzusehen.

Ja, eigentlich findet sie es schlimm. Teddy ist ein alter Sack, jedenfalls im Verhältnis zu Ivana. Andererseits ist Ivana fast siebzehn. Und wenn sie meint … Gezwungen hat er sie bestimmt nicht. Jedenfalls nicht richtig. Aber irgendwie vielleicht doch? »Er ist einfach so alt. Und ich kann … ich kann mir gar nicht vorstellen, dass du echt auf ihn stehst.«

»Tu ich auch nicht, Mensch!«, sagt Ivana laut und schnippt auch diese Kippe in den Sand. »War ja auch nur zweimal, aber jetzt hängt er mir auf der Pelle. Ist total eifersüchtig. Ich hab ihm heute Morgen auch gesagt, dass ich den Job nicht mehr mache.«

»Welchen?«, fragt Marla. Einen Moment lang herrscht Stille; Ivana dreht den Kopf und sieht sie an, und Marla weiß genau, dass sich jetzt, genau jetzt, alles entscheiden wird: Entweder lacht Ivana und sie bleiben Freundinnen, oder sie lacht nicht und dann ist alles vorbei.

Ivana starrt Marla an, mit leicht zusammengekniffenen Augen. Und dann fängt sie an zu prusten. »Welchen!«, sagt sie lachend. »Ja, welchen! Scheiße, beide Jobs, Mensch!«

Kichernd sitzen sie da, nebeneinander. Vor ihnen, auf dem Wasser, zieht gerade Chris vorbei und zeigt genau auf ihrer Höhe einen gekonnten *indy blind 180*, wobei er das Board lässig zur Seite und wieder zurück schnellen lässt, dann kommt ein Dauergast, den Marla vom Sehen kennt, auf seinem Trickski, der immer nur stur geradeaus fährt.

»Hi, schön, dass ihr euch so gut amüsiert!« Keno umarmt Marla von hinten und küsst sie zärtlich auf den Nacken. Dann nickt er Ivana zu. »Hallo! Ich muss gleich mal aufs Wasser, ja? Bleibst du noch?«, fragt er Marla.

»Nee, jetzt, da sie dich gesehen hat, haut sie bestimmt sofort ab!«, sagt Ivana frech und grinst Keno an. Der zuckt mit den Schultern.

»Ist ja ein freies Land hier, da kann jeder machen, was er will«, sagt er und schenkt Marla ein strahlendes Lächeln, das ihr eine Gänsehaut macht. Erst jetzt sieht sie, dass hinter ihm Arjan steht, mit verschlossenem Gesicht, die Hände in den Hosentaschen. Er nickt Marla knapp zu, dann läuft er wortlos davon.

»Was ist denn mit dem los?«, fragt Ivana und Keno zieht die Nase kraus.

»Frag ihn selbst. Hat mal wieder einen schlechten Tag.« Keno sieht mit seinen schönen, hellen Augen auf sie hinunter. Die Sonne bildet einen Strahlenkranz um seinen Kopf, der verschwindet, als er sich den Helm aufsetzt.

»Schön, dich zu sehen«, sagt er. »Ich hab dich vermisst.«

Ivana pfeift und Marla muss lächeln. »Ich dich auch.«

»Bis nachher!« Keno winkt und läuft zur Rampe hinüber. Marla und Ivana sehen zu, wie er sich direkt hinter Mattis in die kurze Schlange auf der Sprungrampe stellt, dann steckt Ivana sich eine neue Zigarette an.

»Ich würde sagen, da hast du Glück«, sagt sie trocken.

Marla nickt. Aus dem Augenwinkel sieht sie, wie Teddy aus dem Materialraum kommt und stehen bleibt. Mit zusammengekniffenen Augen betrachtet er Julian, der vor ihm am Geländer lehnt, dann dreht er sich abrupt um und mustert die Boards der anstehenden Fahrer.

Vor ihnen, auf dem glitzernden See, kommt Jap um die Kurve gefahren, auf Julians neuem Board.

»He, Jap! Pass auf mein Board auf!«, ruft Julian lachend. Teddy reißt den Kopf hoch und blickt zu Jap, der jetzt Schwung nimmt und zu einem Salto ansetzt, natürlich genau vor der Rampe, wo die meisten Zuschauer zu finden sind. Marla und Ivana sehen zu, wie das Seil sich spannt, als Jap grinsend die Knie anwinkelt und die Hüfte beugt.

Jap dreht sich und dann dreht er immer noch weiter, und plötzlich ist Marla klar, dass irgendetwas nicht stimmt. Von irgendwoher kommt ein klackendes Geräusch, dann ein lautes Scheppern. Ohrenbetäubend laut klingt es, und dann sieht Marla, wie sich das Board von Japs Füßen löst und hoch in die Luft fliegt. Jap verliert mitten in der Umdrehung das Gleichgewicht, kippt plötzlich nach hinten. Das Seil schnellt hoch und verfängt sich in seinen strampelnden Beinen, und Jap wird mitgerissen, nach vorn gerissen und dann wieder zurück, als das Seil seine Beine nach hinten zerrt. Ein Schrei steigt in die Luft, ein einzelner Schrei, der im nächsten Moment von einem vielstimmigen Aufschrei verschluckt wird, als Jap mit einem heftigen Ruck nach vorn und dann nach hinten geschleudert wird. Der Mitnehmer kracht unter seinem Gewicht, es knallt laut, und dann fährt sich die Anlage fest und bleibt stehen. Jap wird nach vorn geschleudert, ein letztes Mal, und Marla sieht atemlos zu, wie das Board aus der Luft genau auf ihn zustürzt und ihn am Kopf trifft. Wieder schreien die Zuschauer auf, als Jap fällt, ins Wasser fällt und versinkt.

Aber nicht ganz. Sein linker Fuß hängt im Seil fest, knapp über der Wasseroberfläche. Er zuckt noch einmal, dann bewegt er sich nicht mehr.

Für einen winzigen Moment herrscht nahezu Stille, dann streifen sich Mattis und Keno auf der Rampe gleichzeitig ihre Westen über den Kopf und springen ins Wasser.

Marla und Ivana sind ebenfalls aufgestanden, gemeinsam mit den anderen schockierten Zuschauern sehen sie, wie Mattis und Keno mit hastigen Zügen zu Jap hinüberschwimmen und ihn hochziehen. Vom Ufer aus ist die blutende Platzwunde an Japs Stirn deutlich zu erkennen. Er bewegt sich immer noch nicht; schlaff hängt er in Kenos Armen, während Mattis sich damit abmüht, seinen Fuß aus dem in sich verknoteten Seil zu befreien. Fluchend zerrt er die hölzerne Keule aus der Schlinge und wirft sie zur Seite.

In der Zwischenzeit sind noch mehr Helfer ins Wasser gesprungen und zu ihnen hinübergeschwommen. Gemeinsam gelingt es ihnen, den bewusstlosen Jap zum Ufer zu transportieren, wo Herbert, Julian und einige andere schon auf sie warten. Herbert ist kreidebleich im Gesicht, als er sich zu Jap hinunterbeugt.

Aber Jap ist noch bleicher.

»Der Krankenwagen ist schon alarmiert!«, sagt jemand neben Marla, und dann winkt er die Schaulustigen zur Seite, die sich bereits dichter ans Ufer herangeschoben haben. »He, weg da! Macht Platz!«

Marla und Ivana treten zurück und auch die anderen Zuschauer bilden widerwillig eine Gasse. Kurz darauf ist auch schon die durchdringende Sirene des Krankenwagens zu hören, der über den kleinen Waldweg heranbraust, gefolgt von einem Streifenwagen. Die Sanitäter springen heraus, kaum dass der Krankenwagen gehalten hat.

Es geht alles ganz schnell, aber Marla kommt es dennoch wie eine Ewigkeit vor, während sie zusieht, wie die Sanitäter Jap untersuchen und ihm eine Infusion und eine Art aufblasbarer Halskrause anlegen. Dann betten sie ihn vorsichtig auf eine Trage und schieben ihn in den Rettungswagen.

Als der Wagen anfährt und die gellende Sirene ertönt, um die Schaulustigen auseinanderzutreiben, kommt Keno auf

Marla zu. Auch er ist bleich im Gesicht, seine feuchten Locken hängen ihm in die Stirn.

»Was ist?«, fragt Marla. »Was ist mit Jap?«

Keno zuckt mit den Schultern, dann nimmt er sie in den Arm. »Ich weiß nicht«, sagt er. »Sieht nicht gut aus. Er hat … er hat sich die ganze Zeit nicht bewegt.« Er schließt die Augen und wiegt Marla in seinen Armen, wie um sich selbst zu beruhigen.

»Wie ist das denn passiert?«, fragt Ivana und legt die Hände zum Schutz vor der Sonne über die Augen. »Komm, wir gehen mal rüber!«

Ivana geht voran, zum Ufer, wo Herbert sich gemeinsam mit Teddy über Julians Board beugt, das Jap sich ausgeliehen hatte. Julian steht daneben, mit schockierter Miene, dahinter Dima, kreideweiß im Gesicht. Ein Stück weiter sieht Marla die beiden Polizistinnen, denen sie noch vor gerade mal zwei Stunden Enis' Namen genannt hat. Jetzt stehen sie bei Mattis und den beiden Kaute-Brüdern und scheinen deren Aussagen aufzunehmen.

Herbert blickt auf. Sein Gesicht ist finster. »Sieh dir das an, Teddy«, sagt er und deutet aufs Board.

Alle sehen hinunter. Und alle sehen sie gleichzeitig, was er meint.

Die Bindungen sind abgerissen. Aber nicht einfach gerissen.

»Angesägt«, sagt Herbert und steht auf. »Die sind angesägt worden. Eindeutig.«

Teddy starrt einen Moment lang schweigsam auf das Board hinunter, dann schüttelt er den Kopf.

»Aber … aber das ist doch mein Board«, sagt Julian mit gerunzelter Stirn. »Ich bin gestern damit gefahren. Da war es voll in Ordnung. Ehrlich, das könnt ihr mir glauben!«

»Hast du es gestern mit nach Hause genommen oder stand es über Nacht im Materialraum hinten?«, fragt Herbert.

»Im Materialraum«, sagt Julian.

Und dann herrscht erst einmal Schweigen. Teddy starrt Julian an, dann Herbert, und dann schüttelt er erneut den Kopf. »Das gibt es doch gar nicht. Das gibt es nicht!«, sagt er. Marla sieht, wie sein Blick über Ivana hinweg zu den beiden Polizistinnen gleitet, die jetzt direkt auf sie zukommen. Und dann weiter zu den neugierigen Zuschauern, die um sie herumstehen. Plötzlich kneift er die Augen zusammen. »He, du! Ja, genau du! Komm mal her! Dich hab ich doch vorhin dahinten rumlungern sehen!«

Marla, Keno und Ivana drehen sich um, während Teddy einen Satz nach vorn macht.

»Du!«, ruft Teddy mit überkippender Stimme. »Warst du das? Du machst hier doch lauter Mist! Auf der Funbox, das warst doch du!«

Alle, die Zuschauer, die Fahrer, Herbert, die Polizistinnen, Julian, Ivana, Keno, Marla, alle sehen sie, wen er anschreit. Und alle sehen sie, wie der Junge, den er anschreit, vollkommen steif dasteht, mit aufgerissenen Augen. Und erst, als Teddy ihn fast erreicht hat, dreht er sich um und versucht, zwischen den Zuschauern zu verschwinden.

Aber einer von ihnen, ein junger Mann mit Halbglatze, dessen T-Shirt sich über seinem Bauch spannt, hält ihn fest. »Hiergeblieben!«, ruft er. »So einfach kommst du hier nicht weg, klar?«

Arjan versucht, sich loszureißen, aber der junge Mann ist kräftiger als er.

»Festhalten!«, ruft Teddy und stürmt auf die beiden zu.

Keno lässt Marla los und rennt hinterher. »He!«, schreit er. »Lasst meinen Bruder zufrieden!«

Ein Raunen geht durch die Gruppe der Fahrer. Marla sieht, wie Herbert verwundert die Stirn runzelt, und dann läuft sie ebenfalls los.

Als sie bei Keno ankommt, steht Teddy wie ein schnaubender Stier mit geballten Fäusten vor Arjan, der ihn ausdruckslos ansieht. Der junge Mann hat Arjan losgelassen und Keno legt schützend den Arm um seinen Bruder.

»Was soll das denn jetzt?«, sagt er wütend. »Was sollen denn diese Anschuldigungen hier? Du hast doch überhaupt keine Beweise! Du hast doch noch nicht mal was gesehen! Oder?«

»Das brauche ich auch gar nicht!«, knurrt Teddy und fixiert Arjan mit blitzenden Augen. »Ich weiß auch so Bescheid! Dieser kleine Scheißer hier macht nur Mist!«

»So, und jetzt gehen Sie bitte mal alle ein paar Schritte auseinander!« Die beiden Polizistinnen sind jetzt auch dazugekommen und stellen sich zwischen Teddy und die beiden Brüder.

Teddy winkt ab. »Dich krieg ich noch, Bürschchen!«, sagt er verächtlich und presst dann die Lippen zusammen.

Keno schiebt Arjan nach hinten. »Komm, wir gehen«, sagt er ruhig. »Das ist doch alles nicht wahr. Wie übel seid ihr denn hier drauf? Mein Bruder tut niemandem was zuleide, echt. Und wenn er zehnmal auf der Funbox rumhüpft! Marla, tust du mir einen Gefallen?«

Marla nickt. Die Blicke der Umstehenden brennen sich in sie ein, für einen Moment ist ihr schwindlig, dann sieht sie wieder klar.

»Holst du mir mein Board? Das liegt noch auf der Rampe«, bittet Keno.

Marla nickt. Keno lächelt sie an, ein kurzes, unfrohes Lächeln, und dann dreht er sich um und verschwindet mit Arjan in der Menge, die sich jetzt bereitwillig teilt.

Marla wirft einen Blick auf Ivana, die am Ufer stehen geblieben ist und jetzt die Arme um Julian gelegt hat, dann dreht sie sich um und geht zur Rampe hinüber.

In ihrem Kopf rauscht es.

»Ist doch wahr«, sagt Keno und streift sich die Boardshorts herunter. »Das ist doch das Letzte! Ihn einfach so zu verdächtigen, vor allen Leuten!«

Sie stehen am Ende des kleinen Waldweges, wo er mit Arjan auf sie gewartet hat. Zum Glück hat Marla daran gedacht, ihm nicht nur sein Board, sondern auch seine Sporttasche mitzubringen, die er unten auf das Plateau an der Treppe gelegt hatte.

Keno greift nach dem Rückholbändchen und zieht sich den Neoprenanzug auf. »Dieser Teddy ist nicht ganz sauber, finde ich. Und die Leute da – ein richtiger Mob!«

Ein paar Badegäste, die gerade an ihnen vorbeigehen, mit großen Taschen und Handtüchern in den Händen, werfen ihm neugierige Blicke zu, aber Keno schert sich nicht weiter darum.

»Ist doch wirklich wahr!«, sagt er aufgebracht und zieht sein T-Shirt über. »Oder?«

Er und Marla sehen beide zu Arjan hinüber. Er sitzt auf einem Baumstamm in der Nähe, die Hände immer noch in den Hosentaschen, und hat die ganze Zeit über kein Wort gesagt. Marla hat den Eindruck, dass er gar nicht ganz anwesend ist. Das ist nicht das erste Mal, aber zum ersten Mal findet sie es richtig beunruhigend.

Und Keno offenbar auch. »Ach Mensch«, sagt er leise, bückt sich und stopft seinen Neo in die Tasche. »Mensch, Marla. Mist. Ich glaube, da stimmt ganz gewaltig was nicht. Hier. Und mit ihm.« Er nickt zu Arjan hinüber, der jetzt angefangen hat, vor sich hin zu summen. Sein Blick geht in die Ferne.

Noch mehr Leute kommen vorbei, aber jetzt sind es keine Badegäste, sondern cool wirkende junge Leute mit Surferklamotten, die Wakeboards und Neoprenanzüge tragen. Wahrscheinlich die ersten Wettkämpfer von auswärts, die die Anlage erkunden wollen.

»Und jetzt?«, fragt Marla. »Was machen wir jetzt?«

Keno zieht den Reißverschluss seiner Tasche zu und richtet sich wieder auf. Seine Augen schimmern hell im Sonnenlicht. »Ich weiß nicht«, sagt er. »Lass uns hier weggehen. Und eines ist klar – morgen beim Contest mache ich nicht mit. Das ist mir zu blöd.«

»Verstehe ich.«

»Und morgen ist unser letzter Tag hier«, sagt Keno.

Marla nickt.

Keno sieht sie lange an, dann beugt er sich vor und bringt seinen Mund dicht an ihr Ohr. »Hör mal«, sagt er sanft. »Ich weiß, das ist jetzt ein komischer Moment, aber ... Ich bin doch nur noch zwei Tage hier. Und meine Eltern fahren morgen Abend zu einem Konzert in die Stadt. Arjan nehmen sie mit. Willst du dann vielleicht zu mir kommen? Vorausgesetzt, du willst den Contest nicht sehen?«

Marla läuft ein Schauer den Rücken hinüber. Für einen Moment weiß sie wieder nicht, ob ihr heiß oder kalt ist.

Dann schüttelt sie den Kopf. »Nein«, sagt sie, und ihre Stimme klingt fremd in ihren eigenen Ohren. »Nein, ich ... ich seh lieber dich.«

Einer der fremden Fahrer kommt wieder zurückgelaufen, auf eine Gruppe von anderen zu. »He, da gab es gerade einen Unfall!«, ruft er ihnen zu. »Da ist ein Fahrer gestorben!«

Keno und Marla sehen sich an, dann schüttelt Keno den Kopf. »Der ist nicht tot!«, ruft er. »Der ist verletzt!«

Der Typ bleibt stehen und starrt Keno an. »Also, ich hab gehört, dass der gerade gestorben sein soll.«

Plötzlich wird Keno sauer. »Quatsch doch nicht irgend so ein Zeug, wenn du keine Ahnung hast!«, schreit er los.

»Ach, und du hast Ahnung, ja?«

»Ja!«, brüllt Keno. »Ich hab ihn rausgeholt!«

Er zittert am ganzen Leib, und als Marla ihm eine Hand auf die Schulter legen will, schüttelt er sie ab.

Der Typ starrt ihn noch einen Moment lang an, dann dreht er sich um und geht, gefolgt von seinen Kumpeln.

»Stimmt doch, oder?«, sagt Keno tonlos, und dann schlägt er die Hände vors Gesicht.

9

Der ganze Abend, die Nacht bleiben unwirklich, später. Wie ein Traum vergehen sie, ein schlechter Traum. Immer wieder sieht Marla Japs leblos wirkenden Körper vor sich, sein zur Seite gewandtes, wachsbleiches Gesicht, die schlaff an seiner Stirn und Wange klebenden Haare.

Und Keno sieht sie vor sich, Keno, der ins Wasser springt, der Jap umfasst hält in festem Griff, ihn durch die Wellen ans Ufer zieht, hinauf in den Sand.

Sein Gesicht, als er die Hände davorschlägt.

Noch in der Nacht verflucht sie zum ersten Mal die entsorgte Simcard; wie kann man sich bloß vier Tage lang keine neue besorgen?

Es ist schon fast Mittag, als Marla schließlich aufsteht. Ihre Mutter macht ihr Eierkuchen mit Quarkcreme, Marlas und Miris gemeinsame Lieblingsspeise, aber Marla kann nicht gerade viel davon essen. Die Erinnerung an Japs Unfall liegt ihr irgendwie im Magen und zugleich ist sie aufgeregt. Beim Gedanken daran, später mit Keno allein in seinem Haus zu sein, wird ihr ganz komisch zumute, irgendwie mulmig.

Ihre Mutter sieht sie ein paarmal forschend an, und Marla

bemüht sich, eine lockere Miene aufzusetzen. Schließlich schiebt sie den Teller weg und leiht sich das Handy ihrer Mutter aus. Aber das nützt ihr nicht viel, wie ihr schnell klar wird. Alle ihre Kontakte sind auf der weggeworfenen Simcard gespeichert, auch Ivanas Nummer. Sie kann niemanden anrufen.

Langsam wiegt sie das Handy ihrer Mutter in der Hand, dann legt sie es auf den Küchentresen und schiebt ihren Stuhl zurück. »Ich hör noch was Musik und dann gehe ich los«, sagt sie und ihre Mutter nickt verständnisvoll. Und gleichzeitig besorgt, Marla hat ihr von dem Unglück erzählt. Auch von dem Verdacht, dass jemand Julians Bindungen manipuliert hat.

»Aber Enis hat damit nichts zu tun, oder?«, sagt ihre Mutter, als Marla die Küche verlassen will. Marla bleibt ruckartig stehen.

»Was?«

»Ich meine ja nur. Enis hat damit nichts zu tun«, wiederholt ihre Mutter, wie um sich selbst zu beruhigen. Marla wirft einen Blick zu ihrem Vater, der am Tisch sitzt und Zeitung liest. Jetzt senkt er sie langsam nach unten und sieht zu ihr auf, mit nachdenklicher Miene. Dann nickt er.

»Nein«, sagt er. »Nein, bestimmt nicht. Warum auch? Das hätte ja höchstens Sinn gemacht, wenn er gewusst hätte, dass du dir das Board ausleihen willst und nicht Jap. Oder?«

Marla kann sich nicht aufs Musikhören konzentrieren; die Bemerkung ihres Vaters geht ihr nicht aus dem Sinn. Und auch später muss sie den ganzen Weg zur Anlage darüber nachdenken. Haben ihre Eltern recht?

Nein, Enis ist kein Techniker. Enis hat keine Ahnung von Boards. Er wüsste gar nicht, was er mit den Bindungen hätte anstellen müssen, damit sie sich lösen.

Glaubt sie jedenfalls.

Aber konnte denn überhaupt jemand wissen, dass Julian sein Board verleihen würde? Geschweige denn, an wen?

Wenn nicht – dann wäre offenbar Julian Ziel der Aktion gewesen. Strahlemann Julian, der Junge aus reichem Hause, Mr Weißzahn. Aber warum?

Fast alle Tische und Stühle auf der Sonnenterrasse sind besetzt; ganze Familien haben das schöne Wochenendwetter genutzt, um sich nach der Mittagsruhe zur Wasserskianlage aufzumachen und den Wettkampf zu sehen. Fein herausgeputzte Großeltern sitzen neben quengeligen Kleinkindern vor Kuchen, Kaffee und Limonade, an anderen Tischen und auf den Findlingen am Strand hocken bereits umgezogene Fahrer mit ihren Begleitern. Vorrangig ortsfremde Fahrer sind es, teils von weit her angereiste, die Marla mit ihren ungewöhnlichen Markenshorts und Neoprenanzügen sofort ins Auge fallen.

Und weil sie im Durchschnitt älter sind als die Jungs aus dem örtlichen Verein. Die meisten wirken wie Mitte, Ende zwanzig, es sind erfahrene Wettkämpfer, gegen die Mattis, Hannes und die anderen sich vermutlich nur schwer werden durchsetzen können.

Wenn sie denn überhaupt in Form sind, nach dem, was gestern passiert ist.

Die Stimmung ist aufgedreht, aber auch angespannt, das spürt Marla sofort. Die startenden Fahrer haben sich schon längst eingefahren, bis zum Beginn des Contests ist es nicht mehr lang hin.

Das Gewimmel ist so groß, dass sie eine Weile braucht, bis sie Ivana und Julian am Geländer zur Startrampe entdeckt, und vorsichtig schiebt sie sich zwischen einer Truppe älterer

Mädchen in identischen gelben Tops hindurch. Eine von ihnen hat eine Tröte in der Hand und bläst genau in dem Moment hinein, als Marla an ihr vorbeikommt. Marla könnte ihr eine scheuern dafür, aber als sie Julians nervöses Gesicht sieht, verlischt der Impuls gleich wieder.

»Hi!«, sagt sie und küsst die Luft neben Ivanas Wange. »Habt ihr schon was Neues gehört von Jap?«

»Sein Zustand soll immer noch kritisch sein. Hat Herbert vorhin gesagt.« Ivana nickt zu Herbert rüber, der mit finsterer Miene die Keulen überprüft. Dima steht daneben, bereits umgezogen. Auch er wirkt nervös, sein Blick fliegt immer wieder über die anstehenden Fahrer, die sich bei Teddy im Kassenhäuschen die Startnummern geben lassen. Als er Marla entdeckt, nickt er ihr erst mit Verzögerung zu. Dann wendet er schnell den Blick wieder ab.

Die Anlage hat sich deutlich gefüllt. Die Rampe hängt jetzt schon halb unter Wasser, so viele Fahrer stehen bereit.

Ivana steckt sich eine Zigarette an und lehnt sich an Julian, der den Arm um sie legt. Erst jetzt fällt Marla auf, dass er gar nicht umgezogen ist.

»Fährst du etwa nicht mit, Julian?«

Julian sieht sie kopfschüttelnd an. »Nee«, sagt er und tippt sich an die Stirn. »Ich bin doch nicht lebensmüde. Das war schließlich mein Board!«

»Das liegt übrigens bei den Bullen«, sagt Ivana und raucht hastig zwei Züge hintereinander. »Und guck mal, da ist dein Lover.«

Ihre Stimme hat etwas Feindseliges. Marla fühlt sich, als hätte sie eine Ohrfeige bekommen, unwillkürlich tritt sie ein paar Schritte zurück und stößt gegen einen Jungen, der gerade hinter ihr vorbeigehen will.

»Pass doch auf!«, sagt er wütend und schubst sie zur Seite, sodass sie gegen das Geländer stößt. Dann drängelt er sich an Ivana und Julian vorbei zum Kassenhäuschen, wo sich Teddy gerade das Handy ans Ohr hält.

Marla reibt sich den Arm. Eine so üble, explosive Stimmung hat sie hier noch nie erlebt. Und auch sonst eigentlich nicht.

Es ist, als ob alle auf etwas zu warten scheinen. Aber nicht unbedingt auf den Startschuss zum Wettkampf.

»Marla!« Keno winkt ihr von der Treppe aus zu. Arjan steht neben ihm, mit verschlossenem Gesicht, und davor – die haben Marla gerade noch gefehlt! – lungern Oberlippe und seine beiden dämlichen Kumpel herum. Marla dreht sich nach links, um unbemerkt an ihnen vorbeizukommen, aber da versperrt ihr der Trupp Mädchen mit den gelben Tops gerade den Weg.

Suchend sieht sie sich um. Ihr Blick fällt wieder auf Teddy, der immer noch im Kassenhäuschen steht, das Handy am Ohr. Sein Gesicht wirkt auf einmal wie erstarrt, als er das Handy langsam sinken lässt. Er dreht sich zu Herbert, und Marla sieht, wie seine Lippen einen Satz formen, einen Satz, den sie sofort versteht.

Ihr Herz scheint für eine Sekunde auszusetzen.

»Was?«, schreit Herbert. »Was? Nein, das ... Das ist doch ... das ist doch die letzte Scheiße!« Seine Stimme ist so laut, dass sie alles andere übertönt. Und dann lässt er die Keule, die er gerade in der Hand hält, fallen und schlägt mit beiden Fäusten gleichzeitig auf die Brüstung der Heblerkabine.

Irgendjemand heult auf. Und dann verbreitet sich die Nachricht in Windeseile, sie fliegt durch die Menge, zu Dima, der bleich wird, zu Ivana und Julian, die sich fassungslos ineinanderkrallen, weiter zu den Mädchen in den gelben Tops, die augenblicklich verstummen, an ihnen vorbei zu Oberlippe und seinen Kumpeln, die Treppe hinauf zu den Zuschauern, über den Strand mit den Badegästen, über den See, in die Luft.

Jap.

Ist.

Tot.

Marla schluckt und schluckt noch mal. Und dann ist auf einmal Keno vor ihr, reicht ihr die Hand, zieht sie an den Mädchen vorbei, nimmt sie in den Arm. »Scheiße«, flüstert er in ihr Ohr, während Arjan mit versteinertem Gesicht danebensteht und einen Punkt über dem See fixiert, den nur er bestimmen kann.

Marla schließt die Augen. Jap ist tot?

Sein wachsbleiches Gesicht. Seine geschlossenen Augen.

Als sie ihre eigenen wieder öffnet, hat sich irgendetwas verschoben, obwohl alle noch so dastehen wie zuvor: die Mädchen in den gelben Tops, Oberlippe und seine Kumpel, Ivana und Julian, eng umschlungen. Dahinter diskutieren Teddy und Herbert, beide mit verbissenen Mienen.

Marla muss daran denken, wie erschrocken Teddy ausgesehen hat, als Jap losgefahren ist. Gestern, auf Julians Board, keine zwanzig Stunden ist das her, und doch hat sich alles verändert.

Ivana kommt auf sie zu, Julian an der Hand. »Das gibt es doch gar nicht!« Sie sieht verheult aus, total fertig.

Ein Raunen liegt jetzt in der Luft, es scheint, als ob nicht nur Herbert und Teddy, sondern alle anderen ebenfalls diskutieren. Wie eine Welle ist es, die über alle hinwegschäumt. Von irgendwo kommt ein Ruf.

»Wer war das?«

Das Raunen wird lauter. Plötzlich sieht Marla auch die Blicke, die wie eine Woge in ihre Richtung schwappen. Erst einzelne, dann immer mehr.

Aber sie gelten nicht ihr.

»Dieser Typ da! Der hier immer nur Scheiße baut!«, ruft jemand.

Oberlippe dreht sich um, sein Gesicht ist zu einer Fratze verzogen. Er hebt einen Finger, zeigt nach vorn, auf Marla, nein, nicht auf Marla. Und auch nicht auf Keno. »Der da!«, ruft er. »Der ist das doch, oder?«

Keno erstarrt, schlagartig scheint er um zwei, drei Zentimeter zu wachsen. »Spinnst du?«, ruft er laut. »Was erzählst du denn hier für eine Scheiße?«

Oberlippes Finger zeigt immer noch auf Arjan. Das Raunen wird lauter und Bewegung kommt auf. Ein paar ortsfremde Wettkämpfer drängen nach vorn, auf Marla, Keno und Arjan zu.

»Wo? Welcher?«

»Der da!«

»Der baut immer nur Scheiß! Der hat neulich ständig die Funbox blockiert!«

Teddys Gesicht im dunklen Ausschnitt des Kassenhäuschens glüht, seine Augen schleudern Blitze auf Arjan, der langsam den Kopf hebt. Es scheint, als ob er erwacht.

Und dann, als Keno ihm einen Stoß in die Seite versetzt, wacht er wirklich auf.

»Arjan, hau ab!«, sagt Keno leise, aber laut genug, dass Arjan ihn hört. Zwei kleine Jungs hinter ihm treten zur Seite, als er sich umwendet, ein Badegast dahinter hebt schnell seine kleine Tochter hoch, als Arjan sich an ihm vorbeischiebt und in der Menge verschwindet.

»Ey, der haut ab!« Oberlippe macht nur zwei Schritte, dann rempelt Keno ihn derart hart in die Seite, dass er sich krümmt.

»Sorry«, sagt Keno und grinst, ein gefährliches Grinsen. Für einen Augenblick hat sogar Marla Angst vor ihm. »Willst du vorbei?«, fragt er, und Oberlippe steht unschlüssig da, die Arme vor dem Bauch gekreuzt. Doch dann fasst er sich wieder.

»Nee, wieso?«, sagt er. »Willst du mich hindern, oder was?«

Keno schüttelt den Kopf. »Nein. Geh ruhig vorbei.« Er selber bewegt sich nicht, aber alles um ihn herum ist in Bewegung, eine wogende Masse, die kein Ziel hat und keinen Ausgangspunkt.

Dann, plötzlich, ist eine sehr laute Stimme zu hören. Herberts Stimme, die durch das Megafon spricht.

»Liebe Fahrer, liebe Gäste, wir haben eine unfassbare Nachricht bekommen. Einer unserer besten Fahrer ...« Herberts Stimme schwankt, dann wird sie wieder lauter. »Einer unserer besten Fahrer, Jap de Haan, ist an den Folgen eines Unfalls, hier gestern an der Anlage, gestorben.« Stille herrscht, während alle darauf warten, dass Herbert weiterredet, nur durchbrochen vom unpassenden, aber irgendwie tröstlichen, fröhlichen Quäken eines Kleinkindes. »Deshalb sagen wir den heutigen Wettkampf ab und schließen für heute die Anlage. Alle angemeldeten Starter können sich das Startgeld zurückzahlen lassen. Tut uns leid. Der Wettkampf wird nachgeholt.«

Das Megafon fiept, dann wird es ausgeschaltet.

Für einen Moment herrscht wieder Stille, dann fangen offenbar alle gleichzeitig an zu reden. Marla sieht betroffene, aber auch wütende Gesichter. Einige der von weit her angereisten Fahrer zeigen kein Verständnis für Herberts Entscheidung; ein Dunkelhaariger mit nacktem Oberkörper tritt leise fluchend gegen das Geländer, ein Blonder ballt kopfschüttelnd die Fäuste. Direkt vor Marla fangen ein paar Holländer an, aufgeregt miteinander zu diskutieren, und ein Typ, den sie noch nie gesehen hat, läuft mit seinem Board unterm Arm wütend vorbei und spuckt auf den Boden.

Aber die Mehrheit wirkt sehr bedrückt und scheint die Absage des Wettkampfes notgedrungen zu akzeptieren. Und die örtlichen Fahrer sind natürlich ohnehin nicht mehr in der Stimmung für einen Contest. Marla sieht die Kaute-Brüder, die sich gegenseitig mit betrübten Mienen auf die Schultern klopfen, Hannes, der blicklos zu Boden sieht, Anna-Lena, die an der Schulter eines etwas älteren Jungen weint, den Marla sofort als ihren Bruder identifiziert, so ähnlich, wie die beiden sich sehen.

Sie selbst fühlt sich wie betäubt.

Jap ist tot?

Auf einmal steht Dima neben ihr und Keno. Seinen Gesichtsausdruck kann sie nicht deuten. »Ich ... ich muss mit euch reden«, sagt er, so leise, dass Marla ihn gerade eben noch so verstehen kann.

»Worüber?« Kenos Stimme klingt hart. Marla sieht ihn erschrocken an, aber seine Miene ist undurchdringlich. Plötzlich spürt sie, wie wenig sie ihn eigentlich kennt.

Kein schöner Gedanke.

»Ich ...« Dima druckst herum. Um sie herum ist immer noch Bewegung, an allen Seiten schieben sich Leute vorbei, Bekannte, Menschen, die Marla noch nie gesehen hat; Badegäste und Touristen, die sowieso alle irgendwie gleich aussehen. Einen Moment lang stockt ihr der Atem; ist das dahinten etwa Enis? Der Typ, der mit den beiden langhaarigen jungen Frauen da zusammensteht, direkt neben dem Toilettenhäuschen?

Aber er ist verschwunden, als sie den Hals reckt und auch die beiden langhaarigen Mädchen sind nicht mehr da.

Paranoia, eindeutig.

»Ich ...«, beginnt Dima erneut, dann sieht er sich um. »Ich weiß nicht, aber irgendwie ... Ich glaube, da stimmt was nicht. Dein Bruder hat nichts mit der Sache zu tun. Also, mit der Sache mit Jap.« Mit den letzten Wörtern ist Dimas Stimme fester geworden und auch sein Blick hat sich verändert. Er steht da und sieht Keno aufrichtig an, Marla scheint für ihn nicht mehr zu zählen. Als wenn es sie nicht mehr gäbe.

Komisch, dabei hat er sie doch die ganzen letzten zwei Wochen über verstohlen angesehen. Und dann im Wald, diese merkwürdige Begegnung, als sie mit ihrer Mutter unterwegs war … Für einen Moment hat Marla plötzlich extreme Sehnsucht nach ihrer Mutter.

Und nach Miri.

Mann, das Leben war so einfach, als Miri noch da war. Oder bildet Marla sich das nur ein?

»Aha«, sagt Keno. »Und woher weißt du das jetzt auf einmal?«

Dima starrt ihn an. Dann holt er tief Luft. »Ich hab was gesehen«, stößt er hervor. »Also … ich hab Teddy gesehen. Im Materialraum. Der hat da irgendwas gemacht, und als er rauskam, hat er einen Leatherman zusammengeklappt und in seiner Hosentasche verschwinden lassen.«

»Einen was?«, fragt Marla. Sie hat keine Ahnung, was Dima meint.

»Einen Leatherman, das ist so ein Werkzeug, so ein Multiteil, Schraubenzieher, Messer, alles zusammen«, sagt Dima und sieht sich um.

»Mann, komm mal zum Punkt, ja?« Keno wirkt gelangweilt. Aber nur an der Oberfläche. Marla kann genau sehen, dass es in ihm brodelt. Und Dima sieht es auch. »Was genau hat er gemacht?«

Dima zuckt mit den Schultern. »Ich weiß es nicht genau. Aber ich bin noch mal zurück, und da lag Julians Board.« Er zuckt mit den Schultern. »Das lag genau da, wo er gerade gewesen war.«

Keno starrt ihn lange an, so lange, bis Dima den Blick abwendet und auf den Boden schaut. Die Mädchen in den gelben Tops drängen sich an ihnen vorbei, dann ein paar Jungs, die wild diskutieren.

»... Handwerk legen!«, hört Marla. »Den müssen wir kriegen!«

Dann sind sie fort, und an ihrer Stelle stehen jetzt vier einheimische Jungs, dreizehn, vierzehn, mit viel zu großen Westen und schlabberigen Boardshorts, die sich unruhig beratschlagen.

Keno starrt Dima immer noch an. »Und warum hast du das nicht gleich gesagt?«, fragt er ruhig. »Gestern, der Polizei? Was kommst du damit zu mir?«

Dima antwortet nicht. Er starrt zu Boden, verlegen, ängstlich, und Marla sieht zu, wie die Röte seinen Hals hinaufsteigt, sich ausbreitet, bis zu seinen Ohren, und darüber hinaus, über die Wangen.

Rot, rot, tot.

Jap ist tot.

Keno schnaubt. »Komm«, sagt er und zieht Marla mit sich.

Dima lassen sie stehen.

Bis zu Keno ist es nicht weit, aber ein bisschen weiter, als es zu Marlas Ferienhaus wäre. Keno spricht kaum, mit verbissener Miene läuft er zügig neben Marla her und sie kann kaum mit ihm Schritt halten. Erst, als sie den Plaza erreichen, dreht er sich kurz zu ihr.

»Mob«, sagt er wütend. »Das war doch ein richtiger Mob, Mensch! Primitivlinge, hier. Eines ist klar, hierher kommen wir nicht noch mal. Und wenn sie unbedingt wollen, dann können meine Eltern allein fahren!«

Eigenartigerweise fühlt Marla sich getroffen. Hier, das ist ja irgendwie auch sie. Schließlich gehört sie auch dazu, wenn auch nur ab und an.

Und wenn Keno hier nicht mehr herkommt, dann wird Marla ihn hier auf jeden Fall auch nicht mehr sehen.

Komisches Gefühl.

Wie weggeworfen.

Oder verlassen zu werden.

Für einen winzigen Moment muss Marla an Enis denken, daran, wie er sich wohl fühlt damit, von ihr verlassen worden zu sein. Dann schiebt sie den Gedanken fort, so gut es geht.

Und es geht. Denn sie braucht nur an Jap zu denken.

»Ich kann es gar nicht richtig glauben, dass Jap wirklich tot ist«, sagt sie und springt neben Keno auf den Bürgersteig hinauf, der sich die Ausfahrtstraße entlangzieht. An der nächsten Ecke müssen sie rechts abbiegen.

Keno zuckt mit den Schultern. »Sterben ist immer Scheiße«, sagt er. So, als hätte er zahllose Erfahrungen damit gemacht, als würde ihn das kaum noch berühren. Oder als hätte er eine Strategie entwickelt, damit umzugehen.

Hat er ja vielleicht auch. Marla wird wieder einmal bewusst, wie wenig sie Keno eigentlich kennt. Sie hat keine Ahnung, was er in seinem Leben schon erlebt hat. Eigentlich weiß sie nichts über ihn. Nur, wie er ist, wenn sie zusammen sind. Und wie er sich anfühlt.

Der Gedanke versetzt ihr einen Stich. Einen unpassenden, aufregenden Stich.

»Mist!«, sagt Keno. »Die sind ja noch da!« Der Q7 steht in der Einfahrt und die Haustür einen Spalt offen. Schon von Weitem ist die donnernde Stimme von Kenos Vater zu hören. Offenbar redet er mit Kenos Mutter, die gerade in dem Moment, als Marla und Keno die Vortreppe erreichen, herauskommt.

»Keno!«, ruft sie. »Da bist du ja! Wo ist dein Bruder?«

Marla findet es seltsam, dass auch Kenos Vater genau das gefragt hat, bei ihrer ersten und letzten Begegnung vor drei Tagen. Und auch Kenos Mutter flößt ihr irgendwie Respekt ein; sie ist blond und sehr schlank und strahlt eine natürliche Autorität und Kühle aus. Vielleicht liegt es auch an ihrer Aufmachung; sie trägt einen total schicken Hosenanzug, Stiefeletten und elegante, silberne Ohrringe. Unwillkürlich verschränkt Marla die Arme vor dem Bauch und lächelt unsicher.

»Ist er nicht hier?«, fragt Keno ruhig. »Wir waren bei der Anlage, aber er ist schon vorgegangen. Er wollte nach Hause.«

Marla sieht ihn nicht an; ihr Blick würde vielleicht verraten, dass er lügt.

»Nein, er ist noch nicht hier. Und wir müssen jetzt los, schließlich wollen wir vor dem Konzert noch essen gehen. Es ist schon vier Uhr durch und um neunzehn Uhr beginnt es.« Kenos Mutter seufzt, dann sieht sie Marla an und ihre Augen verengen sich leicht.

»Mutter, das ist Marla«, sagt Keno. »Marla, meine Mutter. Eva Werkenthin.«

Seine Mutter reicht Marla eine trockene, kühle Hand, aber ihr Blick bleibt flüchtig. »Marla und wie weiter?«

»Marla Rathjens«, sagt Marla und kommt sich plötzlich klein und unbedeutend vor. Dabei klingt Werkenthin eigentlich auch nicht so großartig, oder?

»Und du wohnst hier im Ort?«

»Nein«, sagt Marla und tritt von einem Fuß auf den anderen, wofür sie sich selbst ohrfeigen könnte. »Ich ... wir wohnen in Hannover. Wir haben hier ein Ferienhaus.«

Kenos Mutter nickt, dann sieht sie wieder zu ihrem Sohn. »Sag mal, Keno, hast du …«

Sie kann die Frage nicht zu Ende führen, denn in diesem Moment tritt Kenos Vater hinter sie. Auch er hat sich in Schale geworfen und trägt einen Seidenschal zu seinem silbergrauen Anzug.

»Hast du eventuell den Autoschlüssel gesehen, Keno?« Er nickt Marla kurz zu.

»Nein. Ich hab ihn gestern wieder aufs Tischchen gelegt.«

»Da liegt er aber nicht.« Kenos Vater zieht die Brauen zusammen. »Und auch nirgendwo sonst. Bist du dir sicher, Keno?« Seine Stimme klingt scharf, aber Keno lässt sich nicht einschüchtern.

»Klar bin ich mir sicher. Ich habe den Schlüssel gestern wieder aufs Tischchen gelegt.«

Kenos Vater sieht sich suchend in der Einfahrt um, dann nickt er. »Und Arjan ist auch noch nicht da«, stellt er fest. »Dann werden wir jetzt mit dem Taxi fahren. Ich sehe nicht ein, dass wir zu spät kommen, nur weil unser Herr Sohn wieder einmal Flausen im Kopf hat.« Er zieht sein iPhone heraus – das neueste Modell, wie Marla mit einem Blick erkennt – und wählt eine voreingestellte Nummer, um dann mit ruhiger, aber immer noch deutlich verärgerter Stimme ein Taxi zu bestellen.

»Und was habt ihr jetzt vor?«, fragt Kenos Mutter und sieht Keno dabei an. »Wolltest du nicht zum Contest?«

Contest, sie sagt Contest! Marlas Mutter hätte natürlich Wettkampf gesagt. Plötzlich hat Marla Sehnsucht nach ihr, nach ihrer einfachen und unoolen Mutter mit ihren Holzclogs und den Outdoorklamotten.

Keno nickt. »Wann kommt ihr denn zurück?«

»Vor Mitternacht auf jeden Fall«, sagt seine Mutter und

schüttelt den Kopf. »Wo Arjan nur bleibt? Ich verstehe das nicht. Er weiß doch, dass das Konsequenzen haben wird!«

»Der Wagen«, sagt Kenos Vater und nickt zur Straßenecke hinüber, wo eben ein Taxi aufgetaucht ist, das jetzt zügig auf sie zufährt und noch vor der Einfahrt wendet und zurückstößt.

»Also, dann wollen wir mal. Schönen Abend euch beiden.« Kenos Mutter hebt die Brauen, deutet eine Umarmung an und hält Keno die Wange zum Kuss hin. »Bis später. Geld liegt auf der Anrichte, bestell dir ruhig etwas.«

»Sag deinem Bruder, er soll eine gute Entschuldigung parat haben. Das hat wirklich Konsequenzen.« Kenos Vater nickt seinem Sohn und Marla zu und lässt seiner Frau den Vortritt. Der Taxifahrer hat inzwischen die beiden hinteren Türen geöffnet und Kenos Eltern steigen zeitgleich ein.

Marla winkt, als der Wagen anfährt, aber Kenos Eltern winken nicht zurück. Und Keno winkt auch nicht, das sieht sie, als sie sich zu ihm dreht.

»Mann, ich hasse das, wenn ich für Sachen verdächtigt werde, die ich nicht getan habe«, sagt er. Hinter ihm leuchtet ein Stück der Hauswand in frischem Ocker. Bestimmt die Stelle, an der Arian seine Schmierereien hinterlassen hatte.

Marla zuckt mit den Schultern. »Das machen Eltern doch immer«, sagt sie. »Meine jedenfalls.«

Er seufzt. Dann zuckt er mit den Schultern. »So, und worauf hast du jetzt Lust? Also, ich meine, was möchtest du jetzt machen?« Er lächelt ein wenig schief.

Marla wird heiß. Schlagartig und ganz enorm. »Ach, ich ... ich weiß gar nicht«, sagt sie.

Keno lächelt. »Schade eigentlich«, sagt er und macht eine einladende Handbewegung. »Na, dann komm erst mal rein.«

Die Einrichtung des Hauses ist schlichter gehalten, als Marla vermutet hätte. Weiß gestrichene Wände und Holzfußböden dominieren die Räume, die Möbel sind aus Stahl und Holz und sehen unbequem aus. Nur das Sofa, eine cremefarbene Sitzlandschaft, wirkt gemütlich. Keno sieht schweigend zu, wie sie sich umschaut, dann geht er in die Küche hinüber.

»Hast du Hunger?«

»Nicht so richtig. Du?«, fragt Marla und bleibt unschlüssig im Türrahmen stehen, während Keno den Kühlschrank öffnet und zwei kleine Limoflaschen herausnimmt.

»Geht so. Ingwer-Zitrone oder Litschi?«

»Litschi«, sagt Marla, nimmt dankbar die Flasche entgegen und schüttelt den Kopf, als er fragend zu den Gläsern auf der Spüle nickt.

Keno trinkt seine Flasche in einem Zug aus und stellt sie dann hinter sich ab, ohne hinzusehen. Sein Blick liegt auf Marla, aber dann, als er den Mund öffnet, begreift sie, dass er sie eigentlich gar nicht angesehen hat. »Ich möchte verdammt noch mal wissen, wo der Idiot sich rumtreibt. Gefällt mir gar nicht, dass er jetzt allein da draußen rumhängt.«

»Wieso? Ist doch noch hell!«, sagt Marla und findet ihren eigenen Witz sofort unangebracht und platt.

Aber Keno reagiert nicht darauf. »Anrufen kann ich ihn auch nicht, er hat sein Handy irgendwo versenkt, schon seit Tagen.«

»Ich weiß«, sagt Marla und nimmt noch einen Schluck. »Im See.«

Jetzt reagiert Keno. »Im See?«

Marla nickt. »Ich hab ihn zufällig dabei gesehen.«

Keno starrt sie an. »Mensch, er hat sie echt nicht mehr alle«, sagt er. »Ich glaube wirklich, er ist ernsthaft krank. Das … das ist doch nicht normal. Ich glaube, er ist nicht nur einfach ein

Spinner. Ich glaub echt, er ist schizophren. Ein Schizo. Mein Bruder ist ein Schizo!«

»Mensch, Keno! Ist das nicht ein bisschen heftig? Vielleicht ist er einfach nur …« Marla sucht nach Worten, aber sie findet keine. Keno betrachtet sie nachdenklich. Dann stößt er sich rücklings von der Spüle ab.

»Komm mal mit«, sagt er.

Die Schlafzimmer – gleich vier gibt es davon – liegen im Obergeschoss. Die Türen stehen offen, und Marla sieht sofort, dass alle vier Familienmitglieder einen eigenen Raum bewohnen, auch die Eltern. Kenos Zimmer liegt ganz hinten, es ist das einzige, in dem ein wenig Unordnung herrscht: eine Jeans mit umgekrempelten Beinen über dem Schreibtischstuhl, auf dem Tisch mehrere CDs und Bücher verstreut. Eins davon ist aufgeschlagen, einige Passagen sind neongrün markiert.

»Hier, guck mal.« Keno deutet darauf. »Da steht es schwarz auf weiß. Alle Symptome: Paranoia, Misstrauen, Neigung zu plötzlicher Aggression, Verfolgungswahn. Kannst du dich zum Beispiel daran erinnern, wie er beim Eis essen die Leute am Nachbartisch angestarrt hat? Das macht er in letzter Zeit ständig. Und er glaubt auch andauernd, dass alle es auf ihn abgesehen haben. Total paranoid!«

»War er denn früher nicht so?«

»Nee, kein Stück. Er war genau das Gegenteil, völlig arglos.« Keno reibt sich nachdenklich über den Nacken. »Als er klein war, hatte ich ständig Angst, dass er mal auf einen Kinderschänder reinfallen könnte. Er war zu allen total freundlich und neugierig. Ist auf alle Leute zugegangen. Und jetzt, seit einer Weile, das völlige Gegenteil. Misstrauen pur.« Er schüttelt den Kopf. »Meine Eltern denken immer noch, Arjan habe Pubertätsprobleme. Dabei liegt das bei uns in der Familie.«

»Was meinst du? Was liegt in der Familie?« Marla setzt sich auf den Schreibtischstuhl und zieht das Buch zu sich heran, während Keno sich neben sie lehnt.

»Meine Oma ist auch durchgedreht«, sagt er. »Allerdings erst so mit Mitte dreißig. Sie hat meinen Vater und seinen Bruder zu ihrer Schwester gegeben. Wahrscheinlich will er deshalb nichts davon wissen.«

»Wovon?«

»Na, dass Arjan krank ist. Ich hab zwei- oder dreimal versucht, mit ihm darüber zu sprechen, aber er hat nur darüber gelacht.«

Die Buchstaben auf den Seiten fliegen nur so an Marlas Augen vorbei. Sie kann sich nicht aufs Lesen konzentrieren. »Und du glaubst, deine Oma war auch ...«

Keno nickt. »Schizophren. Ja. Glaube ich. Ich hab sie zwar nicht mehr kennengelernt, aber mein Vater hat erzählt, dass sie komplett misstrauisch war und sich in ihrer Wohnung verbarrikadiert hat. Jeden, der kam, hat sie hochkant wieder rausgeschmissen, und am Ende hat sie überhaupt keinen mehr reingelassen. Sie hat geglaubt, dass alle sie umbringen wollten. Traurig, echt.« Er hebt den Kopf und sieht Marla mit hochgezogenen Brauen an. »So hat mein Vater das mal erzählt. Aber ich hab den Eindruck, dass kein Mensch je auf den Gedanken gekommen ist, sie zum Arzt zu bringen.«

Schizophrenie – Marla überlegt kurz, was sie eigentlich darüber weiß. Nicht allzu viel. Nur, dass es eine Geisteskrankheit ist, bei der die Leute Stimmen hören und manchmal total durchdrehen und so. Und dass die Leute darüber gern Witze machen. Wenn irgendwer Schizo genannt wird, lachen doch alle. »Ist das überhaupt vererbbar?«

Durchs geöffnete Fenster dringen Stimmen herein. Keno

lauscht, dann, als sie wieder verklingen, sieht er Marla an. »Zum Teil, ja. Aber man weiß nicht genau, wie das eigentlich entsteht. Kann ein Fehler im Hirn sein, eine genetische Anlage, Umwelteinflüsse. Schlimme Kindheitserlebnisse. Na, die hat Arjan jetzt eigentlich nicht. Von zwei Eisklötzen als Eltern mal abgesehen.« Er grinst schief. »Und außerdem hat er ja zum Ausgleich sein hochsensibles, feinfühliges, unglaublich tolles Brüderchen.«

Sein Gesicht ist nah bei Marla. Sie kann die feinen Härchen auf seiner Wange sehen, weich sehen sie aus, seine Haut auch. Und seine Augen sind klar, klar und tief, man kann sich darin verlieren, jederzeit, immerzu, immer wieder …

»Und …« Marla schluckt. »Was kann man da machen? Also, wenn er das tatsächlich hat? Was bedeutet das denn?«

Keno rückt unmerklich ein Stück von ihr ab. »Das bedeutet, dass er behandelt werden muss. Weil er nicht mehr klar zwischen der Wirklichkeit und dem, was er sich einbildet, unterscheiden kann. Deshalb malt er ja auch Kreuze auf den Kiosk und denkt, das seien geheime Botschaften. Pech nur, dass keiner außer ihm sie kapiert.«

Geheime Botschaften … In Marlas Kopf fängt etwas ganz leise an zu klingeln. »Denkst du, er könnte noch mehr Botschaften hinterlassen haben?«

»Hä, was meinst du damit?«

Marla lehnt sich zurück. »Zum Beispiel Puppen, die er aus Klamotten bastelt, die er von der Wäscheleine geklaut hat.«

Keno starrt sie an. In seinem Gesicht zeichnen sich die unterschiedlichsten Regungen ab: Erstaunen, Wut, Traurigkeit. »Scheiße«, sagt er tonlos und legt die Hand vor die Augen. Als er sie wieder wegnimmt, hat sich sein Gesichtsausdruck erneut verändert. »Er braucht wirklich Hilfe, denke ich.«

»Gibt es dafür denn Hilfe?«

Keno nickt. »Ja, erst mal Pillen natürlich. Psychopharmaka. Dann Therapien. Ach Mist, ich bin ja kein Arzt, ich hab keine Ahnung …« Er lächelt gequält und Marla möchte ihn am liebsten umarmen. Doch irgendwie traut sie sich nicht. »Aber dazu muss er natürlich zuerst untersucht werden«, fährt Keno fort, »um genau zu gucken, was er hat und braucht.«

»Was sagt er denn selbst dazu?«

»Ha!« Keno lacht auf. »Arjan? Er findet, ich solle mich da raushalten. Es gebe schon genug Leute, die ihm reinreden. Aber er würde eh nur auf einen Einzigen hören.«

»Und wen?«

Keno sieht aus dem Fenster, dann zuckt er mit den Schultern. »Keine Ahnung«, sagt er. »Vielleicht hört er ja Stimmen. Die Stimme seines Herrn.« Er streckt eine Hand aus und legt sie auf Marlas.

Sie sehen sich an. Marla spürt, dass er unruhig ist. Und unsicher dazu. Und plötzlich weiß sie auch, warum.

Und ihr geht es schlagartig genauso. Klar, es ist total unpassend. Es ist nicht mal zwei, drei Stunden her, dass Jap gestorben ist. Und Arjan treibt sich wer weiß wo herum und hat wahrscheinlich höllische Angst – oder hört, wenn Keno recht hat, Stimmen, die ihm sonst was einreden. Und ganz sicher gehört es sich nicht, und ein Teil von ihr sträubt sich auch dagegen, aber der andere Teil ist stärker.

Der Teil, der Keno nahe sein will. Ihn spüren, berühren will. Jetzt, an diesem letzten Tag, den sie hier in der Ferienanlage verbringen.

Morgen fährt Keno fort. Und was dann ist, steht in den Sternen.

Marla holt tief Luft. Keno atmet ebenfalls ein. Und dann beugt er sich vor und küsst sie unvermittelt. Und zwar so lange und so sanft, bis Marla fast keine Luft mehr bekommt. Jeder einzelne Muskel ihres Körpers scheint sich zusammenzuziehen, und als Keno sich endlich – oder leider – von ihr zurückzieht und sie anlächelt, ist ihr, als ob sie nicht mehr auf dem Stuhl sitzt, sondern schwebt.

Keno sieht sie immer noch an. Dann zieht er sie langsam vom Stuhl hoch und führt sie zum Bett. »Ich weiß, dass das jetzt komisch ist. Aber ich will dich«, flüstert er ihr ins Ohr, als sie sich hinlegt und er sich daneben. »Ich will dich, Marla. Ich will dich.«

Seine Finger gleiten sanft über ihren Hals, die weiche, kleine Kuhle über dem Schlüsselbein und immer weiter nach unten. Unwillkürlich muss Marla seufzen. Sie schließt die Augen, dahinter flimmert es, leuchtende Lavastreifen ziehen vorüber, dann geht ein Funkenregen nieder, als Kenos Lippen seinen Fingern folgen.

Marla öffnet die Augen, schließt sie wieder, ihr Körper spannt sich wie von selbst, als Kenos Hände über ihren Bauch gleiten, noch weiter nach unten, die Schenkel entlang, wieder hinauf. Sie spürt seine Härte, als er sich an sie drängt, ein Blitz durchzuckt sie.

Dann küsst er sie, und sie küsst ihn zurück, saugt sich in ihn hinein; weich ist er, sanft, und doch auch drängend. Ihre Hand fährt unter sein Hemd, seine Muskeln sind straff und heiß, und sein Atem ist auch heiß.

Keno schiebt sich auf sie, die Beule in seiner Hose presst sich in ihren Schritt, und dann spürt sie, wie seine Hände an ihren Seiten nach unten gleiten, ihre Hose mit sich ziehend.

»Keno«, flüstert sie, »Keno!«, aber ihre Stimme geht in seinem Atem unter. Er reibt sich an ihr, dreht sich zur Seite, zieht seinen Reißverschluss auf.

»Keno!« Marla legt ihre Hand auf seine; darunter kann sie ihn spüren, heiß, pulsierend und fordernd.

»Was?« Seine Augen sind nicht mehr hell, sondern dunkel, sehr dunkel jetzt.

Marla holt Luft. Ihr ist heiß, ihre Lungen scheinen gar nicht genug Sauerstoff einsaugen zu können. »Ich kann ... ich weiß noch nicht, ob ich ...«

Er rückt ein kleines Stückchen von ihr ab. Von draußen ist ein Ruf zu hören, dann ein Pfeifen. »Und wann, glaubst du, weißt du es?«

Marla ist plötzlich unbehaglich zumute. Eigentlich geht es ihr ein bisschen zu schnell, aber andererseits will sie auch gern. Sie spürt, dass Keno nicht wütend ist. Aber ungeduldig, das schon. »Ich bin noch ... ich hab so noch nicht.«

Keno sieht sie immer noch an. Dann, nach ein paar Sekunden, begreift er. »Du bist noch Jungfrau?«, fragt er, mit einem ungläubigen Unterton. »Echt, du bist noch Jungfrau?«

Marla nickt nicht, sie muss nicht nicken. Wie im Film laufen ein paar Szenen vor ihr ab: David, der Erste, mit dem sie im Bett gelegen hat, na ja, eher auf dem Sofa. Der Erste, den sie berührt hat. Enis, der mehr wollte, aber eben zu schnell. Zu schnell für sie. Seine Finger in ihr, sein verärgertes Gesicht, als sie ihn nicht ranließ.

Und jetzt Keno.

Den sie eigentlich will.

»Und jetzt?«, fragt Keno und lächelt. »Soll das denn so bleiben?«

Sein Lächeln ist süß; Marla muss es einfach erwidern. Ihr Herz pocht, und seines pocht ebenfalls, das kann sie spüren.

Aber sagen kann sie nichts.

Und dann, plötzlich, kommt sie auch nicht mehr dazu. Denn

auf einmal sind von draußen laute Rufe zu hören, die sich rasch nähern. Laute, aggressiv klingende Rufe, mehrere Stimmen, die sich fast überschlagen.

»Was ist das denn?« Keno springt alarmiert auf und läuft zum Fenster hinüber. »Was ... ach du Scheiße!«

Marla springt ebenfalls auf und stellt sich neben ihn. Das Fenster geht auf die Straße hinaus, über der die Dämmerung gerade hereingebrochen ist, und genau als Marla hinaussieht, läuft unten eine dunkle Gestalt am Haus vorbei und die Einfahrt hinauf.

»Arjan!« Keno beugt sich kurz vor und rückt die Nase ans Fenster, dann stößt er sich von der Fensterbank ab, läuft zur Tür und zieht sich gleichzeitig den Reißverschluss seiner Hose wieder zu. Marla hört, wie er die Treppe hinunterspringt, wobei er immer mehrere Stufen auf einmal nimmt. Das Geschrei draußen wird lauter, und dann sieht Marla auch, woher es kommt. Ein ganzer Pulk Typen kommt die Straße hinuntergelaufen, direkt auf sie zu. Bestimmt sieben oder acht sind es, und sie erkennt Oberlippe ganz vorn und seine beiden Kumpel dahinter, und auch Chris ist dabei, der ältere der beiden Kaute-Brüder, und Hannes, ist das nicht Hannes ganz hinten?

Ihr Herz fängt erneut an zu klopfen, als sie Oberlippes grimmiges Gesicht sieht.

»Los, der haut ab!«, schreit er. Marla kann ihn jetzt gut verstehen, denn der Trupp hat jetzt fast das Haus erreicht. Aber sie halten nicht an. Jedenfalls nicht alle. Oberlippe und seine Kumpel rennen weiter, dazu noch zwei oder drei Typen, ältere, die Marla noch nie gesehen hat, und plötzlich bekommt sie Angst.

»Keno?«, ruft sie und weicht vom Fenster zurück. »Keno!!«

Keno antwortet nicht. Stattdessen ist Motorengeräusch zu

hören, lautes Motorengeräusch, ganz in der Nähe. Ein Motor heult auf, ein satter, schwerer Motor, dann wird das Geschrei lauter.

»Vorsicht!«, schreit jemand.

»Achtung, der fährt!«

»Pass auf!«

»Lass den nicht durch!«

Für einen Moment wundert sich Marla, dass sie die Stimmen so deutlich hören kann, aber dann ist sie auch schon am Fuß der Treppe angekommen und sieht die offen stehende Tür und das Auto dahinter, den schweren Q7, der gerade rückwärtssetzt.

Rückwärts und mitten hinein in den Pulk aus Typen, die ihm den Weg zu versperren versuchen und jetzt fluchend zur Seite springen. Der Wagen setzt schräg über das Vorbeet, mit quietschenden Reifen. Erde spritzt auf, als das rechte Hinterrad den sorgsam gepflegten Rosenstock ausgräbt und in die Luft schleudert, wieder schreit jemand auf.

Marlas Blick fliegt fieberhaft über die jungen Männer um sie herum. Sie kann Keno nicht entdecken. Wo in aller Welt ist er?

»Keno!«, schreit sie erneut. »Keno!« Zitternd bleibt sie stehen, direkt vor der Tür.

Der Wagen ist jetzt durchs gesamte Vorbeet gepflügt und dreht quietschend herum, bis die Kühlerhaube nach vorn zeigt, zur Straße. In den anderen Häusern sind die Türen aufgegangen, und ein paar neugierige Nachbarn lugen zu ihnen herüber.

»Zur Seite! Pass auf!«

»Mann, du Spinner!«

Der Wagen prescht los. Marla kann nur einen flüchtigen Blick auf den Fahrer erhaschen, für einen Moment glaubt sie, Keno zu erkennen. Ihr Herz bleibt fast stehen.

Und dann gleich noch einmal, als einer der Typen sich dem Wagen in den Weg stellt; ein großer, kräftiger mit dunklen Haaren ist es, der todesmutig die Arme ausbreitet.

»Halt an, du Arschloch!«, ruft er. Der Wagen bremst kurz, fährt stotternd weiter, schlingert, bricht seitlich aus. Marla sieht, wie der Typ zur Seite springt, in letzter Sekunde, laut fluchend und schreiend. Aber es hat nicht gereicht. Der Wagen erwischt ihn, mit einem dumpfen Geräusch wird der Typ nach vorn und oben geschleudert, landet auf der Kühlerhaube, immer noch mit erhobenen Armen. Wie eine moderne Gallionsfigur sitzt er schräg da, dann rutscht er zur Seite und fällt seitlings ins Beet.

Der Wagen prescht weiter voran, der Fahrer gibt noch einmal Gas. Dann schlingert er um die Ecke und ist verschwunden. Der Motor heult noch einmal auf, dann verklingt er langsam.

Für einen Moment steht alles still. Niemand bewegt sich, keiner sagt etwas. Dann scheinen alle gleichzeitig loszuschreien. Mehrere Typen springen auf den am Boden Liegenden zu, der sich langsam aufrappelt und dann aufsteht, wobei er unwillig die helfenden Hände der anderen abschüttelt.

»Ey Mann, den musst du anzeigen!«, ruft Oberlippe. »Der wollte dich killen!«

»Halt endlich dein Maul!« Das ist Keno und jetzt sieht Marla ihn auch. Er kommt vom Carport, und als er näher kommt, sieht Marla einen dicken, roten Kratzer auf seiner Wange. Sein Hemd ist zerrissen und zeigt seine nackte Brust, und seine Hose hat auch etwas abgekriegt. Aber das scheint ihn nicht weiter zu stören. Wütend läuft er auf Oberlippe zu, der vor ihm zurückweicht. »Du hältst endlich die Klappe! Du mieser Aufhetzer! Was soll das alles? Warum könnt ihr ihn nicht einfach in Ruhe lassen? Er hat euch doch überhaupt nichts getan!«

»Glaubst du!«, sagt der Typ, den der Wagen gerade ins Beet geschleudert hatte. »Er hat sehr wohl was getan! Wegen ihm ist einer tot!«

»Und der Contest ist abgesagt!«, ruft einer der Kumpel von Oberlippe.

»Seid ihr bescheuert? Wegen Arjan? Er hat nichts damit zu tun, überhaupt nichts! Und wenn ihr anderer Meinung seid, dann geht zur Polizei! Aber jagt doch nicht einen wehrlosen Jungen durch die Gegend, nur weil er anders drauf ist!« Keno steht mit geballten Fäusten da und sieht von einem zum anderen. »Mann, Scheiße, Arjan ist fünfzehn! Der kann überhaupt nicht Auto fahren! Wenn ihm jetzt was passiert, dann ... dann ist das eure Schuld, Mensch!« Bei den letzten Worten kippt seine Stimme, und dann wird sie leiser. »Fünfzehn!«, sagt er. »Und ihr macht hier den Mob! Dass ihr euch nicht schämt, echt!«

»Aber du«, sagt der Typ mit den dunklen Haaren und reibt sich die Hüfte. »Du fass dir mal an die eigene Nase. Du solltest vielleicht mal besser auf deinen Bruder aufpassen. Wenn er schon so anders drauf ist.« Er grinst fies, dann dreht er sich um und geht los, leicht humpelnd, aber aufrecht.

Die anderen schweigen betreten. Oberlippe ist der Erste, der auch den Rückzug antritt. Und dann folgen ihm die anderen.

Nur Chris Kaute bleibt stehen. Sein Gesicht liegt im Schatten, aber als er den Kopf hebt, sieht Marla, dass er sich nicht sonderlich wohlzufühlen scheint. »Echt, fünfzehn ist der erst?«, fragt er ungläubig. Dann, als Keno nickt, blickt er zu Marla. »Das ...«

»Wo habt ihr ihn denn auf einmal gefunden? Also, wie kam es denn dazu?«

»Wir waren unten bei der Anlage und haben geredet und alle

waren total geschockt und sauer«, sagt Chris. »Und dann ... ich weiß auch nicht, dann hat einer von denen hier den entdeckt, den ...«

»Arjan«, sagt Keno laut.

»Ja, den Arjan eben, der sich an der Anlage rumgedrückt hat. Und ich weiß auch nicht, dann ging alles ganz schnell. Irgendwer hat gerufen, da ist er! Und dann ging es auch schon los. Ich bin einfach mitgelaufen. Ich meine, ich hatte gar nichts richtig vor, ich bin einfach mitgelaufen. Das ist alles so komisch heute. Ach, das ist doch hier alles Scheiße. Alles.« Er breitet in einer hilflosen Geste die Arme aus und lässt sie fallen.

»Hau ab«, sagt Keno rau. »Hau einfach ab, okay?«

Chris sieht ihn an, dann zuckt er mit den Schultern. »Okay«, sagt er. »Sorry.« Und damit dreht er sich um und geht die Straße hinunter.

Die meisten Nachbarn sind schon wieder in ihren Häusern verschwunden. Nur ein älterer Herr weiter vorn steht noch abwartend da, die Hand an der Gartenpforte.

Marla schlingt die Arme um ihren Oberkörper und dreht sich zu Keno, der jetzt zu ihr unter die Tür gekommen ist. Erst von Nahem sieht sie, dass seine Jeans richtiggehend aufgeschlitzt ist, an der Seite. Offenbar hat der Wagen auch ihn erwischt. »Bist du verletzt?«, fragt sie besorgt.

Keno schüttelt den Kopf und reibt sich die Wange. Der Kratzer ist lang und rot, aber augenscheinlich nicht besonders tief. »Scheißdreck«, sagt er aus vollem Herzen.

»Und was machen wir jetzt?«, fragt Marla zögerlich.

»Ich weiß nicht. Ich glaub, ich ruf meine Eltern an. Das Ding hier ist eine Nummer zu groß für mich.« Keno sieht auf seine Uhr und zieht sein Handy heraus. »Wenn ich Glück hab, sind sie noch im Restaurant.« Er hält sich das Handy ans Ohr und sieht sich nervös um, während er darauf wartet, dass das Gespräch sich aufbaut. Dann, plötzlich, nimmt er das Telefon wieder nach unten. »Vielleicht kommt er ja gleich wieder?«, sagt er fragend, und Marla fühlt sich genauso hilflos, wie er aussieht. »Scheiße, ich weiß nicht, was ich machen soll. Wenn mein Vater das jetzt mitkriegt, dann gibt es noch mehr Stress.«

Marla weiß keine Antwort; sie weiß nur, dass ihr immer noch heiß ist, innerlich, und zugleich kalt, kalt vor Schreck. »Ja, vielleicht wartest du noch«, sagt sie zögernd. »Vielleicht sollten wir irgendwie hinterher?«

»Hinterher? Wie denn?« Keno dreht die Handflächen nach oben. »Zu Fuß? Ist doch sinnlos!«

»Ich könnte meine Eltern fragen, ob sie uns ihr Auto leihen«, schlägt Marla vor, doch Keno schüttelt den Kopf.

»Ich glaube, das bringt es nicht, Marla. Ich hab nicht den blassesten Schimmer, wo er hingefahren sein könnte. Er kann überall sein.« Er sieht völlig ratlos aus, als er sich umdreht und zur Straßenecke hinübersieht. »Mann, so ein Scheiß!«

»Vielleicht kommt er ja wirklich wieder zurück, wenn er sich abgeregt hat«, sagt Marla zögerlich. Aber eigentlich glaubt sie nicht daran und er auch nicht; eigentlich befürchten sie beide dasselbe: dass Arjan etwas passiert. Oder …

»Vielleicht wird er ja auch von den Bullen erwischt«, sagt Keno und lächelt schief. »Wär vielleicht gar nicht das Schlechteste. Ach, Mensch.« Er blickt auf sein Handy, dann auf sein zerrissenes Hemd. »Ich zieh mich schnell um und dann … dann sehen wir weiter.« Er steckt das Handy ein und sieht Marla an.

»Was ist denn eigentlich genau passiert?«, fragt Marla. »Also, gerade am Auto?« Sie möchte ihn gern berühren, aber so richtig traut sie sich nicht. Eine komische Situation: Einerseits sind sie sich so nah, andererseits auch total fremd.

Keno räuspert sich und fährt sich mit der Hand über den Nacken, dann kommt er zu Marla und nimmt sie in den Arm. »Ich hab ihn fast noch erwischt, bevor er den Wagen starten konnte«, sagt er mit rauer Stimme. »Offenbar hatte er den Schlüssel schon vorher mitgehen lassen, anders kann es ja nicht gewesen sein. Ich hab ihn auch wieder rausgezogen, also vom Fahrersitz, aber er hatte ... er hatte auf einmal so Bärenkräfte, und dann ...« Er zuckt mit den Schultern und schmiegt für einen Moment sein Gesicht in Marlas Haar. »Dann haben wir aneinander rumgezerrt ... eigentlich bin ich viel stärker als er, aber er hatte halt die bessere Position, so im Auto. Er hat mich weggetreten und ist losgefahren, und dann ... na ja, den Rest weißt du ja.«

Über seine Schulter hinweg kann Marla einen der Nachbarn sehen, der ein paar Häuser entfernt immer noch abwartend dasteht und sie beobachtet. Sie schließt die Augen und atmet Kenos Duft ein, seinen wunderbaren, klaren Duft, vermischt mit dem Geruch nach Wald und sommerlicher Abendluft.

»Marla«, sagt Keno. »Vielleicht hat er auch recht gehabt, dieser Typ. Ich hätte besser aufpassen müssen. Oder?«

Darauf hat Marla keine Antwort. Sie weiß, dass sie jetzt etwas sagen sollte, allein, um ihn zu beruhigen, aber sie hat keine Antwort.

Geht das überhaupt, aufpassen? Auf wen kann man denn schon aufpassen?

Auf sich selber ja auch nur bedingt.

»Okay, ich zieh mich um«, sagt Keno ruhig und lässt sie los. Seine Augen sind traurig, als er sie ansieht und kurz auf die Lippen küsst. »Und dann ... vielleicht ruf ich dann auch die Polizei an.«

Er verschwindet im Haus, wobei er die Tür offen stehen lässt, und Marla bleibt draußen. Sie bleibt einfach stehen und sieht zum Himmel auf, der sich sehr klar und blau über ihr wölbt, und dann setzt sie sich auf die niedrige Steinmauer, die das Vorbeet umrahmt, und sieht einfach weiter in den Himmel, während sie hört, wie drinnen im Haus eine Tür schlägt.

Eine Weile sitzt sie einfach nur so da und lauscht. Ein paar Amseln singen ihr Abendlied und irgendwo ruft ein Kind nach seiner Mutter. Die Straße liegt ruhig da und der neugierige Nachbar beobachtet sie immer noch. Dann, genau in dem Moment, als er sich endlich anschickt, in sein Haus zurückzugehen, nähert sich Motorengeräusch. Ein Streifenwagen biegt ein und fährt zügig auf Marla zu. Im selben Moment hört sie Schritte hinter sich.

»Ich ruf jetzt doch meine Eltern an«, sagt Keno mit entschiedener Stimme. »Ich kann ja schlecht so tun, als ob …« Er stockt, als er den Streifenwagen bemerkt.

Gemeinsam mit Marla sieht er zu, wie der Wagen hält. Die Fahrertür geht auf, und die blonde Polizistin, die Marla schon vom Vortag kennt, steigt aus und kommt mit ernstem Gesichtsausdruck um den Wagen herum auf sie zu. »Finde ich hier eine Familie Werkenthin?«, fragt sie, als sie Keno, der stocksteif dasteht, erreicht hat. Marla steht auf und stellt sich neben ihn. Aber diesmal fasst sie nach seiner Hand und Keno lässt es geschehen.

»Ja?«, sagt er heiser. »Wieso? Ist was passiert?«

»Leider ja«, sagt die Polizistin und zögert für einen Moment. »Darf ich erst mal fragen, wer Sie sind?«

»Keno Werkenthin. Warum? Was ist denn passiert?« Seine Hand in Marlas ist eiskalt und seine Stimme zittert.

»Sind Ihre Eltern zu Hause?«

»Nein!« Kenos Stimme wird lauter. »Was ist denn passiert?«

Die Polizistin hebt beruhigend die Hand. »Haben Sie einen jüngeren Bruder?«

»Was ist denn mit Arjan?« Keno zieht seine Hand weg, und Marla sieht, dass er die Fäuste ballt. Ihr Magen ist auf einmal wie mit Eis ausgekleidet und gleichzeitig wird ihr leicht übel.

»Leider ist Ihr Bruder in einen schweren Unfall verwickelt worden«, sagt die Polizistin und verschränkt ihre Hände vor dem Bauch, wie um sich selbst zu schützen. »Er ist offenbar mit dem Wagen Ihres Vaters verunglückt. Wie es aussieht, war er allein unterwegs und ist frontal gegen einen Baum gefahren. Momentan wird er gerade ins Krankenhaus gebracht.«

»Aber ... er lebt?« Kenos Stimme schraubt sich in die Höhe. Die Frage klingt wie ein Schrei und die Eisschicht in Marlas Magen zersplittert. Plötzlich tut ihr alles weh.

»Er lebt, ja. Aber er ist schwer verletzt. Mehr kann ich Ihnen leider noch nicht sagen. Gibt es eine Möglichkeit, Ihre Eltern zu erreichen?«

»Ja, ja ... aber sie sind in einem Konzert. Aber vielleicht ... vielleicht jetzt noch nicht.« Keno sieht verwirrt aus, als er Marla anblickt. »Oder?«, fragt er. »Kann sein ...«

»Geben Sie mir bitte die Nummer?«

Keno greift in seine Hosentasche, dann schüttelt er den Kopf. »Moment, das Handy liegt noch im Haus.« Er dreht sich um und läuft wieder hinein.

Marla und die Polizistin sehen sich an, dann runzelt die Polizistin die Stirn.

»Haben wir uns nicht neulich gesehen?«

Marla nickt. »Ja«, sagt sie. »Bei uns im Ferienhaus. Da waren ... die Reifen meiner Eltern – also, die Reifen unseres Autos ...«

Die Polizistin nickt. Marla sieht den neugierigen Nachbarn

schräg hinter ihr, der sich fast den Hals ausrenkt. Aber wenigstens bleibt er auf Abstand.

Keno kommt wieder zurück. »Ich ruf sie selber an, okay?«, sagt er und hält sich das Handy ans Ohr. Die Polizistin nickt erneut, und dann sehen sie und Marla zu, wie Keno in den Hörer lauscht. Dann nimmt jemand ab. »Vater? Ja, ich bin's. Keno. Vater ... nein, das heißt, ja! Vater, Arjan hatte einen Unfall.« Für einen Moment dringt die laute Stimme seines Vaters aus dem Hörer, dann spricht Keno weiter. »Sie bringen ihn gerade ins Krankenhaus. Ja, genau, dahin ... Hier ist gerade eine Polizistin, die uns das gesagt hat. Was? Ja, okay.« Er reicht der Polizistin das Handy, die sich damit ein paar Meter entfernt und dann leise hineinspricht.

Keno sieht Marla an. Sein Blick schneidet ihr ins Herz. »Also doch«, sagt er. »Siehst du, also ist doch was passiert. Scheiße!«

»Herr Werkenthin?« Erst als Marla und Keno sich umdrehen, merken sie, dass die blonde Polizistin Keno meint und nicht seinen Vater. »Ihre Eltern werden jetzt umgehend ins Krankenhaus fahren. Ihr Vater bittet Sie, heute zu Hause zu bleiben.«

Keno schüttelt den Kopf, während er sein Handy wieder einsteckt, das die Polizistin ihm gereicht hat. »Echt«, sagt er einfach nur.

»Wiedersehen«, sagt die Polizistin und nickt Marla und Keno zu. »Alles Gute.« Dann geht sie zum Wagen und steigt ein. Der neugierige Nachbar sieht ihr nach, als sie davonfährt und um die Ecke biegt.

»Und jetzt?«, fragt Marla. Der Kratzer auf Kenos Wange leuchtet tiefrot, er muss ziemlich wehtun.

»Jetzt rufe ich mir ein Taxi und fahre ins Krankenhaus«, sagt Keno energisch. »Ich häng hier doch nicht rum, ohne zu wissen, was mit Arjan los ist! Und außerdem ... außerdem will ich wissen, was passiert ist.« Sein Gesicht drückt Schmerz aus, aber Marla ist sich sicher, dass das nicht vom Kratzer herrührt.

»Ich kann auch meine Eltern anrufen, die fahren uns bestimmt!«

»Nein, lass mal, die müssen wir nicht mit reinziehen. Lieber ein Taxi.«

»Okay«, sagt Marla. »Aber ich komme mit, ja? Und wenn du mir kurz dein Handy leihst, würde ich sie trotzdem gern kurz anrufen, damit sie Bescheid wissen, falls es später wird.«

Keno sieht sie an und dann nickt er. »Klar«, sagt er knapp. »Und ... danke, Marla.« Und dann zieht er sein Handy wieder heraus.

Die Krankenhausflure sind erstaunlich ruhig und leer, als Keno und Marla vom Empfang in Richtung Notaufnahme laufen. Die nette Dame am Tresen hat ihnen den Weg erklärt, obwohl Marla ihn kennt; weit ist es nicht, das Krankenhaus der Kreisstadt ist nicht besonders groß.

Marla war schon oft hier, mit Miri und ihren Eltern. Mehrere Male hat sie schon in der Notaufnahme gesessen, mit klopfendem Herzen; sie kann sich sogar daran erinnern, dass sie hier schon zwei- oder dreimal vor Erschöpfung eingeschlafen ist, neben ihren ängstlich wachenden Eltern.

Für einen Moment muss sie daran denken, dass in diesem Krankenhaus vermutlich gestern Jap gestorben ist, aber sie schiebt den Gedanken rasch wieder beiseite.

Jetzt, während sie den frisch gewischten und noch ein wenig feuchten Gang entlanglaufen, kommt ihnen nur ein Pfleger in quietschenden Schuhen entgegen, dann ein älteres Ehepaar, das sich gegenseitig stützt. Bei ihrem Anblick hat Marla das

Bedürfnis, Keno ebenfalls zu stützen, dabei sieht er so gar nicht hilfebedürftig aus, wie er da aufrecht und mit zusammengebissenen Zähnen neben ihr herläuft.

Auf den gelben Plastikstühlen der Notaufnahme sitzt eine Gruppe Jungs in Kenos Alter, zwei von ihnen sehen ein wenig lädiert aus, die anderen albern dämlich herum, aber immerhin in gemäßigter Lautstärke.

Keno würdigt sie keines Blickes, auch die ältere Dame nicht, die offenbar in Begleitung ihrer Tochter gekommen ist, und das junge Ehepaar, das schweigend nebeneinandersitzt und vor sich hin starrt. Mit schnellen Schritten marschiert er zu der großen Schwingtür und will sie schon aufstoßen, als er das Schild daran entdeckt: »Bitte treten Sie nicht unaufgefordert ein!«

»Was soll das denn jetzt?«, flucht er unterdrückt und tritt einen Schritt zurück. Dann mustert er die Tür von oben bis unten, als wollte er sie am liebsten aus den Angeln heben.

»Wahrscheinlich kommt gleich jemand«, versucht Marla ihn zu beruhigen. Vorsichtig legt sie eine Hand auf seinen Arm.

»Ich möchte jetzt verdammt noch mal zu Arjan!«, sagt Keno ruhig, aber mit so viel Bestimmtheit in der Stimme, dass Marla für einen Moment in ihm seinen Vater zu erkennen meint. Auch Keno besitzt diese natürliche Autorität, und das spürt offenbar auch der Pfleger, der kurz darauf die Tür von innen aufzieht.

»Ja, bitte?«, fragt er. Hinter ihm eilen gerade zwei Ärzte durch den Flur. Einer trägt eine Tafel mit Unterlagen in der Hand.

»Mein Bruder ist hier gerade eingeliefert worden«, sagt Keno laut. »Ich möchte ihn sehen.«

Der Pfleger zögert, sein Blick wandert kurz zu Marla und dann zu den anderen Wartenden, die jetzt alle verstummt sind und zu ihnen herübersehen. »Der Autounfall?«, fragt er.

»Ja, der Autounfall«, sagt Keno. »Ich will ihn sehen!«

»Wie heißt denn Ihr Bruder?«

»Arjan Werkenthin. Wie geht es ihm?«

Der Pfleger nickt. »Einen Moment, bitte.« Er lässt die Tür wieder zufallen. Keno sieht Marla an, dann verengen sich seine Augen. Und dann drückt er die Tür einfach auf und stürmt hinein.

Marla folgt ihm, ohne nachzudenken. Der Pfleger steht mit dem Rücken zu ihnen an einem Pult, und direkt vor ihnen wird von zwei weiteren Pflegern gerade eine fahrbare Liege aus einem der Zimmer geschoben, zusammen mit einem Infusionsständer.

»Arjan!« ruft Keno und stürmt auf die Liege zu.

»He, Moment mal!« Der Pfleger am Pult dreht sich um. »Sie sollten doch ...«

»Arjan!« Mit drei Schritten ist Keno an der Liege und beugt sich über die blasse Gestalt darauf. Die Pfleger halten an. Es ist tatsächlich Arjan, sieht Marla, auch wenn er nur schwer zu erkennen ist. Sein Gesicht ist angeschwollen, bläulich verfärbt und mit Kratzern übersät, aber es ist eindeutig Arjan, der da vor ihnen liegt, mit nacktem Oberkörper, nur mit einem dünnen grünen Tuch bedeckt.

»Arjan! Das gibt es doch gar nicht! Was ist passiert? Warum bist du bloß losgefahren?« Kenos Stimme klingt verzweifelt. Er berührt vorsichtig die geschwollene Wange seines Bruders. »Arjan, du Idiot!«

Arjans Augen sind geöffnet. Er starrt Keno an, als würde er ihn nicht erkennen.

»Arjan. Bitte.« Keno sieht auf. »Was ist mit ihm?«, fragt er hilflos.

Der Pfleger am Kopfende des Fußes öffnet den Mund, aber

eine Ärztin mittleren Alters, die jetzt dazugetreten ist, kommt ihm zuvor.

»Sind Sie verwandt?«, fragt sie.

»Ja, das ist mein Bruder! Was ist mit ihm?«

»Er hat Schnittwunden, Prellungen, vermutlich innere Blutungen und einen Milzriss erlitten, deshalb muss er jetzt sofort in den Operationssaal.« Die Ärztin verzieht das Gesicht zu einem angestrengten Lächeln. »Wie es aussieht, ist er frontal mit dem Wagen gegen einen Baum gefahren. Wie alt ist Ihr Bruder?«

»Fünfzehn«, sagt Keno und sieht wieder zu Arjan. »Arjan, hörst du mich?«

»Hat Ihr Bruder Allergien oder eine Medikamentenunverträglichkeit?«, fragt die Ärztin.

Keno schüttelt den Kopf. »Nein, er ist ... er ist eigentlich kerngesund. Nur im Kopf offenbar nicht. Arjan?«

Arjan sieht Keno immer noch wie aus weiter Ferne an. »Ich ...«, flüstert er. »Ich ... Keno?«

»Ja!« Keno schreit es fast heraus. »Ja, ich bin es, Keno. He, wird alles wieder gut, keine Sorge!« Bei den letzten Worten bricht seine Stimme.

»Wir müssen weiter«, sagt die Ärztin und legt Keno beruhigend eine Hand auf den Arm. »Aber er kommt durch. Warten Sie bitte draußen. Es wird eine ganze Weile dauern.«

»Keno?«, sagt Arjan leise. »Keno, er hat es mir gesagt. Ich soll das machen.«

»Was machen?«

»Dagegenfahren. Er hat es mir gesagt. Tu es, hat er gesagt.«

»Wer?«, fragt Keno und tritt zurück, als die Pfleger die Liege wieder in Bewegung setzen.

»Ich kenn nur seine Stimme«, sagt Arjan und dann schließt er die Augen.

Als sie die Schwingtüren öffnen und hinaus in den Warteraum treten, ist Keno fast grau im Gesicht. Die Wartenden verstummen erneut und sehen zu ihnen hinüber, aber nur kurz. Dann macht einer der Jungs einen Witz und die anderen lachen darüber. Gemurmel setzt ein. Keno sieht Marla an.

»Komm, wir setzen uns«, sagt sie und zieht ihn zu den nächsten beiden freien Plätzen. Keno setzt sich hin und verschränkt die Hände im Schoß.

»Ich hab es gewusst«, sagt er traurig und stützt das Gesicht in die Hände. »Ich hab es gewusst. Ich hätte viel früher was machen müssen.«

Marla beugt sich zu ihm und legt ihm den Arm um die Schulter. »Keno«, sagt sie sanft. »Du hast es nicht gewusst, sondern nur befürchtet. Und was hättest du denn machen sollen?«

»Ich weiß nicht«, sagt Keno. »Ich weiß nicht. Aber ich hab es gewusst. Arjan ist krank. Krank im Kopf. Schizo. Ein Spinner.« Dann sieht er auf und Marla blickt auch hoch.

Vom Eingang her kommen Kenos Eltern auf sie zu, Kenos Vater mit wehendem Mantel, seine Mutter mit hastigen Schritten.

Und dahinter, dahinter entdeckt Marla ihre eigenen Eltern, mit besorgten Gesichtern, die direkt auf sie zueilen.

Sie hat sie nicht darum gebeten, aber diesmal kommen sie nicht wegen Miri hierher, sondern wegen ihr, Marla. Um ihr schlicht und einfach beizustehen.

Und in all dem Schrecken ist das ein unglaublich gutes Gefühl.

Keno nimmt ihre Hand und Marla drückt seine.

Und dann warten sie einfach auf das, was als Nächstes passiert.

10

Der Himmel ist klar, die Sonne strahlt auf sie herab, aber dennoch liegt schon ein leichter Geruch nach Herbst in der Luft. Marla legt den Kopf in den Nacken und blinzelt, dann stützt sie die Arme aufs Geländer. Vor ihr setzt gerade ein langer Dünner in roten Boardshorts aufs Wasser, strauchelt, zieht die Arme an und kippt mit einem kräftigen Platscher nach hinten.

Einer seiner Kumpel ruft etwas, ein Mädchen lacht, und zwischen den emporschnellenden Anfängerski taucht der Dünne wieder auf und sieht sich prustend um. Ein dunkelhäutiger Fahrer lenkt seinen Trickski lässig um ihn herum und legt gleich noch ein paar kleine Sprünge obendrauf. Marla sieht ihm nach, dann zieht sie ihr Handy aus der Tasche.

Nichts.

Und es sind immer noch sechzehn Minuten hin.

»Mach mal Platz, du Penner!«

»Was willst du denn?«

»Uääh, ist das dein neues Board? Was für eine Schüssel! Haste von der Resterampe oder wie?«

»Spinner!«

Drei tropfnasse Jungs laufen auf Storchenbeinen vorbei. Marla muss lächeln. Überall die gleichen Sprüche. Immer gibt es welche, die auf cool machen, und welche, die sich zurückhalten.

Sie betrachtet den See, der auf der rechten Seite von der Autobahnböschung und einem schmalen Fahrweg davor begrenzt wird. Die Anlage hier ist etwas kleiner als die beim Ferienhaus. Nur ein paar Wagen stehen auf dem Parkplatz hinter der Anlage, und auch auf der schmalen Promenade, die rund um den See führt, haben sich nur ein paar wenige Spaziergänger und Zuschauer eingefunden. Die Saison ist fast vorbei, wer jetzt fährt, der ist einfach süchtig. Und hartgesotten. Oder beides.

Sie fröstelt leicht, wenn sie an das kalte Wasser denkt. Aber trotzdem kann sie es kaum erwarten.

Das Wasser auch, ja.

Sie wendet den Kopf, als sie Motorengeräusch hört, aber es ist nur ein kleiner Opel, der auf den Parkplatz einbiegt. Drei Jungs steigen aus, einer von ihnen sieht aus wie Enis und für einen Moment macht Marlas Herz einen Satz. Vor Schreck.

Dann beruhigt es sich wieder.

Die neue Simcard hat sich bewährt. Von Enis hat sie nichts mehr gehört.

Und gesehen.

Von Ivana kam nur eine SMS. Dass sie jetzt mit Julian zusammen ist. Kein Wort von Teddy.

Vielleicht auch besser so.

Marla wird sie sowieso alle nicht mehr wiedersehen. Jedenfalls erst mal nicht.

Ihre Eltern haben das Ferienhaus verkauft und gucken sich jetzt nach einer Eigentumswohnung in Hannover-Linden um. Einer Wohnung mit Garten.

Allein der Entschluss scheint ihnen gutgetan zu haben. Sie streiten kaum noch.

Und im Kletterpark war Marla dann doch nicht mehr mit ihrem Vater. Aber eines Tages geht sie mit ihm noch in einen, hat sie sich überlegt. Kriegt er zum Geburtstag von ihr. Endlich mal eine gute Idee.

Marla wechselt das Standbein und seufzt. Der Dunkelhäutige gleitet wieder vor ihr vorbei, dreht sich lautlos um und fährt rücklings weiter. Ein verdammt guter Fahrer. Wie Jap es war.

Jap ist tot. Immer noch schwer vorstellbar.

Für seinen Tod wird niemand zur Rechenschaft gezogen werden. Daran hat auch Dimas Aussage bei der Polizei nichts geändert. Die Ermittlungen sind noch im Gange, bislang ohne Ergebnis. Aber ein Tötungsdelikt verjährt nicht. Vielleicht klärt sich ja doch noch auf, wer Julians Board manipuliert und damit Jap getötet hat.

Übrigens hat Teddy, das hat Marlas Vater in Erfahrung gebracht, seinen Kiosk geschlossen und ist weggezogen. Wohin, weiß kein Mensch.

Hinter Marla ist wieder Motorengeräusch zu hören, doch diesmal dreht sie sich nicht um.

Vielleicht gibt es aber auch Dinge, die sich einfach nicht aufklären lassen. So wie das, was mit Arjan passiert ist. Und was er getan hat.

Oder eben nicht getan hat.

Für ein paar Dinge war er sicherlich verantwortlich – die Schmierereien auf Teddys Kiosk, die Voodoo-Puppe vorm Ferienhaus. Die zerstochenen Reifen, vielleicht, vielleicht aber auch nicht. Doch das mit dem Board war er bestimmt nicht.

Allerdings – wenn er selbst sich nicht genau erinnert, was er getan hat, wer sonst?

Immerhin geht es ihm schon besser, körperlich jedenfalls. Seine Verletzungen sind verheilt, drei Wochen hat er im Krankenhaus gelegen, dann wurde er in die psychiatrische Klinik nach Wolfsburg verlegt. Und dort wird er wohl bleiben, bis sie die richtige Therapie für ihn gefunden haben, hat Keno berichtet.

Keno. Marlas Herz schlägt wieder schneller.

Sie weiß noch genau, wie er riecht, wie er sich anfühlt. Fünf Wochen und sie weiß es noch genau.

Vorsichtig tastet sie nach ihrem Armband und dreht es sanft zwischen den Fingern. *Ich gehör nur mir selbst.* Sie wird zusehen, dass sie das nicht vergisst. Nie. Egal, was passiert.

Die drei tropfnassen Jungs rennen lachend erneut an Marla vorbei, ihre kieksenden Stimmen schrauben sich wie Kranichrufe in die Höhe.

Marla nimmt ihr Board hoch und holt tief Luft. Sie weiß, ohne sich umzudrehen, dass er hinter ihr steht.

Leseprobe

Simone Veenstra
Du stirbst in meinem Herzen nicht
256 Seiten, €/D 12,99

Der Unfalltod ihres Vaters lässt der 18-jährigen Mara keine Ruhe. Was ist damals bei dem Unglück wirklich passiert? Mara beginnt nachzuforschen und stößt dabei auf dunkle Geheimnisse, die unter der scheinbar glücklichen Oberfläche der Dorfgemeinschaft lauern. Und dann ist da Jonah – neu in ihrer Klasse, süß und undurchschaubar. Er hilft ihr bei den Recherchen zum Tod ihres Vaters. Langsam kommen sie sich näher, sodass Mara kaum bemerkt, in welcher Gefahr sie plötzlich schwebt.

Lies auf den folgenden Seiten in Maras Geschichte rein ...

Egal was ich versuchte – vorwärts, rückwärts, Suchmaschine, Zahlen durch Buchstaben ersetzen –, mit dem mysteriösen Eintrag meines Vaters kam ich nicht weiter. Inzwischen kannte ich die Buchstaben-Zahlen-Kombination auswendig und ertappte mich dabei, wie ich sie gedankenverloren überall hinkritzelte: CIJH23n03. Auf den Telefonblock zu Hause, in mein Chemieheft, auf die Serviette in der Schulmensa ... Ich hatte sogar versucht, einen Sinn darin zu finden, wenn ich es auf den Kopf stellte. Nichts.

Dabei sollte ich mich eigentlich viel eher damit beschäftigen, bis nächste Woche die ersten Szenen für unser Theaterstück fertig zu stellen. Ich hatte Frau Karst versprochen, sie unserer Gruppe auf den Leib zu schneidern: Jeder, der im Dramatisch-Gestalten-Kurs war, sollte eine Sprechrolle erhalten. Seit Herr Schirach allerdings das Zepter schwang, waren immer mehr Leute ausgetreten. Wenn das so weiterging, konnte ich am Ende des Schuljahrs gegen unseren stärksten Konkurrenten des Theaterwettbewerbs mit einem Monolog antreten. Die Drama-Gruppe aus der nächsten Kreisstadt führte mal wieder Shakespeare auf. Jedes Jahr ein anderes Stück des verstaubten Engländers. Und jedes Jahr landeten sie damit auf dem ersten

Platz. Kein Wunder, dass niemand etwas gegen das Experiment mit mir als Autorin einzuwenden gehabt hatte. Zu verlieren hatten wir sowieso nichts.

Als ich auf die alte Aula zulief, machte ich mich darauf gefasst, mit Herrn Schirach alleine dazustehen, doch aus der kleinen Halle erklang ein ungewöhnliches Geräusch: Lachen. Oder vielmehr Gekicher …

Ich stieß die Schwingtüren auf und blieb überrascht stehen. Eine kleine Gruppe unterhielt sich gut gelaunt. Und als wäre das nicht schon ein Wunder für sich, lehnte Herr Schirach am Bühnenaufbau und lächelte mir entgegen. »Da ist ja unsere Hausautorin. Es scheint, als hätte es sich herumgesprochen, dass unsere AG einen Besuch wert ist.«

Die anderen drehten sich um. Diese dunklen Locken kannte ich – Jonah. Nun war mir klar, woher unsere plötzliche Attraktivität rührte. Es sah aus, als könnte ich ein Stück für sieben Mädels und einen Typen schreiben …

Hinter mir schwang erneut die Tür auf. »Hey, habt ihr noch ein Plätzchen, wir dachten, wenn Jonah mitmacht …«

Ben. Ich verdrehte die Augen. Das durfte doch nicht wahr sein. Und in seinem Kielwasser: Rosalie und Sanna, meine Sanna. Sanna, die ich seit Wochen vergeblich versucht hatte zum Mitkommen zu bewegen.

»Na dann«, Herr Schirach trat neben mich, »würde ich vorschlagen, wir fangen mit ein paar einfachen Aufwärmübungen an und machen danach Improvisationsarbeit.«

Ich hatte es nicht erwartet, aber Schirach schien seinen Job als Dramatisch-Gestalten-Lehrer langsam ernst zu nehmen. Und nicht nur das, er hatte ein paar wirklich schräge, interessante Sachen auf Lager. In unterschiedlichen Haltungen sollten wir durch den Raum laufen – eifrig, unterwürfig, stolz, schüchtern. Wenn wir uns begegneten, mussten wir uns begrüßen, ausweichen oder auf Konfrontationskurs gehen. Je nachdem, was er uns gerade zurief. Ich hielt mich am Rand. Wo Jonah war, entstand nicht selten ein kleiner Menschenauflauf. Auch Ben entging das nicht.

Als die beiden sich das nächste Mal begegneten, packte er Jonah, schlang einen Arm um ihn und ... klopfte ihm kumpelnd auf die Schulter. Was er dabei sagte, konnte ich nicht verstehen. Jonahs Gesichtsausdruck war blank. Dann jedoch, von einer Sekunde auf die andere knuffte er Ben und grinste ihn freundlich an.

»Sieh sie dir an«, flüsterte mir Sanna ins Ohr. »Da weiß man ja gar nicht, welchen von beiden man lieber ...«, sie machte eine vielsagende Pause und zwinkerte mir zu, »... mit zum Kürbisfest nehmen würde.«

»Ich dachte, Ben und du, das wäre Schicksal?«, zischte ich ätzender zurück als beabsichtigt. Was war los mit mir, sollte ich nicht froh sein, dass sie sich mal ausnahmsweise für einen anderen Typen interessierte?

Sanna zuckte unbeeindruckt mit den Schultern. »Und Jonah ist der beste Weg zu seiner Eifersucht.«

Ich blinzelte perplex. Jonah benutzen, um Ben eifersüchtig zu machen? Das war doch völlig verdreht, oder? Aber es könnte klappen. Ich sah den beiden Jungs zu, wie sie durch den Raum liefen. Der eine mit der Nase in der Luft und immer etwas breitbeinig, selbst wenn Herr Schirach Unterwürfigkeit als Haltung auswies. Der andere mit dieser sportlichen Geschmeidigkeit. Ob er so auch tanzte?

Ob ich jetzt voll und ganz den Verstand verlor?

»In Ordnung, das reicht fürs Erste.« Herr Schirach wedelte

mit einigen Blättern Papier. »Jetzt geht's ans Eingemachte, Leute: Wir bilden sechs Paare ...«

Wäre es nicht so entlarvend, ich hätte fast gelacht. Wie plötzlich alle Augen an Ben und Jonah klebten – *Fliegenblicke*. Ich packte Sannas Hand, bevor auch sie sich eifrig in die Nähe der Jungs stellen konnte, und sah sie warnend an. Sie nickte. »Du hast recht! Danke.«

Ben schien zwischen Rosalie und Sanna zu schwanken, er ließ sich Zeit: *Ene mene muh ...* Jonah dagegen hatte den Kopf schief gelegt und sah Herrn Schirach abwartend an. Kapierte er es nicht oder interessierte ihn seine Beliebtheitsskala wirklich so wenig?

»Um genau zu sein«, unterbrach unser Lehrer da Bens stillen Abzählreim, »bilde *ich* die Paare und teile die Texte zu. Ihr habt zehn Minuten Zeit für die erste Runde. Bis dahin müsst ihr nichts auswendig können, aber ich will, dass ihr mit dem Text, den ich euch gebe, die Emotion ausdrückt, die ich darübergeschrieben habe. Verstanden? So – und jetzt: Rosalie und Karen, Ben und Sanna, Mara und Jonah ...«

Der Rest seiner Worte rauschte an mir vorbei. Zu beschäftigt war ich damit, gelassen auszusehen und so zu tun, als hätte ich Sannas auffälligen Rippenstoß nicht bemerkt. Herr Schirach drückte mir den kopierten Text in die Hand.

»Und, was haben wir gezogen, Hauptgewinn oder Niete?« Jonah beugte sich über meine Schulter. Er roch nach Waschmittel und irgendwie ... nach Erde und Sonne.

»Hmm, ein klares Unentschieden, würde ich sagen«, grinste ich lässig und wedelte mit den Blättern vor seiner Nase. »Shakespeare, ausgerechnet.«

Er griff nach meiner Hand und hielt sie still. »Haltung: Wut«, las er Schirachs Aufgabe. »Das krieg ich hin.«

Ich dachte an seine Augen, bevor er sich an der Umgehungsstraße von mir verabschiedet hatte. »Glaube ich dir aufs Wort. Aber hast du auch den Text gesehen?« Er las quer und begann zu lachen. »Euer Lehrer ist echt ne Nummer. Also los, Julia, dann lass uns mal proben.«

»Hey, Moment mal, wer sagt, dass ich Julia bin?!«

Zehn Minuten waren in einem Wimpernschlag vorbei. Gerade zwei Mal waren wir den Text durchgegangen und hatten abgesprochen, an welcher Stelle unser Streit explodieren sollte, da rief uns Herr Schirach schon wieder zusammen. Sanna blinzelte mir gut gelaunt zu. Ich bekam fast einen Lachanfall, als sie und Ben sich die unglaublichsten Beleidigungen entgegensäuselten. Offensichtlich hatten sie die gegenteilige Aufgabe von Jonah und mir.

Jonah beugte sich zu mir. »Cassio und Montano? Kennst du das?«

»Hm-m, Othello.« Ich drehte den Kopf und landete fast mit meinem Mund in seiner Halsbeuge. Schnell rutschte ich ein Stück zur Seite. »Ähhh, auch Shakespeare.«

Applaus brandete auf, Sanna und Ben verbeugten sich und setzten sich wieder.

»Mara, Jonah, ihr seid die Nächsten, auf geht's!« Herr Schirach machte eine auffordernde Geste zur Bühne. Ich atmete tief ein, war das Lampenfieber?

»Okay.« Ich schielte auf meinen Text, dann zu Jonah. Der baute sich so drohend nahe vor mir auf, dass ich beinahe zurückwich. »Wer bist du«, zischte er, seine Nase fast an meiner, »von der Nacht beschirmt, dich drängst in meines Herzens Rat?«

Ich schob ihn von mir. »Mit Namen«, verhöhnte ich ihn, »weiß ich dir nicht zu sagen, wer ich bin.« Er schnappte sich

Ich raffte das Papier zusammen, was sollte ich antworten? *Das hab ich in einem Notizbuch meines Vaters gefunden und ich glaube, es hat etwas mit seinem Tod zu tun, der nämlich nie im Leben ein Herzinfarkt war, egal was alle sagen ...* Wohl kaum. Sosehr ich mich danach sehnte, mich jemandem anzuvertrauen, Herr Schirach, der mich verkniffen beobachtete, wäre sicher nicht meine erste Wahl.

»Nur ein Rätsel, das ich versuche zu lösen«, erklärte ich vorsichtig, »wissen Sie denn, was es bedeutet?« Gespannt sah ich ihn an. Seine Augen flitzten über den Code, vor und zurück. Dann plötzlich, als wäre er zu einer Entscheidung gelangt, schüttelte er den Kopf und trat einen Schritt zurück. »Nein, keine Ahnung.«

Ich glaubte ihm nicht. Er sah durch mich durch, als wäre er tief in seine eigenen Gedanken abgetaucht.

»Okay, schade.« Ich packte meine Unterlagen ein und machte einen Schritt in Richtung Tür, dann noch einen. Herr Schirach reagierte nicht. Langsam wurde es mir unheimlich. Geräuschlos zog ich mich zum Ausgang zurück ...

Herzblut
Du stirbst in meinem Herzen nicht
von Simone Veenstra
978-3-440-14480-0